闘う君の唄を

中山七里

朝日文庫

本書は二〇一五年十月、小社より刊行されたものです。

闘う君の唄を　目次

一　闘いの出場通知を抱きしめて　7
二　こぶしの中　爪が突き刺さる　80
三　勝つか負けるか　それはわからない　154
四　私の敵は私です　220
五　冷たい水の中をふるえながらのぼってゆけ　285

解説　大矢博子　360

闘う君の唄を

一　闘いの出場通知を抱きしめて

1

我慢しようとしたが、もう限界だった。

「あの、お子さんがさっきからぐずっているんですが」

歩み寄った凜《りん》がそう告げても、目の前に座った母親はスマートフォンの画面に見入って顔を上げようとしない。

「自分の子供が泣いている横で、スマホなんて弄《いじ》らないでください」

すると、初めて母親は尖《とが》った目で凜を見上げた。

「別に通話してないでしょ」

「いえ、通話とかそういうことじゃなくって。赤ちゃん、ずっとぐずってるじゃないですか」

ベビーカーの赤ん坊は火が点《つ》いたように泣き喚《わめ》き、その勢いは留《とど》まるところを知らない。

「赤ん坊なんて泣くのが仕事じゃないの。少しの間くらいは我慢してよ」

「赤ちゃんが泣いているのをとやかく言ってるんじゃありません。泣くのは何かの合図を送っているからだし。だから泣いているのなら、あやすなり何なりして欲しいと言っているだけです」

「生意気言ってんじゃないわよ」

母親は見下したように言った。

「見たところ学生みたいだけど、母親になった苦労も知らないで偉そうに」

だが目の前の母親は苦労しているという感じではなかった。

「じゃあ、あんたは赤ん坊だった時、電車の中ではひと声も泣かなかったの？　自分のこと棚に上げて他人を責めないでよね」

こんな場面でヨハネの福音書もどきを聞かされる羽目になるとは思ってもみなかった。

凜はじわじわと自己嫌悪が頭を擡《もた》げてくるのを感じた。赤ん坊を泣かせた母親に食ってかかる図など、傍目《はため》からは醜悪にしか映らないのも承知している。

凜の起こすトラブルは大抵それが原因だった。正しいと思ったことをすぐ口にする。

社会との接点が多くなるにつれて正論を吐くことが必ずしも正しいことではないのを理

解し始めてからも、己の胸が異議を唱えた時は口を開かずにはいられない。そしてその結果、偏屈者とレッテルを張られ、友人を少なくしていく。

だが一度堰《せき》を切った言葉を途中で止めることはできなかった。

「わたしが泣いたかどうかなんて関係ないでしょう。それに何度も言うようですが、赤ちゃんが泣いているのを責めてる訳じゃありません」

「あのねー、母親って毎日忙しいの」

母親は再びスマートフォンの画面に指を滑らせ始めた。もちろん、泣き続けている赤ん坊には一顧だにしない。

「夜泣きなんかされたらまともに寝られないしさー。旦那は会社が忙しくって面倒見てくれないしさー。電車の中くらいしかスマホ弄る暇なんてないの。分かった？」

「あなたは自分の子供よりもスマホの方が大事なんですか」

凜の言葉を受けた母親が顔色を変えた時だった。

反対側の座席から拍手が聞こえた。凜が振り返ると、事の成り行きを見守っていたらしき老人が面白そうに手を叩《たた》いている。

「よく言った、お嬢ちゃん。あんたに一票だ」

母親がきつい視線で睨《にら》んだが、老人は全く気にしない様子で笑う。

「確かに泣くのは赤子の仕事。しかし、それをあやすのが母親の仕事だ」

母親が反論しようと口を開きかけると、隣にいた疲れたサラリーマン風の男も遅れて手を叩き出した。

「わたしも一票。営業の合間に寝られるのは移動中だけだが、その大事な睡眠時間を邪魔された。赤ん坊に罪はないが、放置した保護者の責任を問いたい」

「わたしもねえ」

と、今度は離れた場所に座っていた老婦人も賛同の声を上げた。

「昔、子供にはずいぶん泣かれたけど、赤ちゃんが泣く時ってのはやっぱりお母さんに何かして欲しい時だからねえ」

波紋が拡《ひろ》がるように拍手が増えていく。

今まで不遜な態度だった母親は状況の変化にひどく慌てた様子で、こそこそとスマートフォンをバッグの中に収めた。そして電車が次の駅に停車すると、逃げるようにベビーカーを押して降りてしまった。

あまりに逃げ足が速いので凜は声を掛けそびれる。

今、降りた駅が本当の目的地ならいいのだけれど——。

悪いこと、しちゃったかな。

再び自己嫌悪が襲ってくる。良識を振り翳《かざ》すことがどれだけ無神経で醜悪なことかも分かっている。

「お嬢ちゃん」

惑っていると、最初に拍手してくれた老人から声が掛かった。

「何やら難しそうな顔をしとるが、あんたのやったことは間違っておらんよ。あの母親が降りたのはあくまでも本人の意思だ」

「あの、でも」

「最近の若いモンには珍しく堂々とものを言ったね。しかし本来ならわしらみたいな年寄りが注意すべきだったな。その辺はまことに面目ない」

「いえっ、わ、わたし、ちょっと出過ぎた真似《まね》をしたみたいで」

「卑下することぁないさ。正しいことを正しいと言うにも勇気と覚悟が要る。今はそんな風潮だからね。少なくともこの年寄りよりお嬢ちゃんの方に、その気概があったってことだ」

しわがれた声が胸をじわりと満たしていく。角の取れた老人の声というのは、不思議に説得力があった。

「……ありがとう、ございます」

「それにしても本当に学生さんかね？　あの母親はそう言っておったが、わしにはとてもそう見えんかった」

「それはお爺《じい》さんが正しいです」

ああ、これなら晴れ晴れとした気分で口に出せる。

「わたし、今日から教員なんです」

神室《かむろ》駅からバスに揺られること二十分。車窓を流れる風景は商店とテナントビルが占める駅前を過ぎると次第に田畑が目立ち始め、鬱蒼《うっそう》とした林の中を通り過ぎた後は民家をあまり目にしなくなった。

埼玉県秩父《ちちぶ》郡神室町、人口八千五百人。面積の割に人口が少ないのは、さすがにへき地等級二級の地域だった。だが多少交通の便が悪い程度で生活に困るようなことはないと事前に聞かされている。

面白いのはいったんへき地に指定されると、当該地域に赴任する教員にはへき地手当の他、希望者には洩《も》れなく職員住宅が用意されることだ。この部分だけを見れば、都市部で採用される教員よりは恵まれているかも知れない。もっとも凜が赴任するのは私立幼稚園なので関係ない。

興味があるのは一にも二にも、自分が受け持つことになる子供たちに対してだ。

駅から数えて八つ目の停留所で凜は下車した。そこがちょうど目的地だった。

神室幼稚園。

広めの運動場に小さめの園舎。遊具も数えるほどしかない。

これが人生初めての職場になる。

いい子たちだろうか。

同僚の先生はどんな人たちだろうか。自分はその中で上手《うま》くやっていけるのだろうか。

緊張で表情筋が固まっている。考えまいとしていた不安が容赦なく肩に伸《の》し掛かる。

膝もがくがくと笑っている。

「しゃあっ」

声と同時に、凜は両手で自分の頬を叩いた。

気合充分、体力も充分。

いくぶん肩を怒らせて凜はその門を潜《くぐ》った。


「本日、着任しました喜多嶋《きたじま》凜ですっ」

挨拶すると園長の京塚正隆《きょうづかまさたか》は、その声の大きさに少し驚いたようだった。

「いやあ、若い人は元気があっていいですね。しかし最初からトップギアで飛ばすと後がしんどくなるかも知れません。先は長いですから、まあ、ゆっくりいきましょう」

年齢は七十前後、白髪を上品に撫《な》でつけている。気弱そうだが人懐っこい笑顔に、凜は胸を撫で下ろす。最前、同年輩の老人に好印象を抱いたことも手伝って、この園長の下なら幼稚園教諭を続けられそうだ、という気になる。

「喜多嶋先生。一日目だから力が入るのは当然でしょうが、まず肩の力を抜いてくださいね」

肩の力を抜けと言われる前に、初めて〈喜多嶋先生〉と呼ばれた。それで一層緊張してしまいそうになったが、京塚園長の人当たりのよさが中和してくれた。

神室幼稚園は法人所有の幼稚園なので、園長の任期は原則として存在しない。話に聞けば、もう十五年近くもこの幼稚園で園長を続けているというのだから、よほど信望が厚いのだろう。

「まあ、これだけ同じ園にいますとね。弊害というものも自分では気づき難《にく》くなります」

「弊害だなんて」

「いえいえ。人というのは水と同じようなものですから。長い間、同じ場所にいれば濁りもするし変質もします。ただ、一方ではいいこともあるのですよ」

「いいこと、ですか」

「園がまるで自分の家庭のように、そして園児たちが全員自分の孫のように思えてきます。自分の孫ですから卒園した子も忘れるようなことはありません。すると子供の方も同じなのですね。小学校に上がった子の何人かは時々訪ねてくれるのですよ」

高校の卒業生がたまに母校を訪ねることはよく聞くが、幼稚園の母校訪問は初めて聞く話だった。きっと、それだけここの居心地がよかったのだろうと凜は想像する。

「ここに来る途中、町の様子はご覧になったでしょう。どんな印象を持ちましたか」

なるほど二等級のへき地だと思った——とは言えない。

「自然が豊かで……子供たちの遊び場所には困らないなあ、と」

「優等生的な模範解答ですね。しかしそれでは不充分です」

「えっ」

「自然の中に放ってやれば元気で純朴な子供に育つというのは、都市部に住む者の理想というか幻想ですね。牧草豊富な場所で飼えば質のいい牛や馬に育つという理屈と何ら変わりません」

それもそうだ、と凜は頷《うなず》く。田舎に住む者全てが善良とは限らない。

「ここまではバスで来たのでしょう」

「はい」

「駅の次の停留所近くに新しいマンション群を見掛けませんでしたか。実はあの辺りは若い夫婦や子供を持つ世帯が多く住んでいるのです。当園の園児も最近はそこから通う子が多くて」

京塚園長の説明によれば、駅前一帯は首都圏のベッドタウンとして大手不動産が開発した地区だった。開発地域が広がり、新しいマンション群は、これまでよりもさらに価格帯が割安であったために、若い世帯が飛びついたのだという。

従って神室町はへき地等級二級でありながら人口は微増しており、別《わ》けても未就学児童が急増している。教諭の募集があったのも、そういった事情らしい。

「元々、当園は保護者の意向を尊重してきましたが、新しく入園した子の保護者ほど新しいことを強く要求されています」

「新しいこと。それは、その、どういうことなんですか」

「先刻の話の続きというか解答というか、子供を自然の中に放り込んでおけばそれで済むということと対照的な要求です」

煙に巻かれているようで、さっぱり理解ができなかった。だが、その解は次の園長の言葉でうっすらと見えた。

「ここまで言っておきながらですが、喜多嶋先生には年少組の半分を担当してもらいます」

「半分、ですか」

「今年の入園児は四十人もいましてね。それで星組と月組に分けることにしました。その後は卒園までずっと同じ組を受け持っていただくことになります」

この話は凜にも理解できる。年少組というと相手は三歳児だから子供と教諭の双方に不安要因がある。どうせなら三年間を通じて同じ担任の方が、子供が馴染《なじ》み易《やす》く保護者側も安心できる。

「その新しい要求というのは、つまり都市部の幼稚園に求められること、という意味でしょうか」

「そうですね、そう解釈していただければ結構です」

園長は安堵《あんど》した口調で答える。どうやら新しい要求について、詳細を説明するのを避けたいらしい。

何となく危険な予感がしたが、赴任一日目の、しかも新人教諭が文句を言える筋合いではない。

「ただ、そんなに心配しなくてもいいですよ。どこでもそうですが新人さんには相応のバックアップがつくことになっています。無論、この神室幼稚園も例外ではありません」

その時、園長室のドアを叩く者がいた。

「ああ、早速噂《うわさ》をすれば何とやらですね。どうぞ、入ってください」

入って来たのは背が高く、肩のがっしりした女性だった。

「今日から年少組を担当する新人の喜多嶋凜先生です。こちら、去年まで年少組を受け持っておられた高梨《たかなし》まりか先生です」

「高梨です。よろしくうっ」

紹介されるや否や、まりかは凜の両手を摑《つか》み、ぶんぶんと振った。その握力の強さといったらいささか乱暴なほどで、凜は痛みを堪《こら》えるのに必死だった。

「名目上は、まりか先生があなたのトレーナーということになります。年中組の担当で幼稚園教諭五年目のベテランですから、分からないことは何でも訊《き》いてください」

「ああーっ、園長先生、それってあたしに対するプレッシャーですかあ。ええっと、園児たちが覚え易いように下の名前の凜先生と呼んでいいですか」

元気さでは凜も人後に落ちない自信があったが、まりかは更にその上をいく。問われた凜は反射的に頷いてしまった。

「園長先生はあんなこと言ってるけど、あたしも先輩面できるほど知っちゃあいないんですよ。お互い、教え合うってスタンスでいきましょうねー」

凜は気後れして愛想笑いを浮かべるしかなかった。

そして園長が口を開きかけた時、卓上の電話が鳴った。

「はい、京塚です。え、見城《けんじょう》さんから。ええ、構いません、繫《つな》いでください……ああ、見城さん。この間はどうも、京塚です。はい、はい、はい……ええ、春の遠足についてはもう計画が決まっておりまして……そうです、羊山公園などを予定していまして……えっ、今から変更、ですか。いや、それはちょっと……いや、それはしかし。既に引率の先生方にも……」

園長の口調が次第に弱々しくなっていく。まりかは一瞬眉間《みけん》に皺《しわ》を寄せると園長に一礼し、凜の腕を摑んで部屋を出た。

「な、何ですか。急に」

「新人の先生に見られて気持ちのいい場面じゃないのよ、今のは」

まりかは短めの溜息《ためいき》を吐《つ》いて、凜を連れて廊下を歩き出す。

「保護者会の会長で見城って人がいるんだけど、要するに上品なクレーマーでね。あの電話の様子だと、また遠足の目的地が不満だから自分の推奨するところに変更しろっていう要求みたいね」

「また？　じゃあ前にもそんなことがあったんですか」

「前にもどころか、しょっちゅうよ。お遊戯会の演《だ》し物にもケチをつけたり、園の教育方針にも度々介入したり……ほら、発言することで自分の権力を確認したい人種っているでしょ。まさにそのパターン。嫌だろうけど、そういう人が保護者会を牛耳《ぎゅうじ》っていることは覚えておいた方がいいわよ」

こういう話をしても物言いがからりと乾いているので、陰険な感じはしない。きっとこの明け透けなところがまりかの人となりなのだろうと思った。

「でも、いちいち保護者会の申し入れを受け入れなきゃいけないんですか」

「園長の対応を見ていたらそう思われても仕方ないよね。でも、この園は特別に保護者の発言力が強いから」

　文句を言いながらも、まりかは自分の中で納得しているらしく、それ以上保護者会には触れようとしない。

「実はね、どんな新人さんが来るのか、みんな興味津々だったのよ」

「どうしてですか」

「今年度の秩父の公立の園は募集人員が極端に少なくて、狭き門だったでしょ。その試験に合格していたのに、わざわざうちにくることにした新人さんって聞いたから。あ、これ別に嫌味とかじゃなくて純粋に野次馬根性だから勘弁ね」

　幼稚園の先生になるには幼稚園教諭の免許が必要となる。幼稚園教諭の養成課程のある大学、短大、文部科学省や厚生労働省指定の専門学校を卒業すれば免許を取得できる。

　もちろん免許を取得したからといって即座に就職できる訳もなく、公立幼稚園は各自治体ごとに採用試験を受けなければならないのだが、昨今の少子化の煽《あお》りをまともに受け、近年は採用予定人員がどこも激減しているし、毎年募集があるわけでもない。現に秩父では採用予定五名程度のところ、二百人もの応募があったという。競争率は何と四十倍だ。子供の数が増えている神室町ではもっと多くの幼稚園教諭を採用したいところだが、そこには予算との兼ね合いもある。ベビーブームに乗って野放図な職員募集を繰り返したはいいが、すぐに規模を縮小せざるを得なくなった過去の教訓から、不足分をそのまま補うというものではない。

「あたしが受けた年はまだ募集人員が二桁だったからまだしも、今年はすごい応募数で四年制大学出た子たちがばたばた討死してるものね。だから凜先生はエリート中のエリートってところかな」

へき地等級のついた地域に就職してエリート扱いされるのは妙な気分だった。

「あの、ちょっとそれはすごく恥ずかしいのでやめてください」

「あ、そうなの？　うふ。だったら凜先生が生意気なことを言ったら、エリート呼ばわりして辱《はずかし》めてやろうかしら」

からからと笑うまりかに連れて行かれたのは職員室だった。

中央に机が四脚。それだけで圧迫感を覚えるような狭い部屋に、二人の教諭がいた。

「えっと、こちら今日、着任された喜多嶋凜先生。年少の星組担当です。で、こちらが同じく月組担当の神尾《かみお》舞子《まいこ》先生」

「よろしく」

立ち上がると、舞子はひどく華奢《きゃしゃ》な体形であるのが分かった。筋肉質のまりかとは対照的だ。凜を見据える目も極めて理知的で、幼稚園教諭というよりは理科系大学の准教授といった風貌をしている。

「それから、こっちのイケメンが年長組担当の池波《いけなみ》智樹《ともき》先生」

「そのイケメンてのはやめてくださいと言ってるでしょうが」

紹介された池波は慌ててまりかに突っかかる。目鼻立ちが女性的なので確かに透明感のある顔立ちだが、本人はそう呼ばれることに抵抗があるらしい。

「だってえ。この園で男といったら池波先生と園長。それに送迎バスの片岡《かたおか》さんしかいないじゃない。園長はあの齢《とし》だし、片岡さんは背丈がちょっと不自由だし」

「消去法でイケメン認定するなんて、いつか両方から刺されますよ」

「池波先生にだったら刺されてもいいかなー」

まりかは軽口で池波をいなす。初対面の凜を前にこうしたやり取りをしているところを見ると、まりかのからかいは日常茶飯事なのだろう。

「それにしても面倒なことになったわね」

二人の騒々しさをよそに、舞子がぼそりと呟《つぶや》いた。

思わず凜は訊いた。

「あの、何が面倒なんでしょうか。やっぱりわたしみたいな新人が来ると……」

「そうじゃなくて。入園児の急増で二クラスになったことが、よ」

舞子は冷徹な口調を崩さずに言う。

「四十人の入園児を二つに分け、それぞれに担任をつける。急増した園児への対応策としては誰もが最初に思いつく安易な方法だけど、それによって分けられたクラスが比較対照される可能性を忘れている。わたしにとっても新任のあなたにとっても決して得な話じゃない」

言われて初めて気がついた。

確かに同年齢の園児で複数のクラスがあり、しかも別々の教諭が担当しているとあれば、保護者や、あるいは園児たち本人が何かと両方を比較する。

「でも、別にテストとかある訳じゃないですよね？」

「クラスの平均点とかで比較されるのなら、まだ話が簡単でいいわ。堪《たま》らないのは、どちらかのクラスで欠席が多かったり、病気が流行《はや》ったりした場合、もっと嫌なのは行儀作法とか元気がいいとか悪いとか、漠然とした印象で比較された場合。その責任は全部担任に被《かぶ》せられるのよ。ああ、やっぱりあの先生よりこっちの先生の方がよかったって」

「そ、そんなことを比較されるんですか」

「するのよ。母親って生き物は特に」

舞子はどこか冷めた表情で恐《おそ》ろしいことを言う。舞子の言うことが正しければ、この一年どころか三年間ずっと、凜は舞子と比較され続けることになる。

いや、自分が比較されて貶《おとし》められるのはまだ我慢できるだろう。本当に恐ろしいのは自分の担当するクラスの園児が貶められることだ。

凛はぼんやりと思い出す。

中学高校とも都市部の学校に通ったのでクラスはいつも複数存在した。当然のことながらクラスごとの優劣も存在し、それは進学が近づくにつれてより顕著になっていった。そして比較された生徒もまた、比較されたことでヒエラルキーを形成していく。優越感と劣等感が生じ、同じ学年の中で確執を生んでいく。

ぞっとした。まだ小学校に入らないうちにそんなヒエラルキーができてしまっていいものなのか。

着任一日目の不安に別の不安が重なり、門の前で充塡《じゅうてん》したはずの気合は半分がた萎《しぼ》んでいった。

2

凛が初登園して一週間後に入園式が行われた。三歳児が相手なので園側も格式ばったことはしないが、それでもこうした公の席は初めてに違いない、四十人の入園児のほとんどは緊張しきっていた。中には泣き出した子供までいる。

緊張していたのは凛も同様だった。公式にはこれが幼稚園教諭としての初仕事だ。四十人の園児は真ん中からふた組に分けられている。向かって右側が凛の受け持つ星組で、凛はその二十人の顔を順繰りに眺めていく。

これから三年間、わたしはこの子たちと一緒に過ごす——そう思うと、どの顔にも愛着が湧き始めた。

園長に名前を呼ばれたのはその時だった。

「では今年から星組を担当される、新任の喜多嶋凛先生です。先生、ご挨拶を」

凛は促されるまま壇上に登る。一段高い場所から会場を見渡すと園児たち以外の顔も視界に入ってきた。

後列に陣取る保護者たちの顔だった。こちらの顔は緊張ではなく、見事なまでに喜びと不安に分かれている。喜びはともかく、不安げな顔は自分に対するものかと勘繰ってしまう。

また膝が笑い出した。

ちらとまりかの顔を窺《うかが》うと、ガッツポーズよろしく片腕を挙げている。

ええい、ままよ。自分はこの園児と同じ立場なのだから、それを堂々と表明すればいい。

「初めまして。今年から神室幼稚園に着任しました喜多嶋凛といいます。わたしも皆さんと同じ入園したてです。一緒に頑張っていきましょう」

下げた頭を元に戻す時、また保護者たちの顔が見えた。

どうやら気負いは空回りしたらしく、保護者たちの不安げな顔はぴくりとも変化がなかった。

式が終了すると、早速それぞれの保育室に集まっての顔合わせが待っていた。

保育室に入るなり数人の子が駆け寄ってきた。狭い保育室に移ったせいか、二十人の園児たちは式の最中よりも緊張が解けた様子だ。

ただ緊張が解けた途端に三歳児は本来の性格を発揮する。

「ボク、後ろの席がいいー」

「アタシは栞《しおり》ちゃんの隣ー」

園児の何人かは早くも自己を主張して騒ぎ出す。

最初から叱ってはいけない、とまりかは助言してくれた。どの子がどんな個性を持っているのか、まず観察することから始めるのだと。

凛は学生時代に学んだ発達心理の知識を総動員して園児たち一人一人を分析し始める。

自分の席を離れ、一番大きな声を上げているのは岸谷藍斗《きしたにあいと》だ。

見る限りは病的な騒ぎ方ではないので、これは単に躾《しつけ》の問題だろう。だが園の中で殊更厳しく叱ると担任を憎み、園と家庭で態度を急変させてしまう可能性がある。

その藍斗に倣《なら》って騒いでいるが、時折ちらちらと凛を横目で窺っているのは菅沼大河《すがぬまたいが》。

おそらく藍斗を止めれば、自分に火の粉が掛からないうちにやめてしまう付和雷同のタイプだ。

周囲の喧騒にも無関心で、じっと床を睨んでいるのは見城絢音《あやね》。聞けば彼女の母親が保護者会の代表を務める見城真希《まき》なのだという。二つ違いの姉もここの年長組らしいが、年の近い姉妹のいる環境で周囲に無関心なのは少し気になる。

「静かにしなきゃ駄目っ」

顔を真っ赤にして藍斗を叱っている女の子は西川《にしかわ》栞。家には一歳児の弟がいるということなので、目に余る行為には注意する下地ができているのだろう。まるで姉が弟を叱るような口調が微笑《ほほえ》ましい。

他にも、早くも友達になったのか隣の子とお喋《しゃべ》りをしたり、そうかと思えば一人遊びをしたりする子もいる。この秩序のなさも個性の顕《あらわ》れだと言えなくもない。

三歳というのはものの善悪を認識し始める年頃だ。言い換えれば、この時期の躾はその後の人間性の形成に大きく影響してくる。もちろん躾は家庭の役目という意見もあるが、一日の四分の一近くを幼稚園の中で過ごすとなれば、園も頬かむりはできない。

自分の指導如何《いかん》でこの子たちの人格が左右される。そう考えると身の引き締まる思いがした。

頭ごなしに叱らずに彼らを鎮めるにはどうしたらいいか。

咄嗟《とっさ》に思いついた方法はこれだった。

「わあああああっ」

いきなり凜は喉《のど》も裂けよとばかりに大声を張り上げ、室内を駆け出した。

無茶苦茶に喚きながら園児たちの周りを走り回る。

一瞬、園児たちは何事が起きたのかとその場で固まる。走り回っていた藍斗もぴたりと動きを止める。

一拍おいて凜は相好《そうごう》を崩した。

「みんな、びっくりしたー？」

何人かがこくこくと頷いた。

「と、いうように沢山の人がいる中で大声を出したり騒いだりすると、みんなの迷惑になります。分かった人は手を挙げてー」

初めはぽつぽつと、しばらくすると藍斗を含めて二十人全員の手が挙がった。

「はい、それじゃあ、みんな座ってね」

それでようやく落ち着いて話ができるようになったが、開始五分ではや凜の息は上がっていた。理屈の通じない三歳児が相手では体力勝負になるのは当然だったが、就職活動を始めてから碌《ろく》に運動をしてこなかったのが悔やまれた。

園児たちに明日からの簡単な時間割を説明し終え、お別れの挨拶のあと、園児は保護者と帰っていった。保育室を出ると、隣の保育室から出て来た舞子と鉢合わせになった。顔を合わせるなり、舞子は軽く睨んできた。

「さっき、そっちの保育室がとても賑《にぎ》やかだったけど、誰か暴れてたの」

「あの、それって多分わたしです」

凛が事の顛末《てんまつ》を説明すると、舞子は心底呆《あき》れたような顔を見せた。

「毒を以て毒を制す、なんでしょうけど、よくやるわねえ。普通なら考えついても実行しないでしょ、そんなこと」

「舞子先生のクラスはどうでした。最初からみんなおとなしかったんですか」

「勝手な行動をする子は真正面から睨みつける。黙り込むまでずっと睨み続ける。その子が黙ったら、次の子をまた睨みつける。十五分も続けていたら全員が借りてきた猫みたいになったわ」

舞子は美人の部類に入るが目線がきつい。この目で長時間睨まれたら、さすがに三歳児も押し黙るだろう。

「それは、だけどちょっと厳しくないですか。園の中であまり厳しくし過ぎると、内弁慶になっちゃう気がします」

「家の中のことは家族に任せておけばいいのよ。というか、幼稚園教諭が家庭の躾にまで口出しするようになったら、後で責任問題になる。そっちの方が大変じゃない」

ひどく冷徹な物言いが引っ掛かった。最初から責任回避を念頭に置いた発言のように聞こえたからだ。

するとと凜の表情を読んだらしい舞子は、両手を腰に当ててくいと顔を上げた。


「先月、文科省の幼稚園教育専門部会がネットに上げた会議の配付資料、読んだ？」

「えっ」

藪《やぶ》から棒に文科省の幼稚園教育専門部会と切り出されても訳が分からない。

「その中で課題として挙げられているのは四つ。一つ、家庭と地域社会の教育力が低下しているので、早急に幼稚園教育を充実させてその成果を小学校に引き継ぐ。二つ、小学校教育への円滑な移行を図るために幼稚園教育と小学校教育の具体的な連携方策を示し、教育課程上の改善を図る。三つ、幼児によっては運動能力の低下、消極的な取り組みの姿勢、言語表現能力や自己発揮力の不足が指摘されている。四つ、子育て支援や保護者の要請により行う預かり保育が単に親の育児の肩代わりになってしまうことを懸念する声もあることから、その意義を明確に示す必要がある」

舞子は立て板に水のように諳《そら》んじてみせる。

「……舞子先生って文科省の回し者か何か？」

「何言ってるの。現場に携わる者として関係省庁が何を目的とし、何を指示してくるか把握するのは当然でしょう」

それが本当だとしたら凜は早くも現場の教諭失格ということになる。

「いくら現場が良かれと思ってやったことでも教育要領に沿わないことだったら、後で何を言われるか分からないしね。それで、この四つの課題が現場に何を要求しているかと言えば、幼稚園教育で園児の学力を向上させろ、躾や人格形成は家庭と地域社会に担わせればいい、ということ。だから園児が内弁慶になろうがＡＤＨＤ（注意欠陥多動性障害）になろうが、現場が責任を取ることじゃない。それよりは文科省の望み通り、園児の学力を向上させる方が結局は信頼できる幼稚園、優秀な教員という評価に結びつく」

嚙《か》み砕いた説明の仕方はとても分かり易かった。

それでも舞子の言葉は耳の奥で留まって胸まで下りてこない。あまりに冷めた現実主義に理解はできても納得ができない。本当にこの人は、自分と同様の幼稚園教員養成課程を履修したのかと疑問に思った。

「その……舞子先生は何年目なんですか」

「もう三年目。いや、まだ三年目と言った方が謙遜しているように聞こえるかな」

「やっぱり四年制大学、ですか」

「音大」

「えっ」

「名古屋の音楽大学でオーボエ吹いてたのよ」

気のせいなのか、そう告げた時だけ言葉の響きが自嘲的だった。

「……四年間ずっと？」

「そ、四年間ずっと」

「どうして音楽家にならなかったんですか！　勿体《もったい》ない」

「あのね、知らないようだから敢《あ》えて教えるけど音大生の就職率って絶望的なの。音楽関係はもちろん一般企業も受けてみたけど全滅。幸い大学に幼稚園教員の養成課程があったし、副科でピアノ弾いていたから音楽実技も困らなかったし。それで最後の頼みの綱だった採用試験に受かって、今に至る訳」

音大から幼稚園教諭というのはそれほど珍しいコースではないようだが、話を聞いていると幼稚園教育に対するスタンスの違いが何となく理解できた。

つまりは思い入れの差なのだ。

幼稚園教育を使命と捉えるのか、それとも単なる職業として捉えるのか。凜と舞子の感覚の相違は全てそこに起因している。

まるで凜の考えを見透かしたかのように舞子は言う。

「まあ大学入学時点から幼稚園教員を目指していた熱い人からすれば、わたしの言説は結構ドライに聞こえるかも知れないけど、組織の中で働くのなら監督官庁の指示に従うのは前提条件でしょ」

この理屈もまた理解できる。舞子の言っていることはいちいちもっともで、反論する根拠は何もない。

しかし相変わらず凜は素直に頷けないでいる。

「まだ何か言いたそうね」

「自信がありません」

「はい？」

「文科省の指示に従うだけの教育なんて、続けていく自信がありません。新人の生意気かも知れませんけど、わたしにも理想があって……三歳の頃から学力を向上させるよりも、感受性や協調性を豊かにする方が大事なんじゃないかと思います」

「あなたが理想を追うのは勝手だけど、この園の迷惑も考えてよね」

舞子の舌鋒《ぜっぽう》は容赦ない。

「こんな風にわたしとあなたの教育方針が二分すると、さっき言ったみたいにどうしても比較されちゃうのよ。それからこれはお節介だけど、最初から大層な理想を掲げているど、すぐにその重みで潰されるわよ」

「理想を掲げるって、そんなに現実にそぐわないことなんですか」

「あなた一人で責任が取れるというのなら構わないけど、事は園全体に及ぶのよ。それにあなたの方針に沿った結果、園児たちの学力が向上せず、小学校に移行した段階で他の児童たちと格差が生じた場合、どうやって責任取るつもり？」

畳み掛けるような詰問に凜は言い返すことができない。

「理想を掲げることが悪いとは言わない。でも誰もが自分だけの理想を追求していっても混乱するだけよ。音大出身だから言う訳じゃないけどアンサンブルって大事よ。誰か一人でも突っ走ると、全体のハーモニーが崩れてしまう。本人が会心の演奏をしたつもりでも、結局は楽曲全体をぶち壊した主犯でしかなくなる。それにね」

まだ何かあるのか。

「園児の教育方針より先に悩むことがあるのよ」

「……どういうことですか」

「これから保護者会の役員との第一回会合があるんだけど、それに参加したら分かるわ」

舞子は心底うんざりしたように言った。

会場に向かうと、既に保護者会の役員の面々が園長・池波・まりかの三人に対峙《たいじ》する形で座っていた。凜と舞子も急いでその末席に加わる。

「まずですね、園長。春の遠足コースの件ですが、これはやはり変更していただいた方がよろしいかと思います」

最初に口を開いたのは保護者会の会長を務める見城真希だった。なるほど目の辺りは絢音とよく似ている。

対する園長は困惑した表情でこれに応える。

「しかし、もう羊山公園行きの計画で先生方にもスケジュール表を作成していただいてですね」

「まだ計画段階なら、いくら変更したって構わないじゃありませんか。それに羊山公園だったら卒園した後でいくらでも行く機会があるでしょう」

「羊山公園は観光名所ですが、概してそういう場所に地元の人間はなかなか行かないものです。遠足を兼ねて地元の観光地を見ておくというのは、意義のある試みだと思うのですが」

園長は慎重に言葉を選んでいるようだが、見城会長は皆まで言わせない。

「意義があるかどうかを判断するのは園長先生、あなたではなく子供たちですよ。もしも疲労で園児の誰かが倒れるようなことがあったらどうするんですか」

凛は耳を疑った。

春の遠足については凛も事前に資料を見せられたので内容は把握している。遠足と言ってても目的地近くまではバスで移動するので、園児が歩く距離は実質七百メートル以下になっている。一番体力のない年少組の三歳児の平均的な体力を考慮しても七百メートルは余裕の距離だ。その程度の運動で疲労するのなら、運動会にも参加させられない理屈になる。

「園長先生。自然の博物館ではどうですか。あそこなら上長瀞駅の近くだし、恐竜とか巨大ザメの模型があって子供たちも大喜びですよ」

その口ぶりから、見城たち家族が自然の博物館に行ったことがあると窺える。要は園が策定した計画を無視し、自分の狭い経験から適当な場所を提案しているだけだ。園長や教員たちが頭を絞って考え出した計画よりも、自分たちの経験の方がはるかに有益だと思い込んでいる。

「ねえ、副会長はどう思われます？」

「ええ、わたしも自然の博物館ならいいと思いますわよ。ウチも家族で行きましたけど、グッズも結構あって」

「そうそう、幼稚園児なら入場料も無料なんですよね」

こんな間尺に合わない話はない。おとなしい園長もこれには反発するだろうと見ていたが、園長は横に座った池波と何やら相談をしている。

そして保護者会に対する回答は、凜を驚かせるものだった。

「承知しました。それでは遠足コースを自然の博物館行きに変更します」

開いた口が塞がらなかった。これでは全面降伏ではないか。

配布された資料を見れば、計画の策定に園長や教員たちが貴重な時間を費やしたものであるのがよく分かる。所要時間、園児の体力、感動の大きさ、天候の具合。そういった要因を洩れなく検討している。ところがその苦心の作を、保護者会の鶴のひと声で呆《あっ》気《け》なく翻してしまったのだ。

策定に携わった池波とまりかは明らかに渋い顔をしている。舞子は無表情でいるが、直前の口ぶりから察するに彼女もまた穏やかではないことが知れる。

「それでは至急、変更したスケジュール表を保護者宛てに送付してください。よろしくお願いしますね」

園長は黙したまま頷く。まるで見城会長に従属しているような体《てい》だが、見城の方も尻《しっ》尾《ぽ》を巻いた園長を見下ろして自身の権威を確認しているように見える。

「それから、これは今年度の予算案についてなんですけどね」

凜はまた驚いた。監査でもないのに、保護者会は幼稚園の予算運営にまで口を出すというのか。

「補助金の科目から遊具等環境整備費として六十六万六千円が計上されていますが、この根拠は何なのですか」

「それは……昨年から園児が二十名増え、遊具の増設が必要になったからです。他には設置から十年を経た遊具については点検と補修が義務付けられており……」

「危険と判断されたら撤去した方が早いんじゃないですか。それに園児の数が増えたからといって遊具を増設していったのでは、そのうち園庭が遊具だらけになってしまいませんこと？」

これに先刻の副会長や他の役員たちが同調する。

「そうですよねえ。別に遊具がなくたって子供は遊べますしねえ」

「第一、遊具って結構危険ですよね。老朽化したブランコで遊んでて怪我《けが》をしたってニュースもあったし。だったらいっそ撤去しちゃった方が安全だもの」

「遊具がなくても、子供たちが面白がるようなお遊戯を考案するのが先生たちの役目じゃありませんかあ？」

「そうですよ、そうですよ。そのためにお給料いただいてるんだから」

思わず、かっとなった。

給料をもらっているのだから奉仕しろ、というのは授業料を払っている立場からすれば正しい言い分かも知れないが、それを本人たちに面と向かって言うのは傲慢以外の何物でもない。そしてまた、自分たちの傲慢さに気づこうともせず、言われた教員たちが憤ることなど想像もしていない。

「園長先生、これは提案なんですけどね。折角六十六万六千円も予算を立てているんなら、他の使途があるように思うんですよ」

「……それは何ですか」

「たとえば国際化を見据えて、英語教育を導入するというのは如何《いかが》ですか。ここの園児数は六十八人だから、掛かる費用もちょうどそのくらいでしょう」

「さすが会長さん。それ、とってもいいアイデアだと思います！」

すぐに賛同したのは副会長の菅沼恵利《えり》だった。

「でしょ？　わたしね、神室幼稚園の教育レベルを上げる必要があると、かねがね考えていたんです」

見城会長は心持ち胸を反らせて言う。

これも同じだ、と凜は思う。幼稚園や教員を自分たちの従僕だとでも決めつけているのか。

幼稚園教諭の一日は多忙だ。スケジュールには余裕もなく、時間厳守の観念がない園児たちを相手にしていれば当然、次の時間帯に食い込むことがしょっちゅうなので碌に休憩時間も取れない。

そんな過密スケジュールの中、気紛《きまぐ》れに英語の時間を捻《ね》じ込めばいったいどうなるか。たちまちその他の予定に波及し、調整でスケジュールは更に過密になる。そして、そのしわ寄せは全部教員たちが被ることになるのだ。

「ねえ？　どうですか、園長先生」

ここで保護者会の要望を受け入れると、余分な業務が発生することになる。その業務が園の内部で決定されたことなら何の異存もないが、外部から強制されたものでは単に業者の代行をしたに過ぎなくなる。第一、当の園児たちがそんなものを喜ぶはずもない。

お願いだから断って——。

凜は祈るような気持ちで園長を見守ったが、願いは通じなかった。

「承知しました」

園長はあっさりと答え、また頭を垂れた。

全面降伏。

横に座っていたまりかの口から声にならない溜息が洩れた。

「それでは池波先生。早急に段取りを組んでおいてください。舞子先生には教材の発注をお願いします」

舞子は無言で頷くが、会合の始まる直前の発言で、不本意に思っていることは容易に想像がつく。

ぶすぶすと口惜しさと怒りが胸を焦がす。だが新人の凜に発言機会はなく、あったとしてもこの場で異議を唱えることは孤立無援を招くような雰囲気だった。

「今回も大変、有意義な会合が持てましたね」

それが見城会長の締めの言葉だった。

終了後、凜は意を決して園長室を訪れた。発言権がないのは百も承知だったが、問い質《ただ》さないことにはどうにも気が治まらなかった。

「どうして、あんな要求を易々と受け入れたんですか」

提案を安易に受諾した園長にも責任がある。そう考えると自然に口調はきつくなった。

「着任したての分際で、わたしが口出しするのは生意気で身の程知らずだと思います。それでも納得がいきません。子供の体力を考慮しろだとか、遊具は必要ないだとか、英語教育を導入しろだとか、園児のことなんて全然考えてないじゃないですか。その場の思いつきみたいな意見ばっかりで、しかもその責任を一切合財園に押しつけているんですよ」

園長は悩ましげな目で凜を見上げた。

「凜先生は初めてでしたから戸惑ったでしょうね。しかし、あれが当園の慣習でしてね、園が一度決定したことを保護者会が覆《くつがえ》すのは日常茶飯事になっています」

至極当然のように語るのを見て、凜の鬱憤は爆発寸前になる。

「こんなの絶対に変です。いくら公立じゃなくても、園が保護者の言いなりになってるなんて。わたしたちは保護者の方たちに雇われている訳じゃありません」

「先生のお気持ちは分かりますが……まあ、郷に入っては郷に従えという格言もありま
す。今の体制で大きなトラブルが発生したこともありません。ですから、しばらく様子
を見ては如何ですか」
「今の体制って、こんなのがずっと続いているんですか」
「ええ。わたしが園長に就任した時からですから、かれこれ十五年も前になりますか
ね」
十五年。それでは慣習同然になるのも仕方がない。それに園長自身が、保護者会に手
綱を取られていても恬《てん》として恥じるところがない。
「園長に就任してからということは、以前はそうじゃなかったということですよね。そ
れがどうしてこんな風になったんですか」
凜は園長に詰め寄る。
園長はしばらく凜を眺めた後、短い溜息を吐いた。
「どうやら発端を教えなければ、あなたはとても納得しそうにありませんね。それでは
話しましょう。そもそもは十五年前に起きたある事件が原因でした。当園の子供たちが
三人続けて殺されたのですよ。犠牲者は全員女児でした。ある日、女児が家を出て行っ
たきり行方不明になり、数日後、死体となって発見されました。警察官が大勢動員され
て大掛かりな捜査が行われましたが犯人は杳《よう》として知れません。ところが三人目の犠牲

者を土中に埋めている最中を現行犯逮捕されました。それは何と当時、園で送迎バスを運転していた上条《かみじょう》という男でした」

園長は苦いものを舌に載せたような表情で語り続ける。

「ここまで説明すれば、もうお分かりでしょう。犯人は捕まって死刑判決を受けましたが、同時に園の責任も追及されました。職員の中に殺人犯がいては何の抗弁もできません。園の関係者全員で殺したのも同然だ、という理屈ですね。経営母体である法人も幼稚園のスタッフを庇《かば》い切れず、しばらくの間職員たちは責められ通しでした。保護者会の声は大きくなる一方で、逆に園側の発言力は減じていきました。そして園の運営は保護者会の管理下に置かれ、いつしか園の決定事項には、保護者会の承諾が要るようになったのですよ」

3

どれほど慣れないことであっても、一カ月続けていれば日常に変化していく。幼稚園の業務にまごついていた凜もゴールデンウィークを過ぎる頃になると、まりかの指示をいちいち仰ぐことも少なくなった。

しかし毎日が多忙であることに変わりはない。たとえば通常日のスケジュールはこうなっている。

8：00 環境の整備（安全点検など）
9：00 園児出迎え
10：00 各クラスの活動
12：00 昼食（後片付けから手洗い、トイレなど生活面での指導）
13：00 自由あそびの指導
14：00 園児見送り／翌日の準備
15：00 行事の準備（誕生会・季節行事など）
17：00 掃除／遊具・教材の点検、飼育動物や植物の世話
18：00 反省会・日誌作成

もちろん大きなイベントの直前には深夜まで作業が続くこともあるが、この通常日のスケジュールでも相当な体力と精神力を消費する。

覚悟していたことではあるが、子供の体力は尋常ではない。限界を知らないから疲れ果てるまで動き続ける。そんな怪物たちを纏《まと》めて相手にするのだから、幼稚園教諭に求められるのはひたすら体力と忍耐力だ。

星組の中で一番手がかかる園児はやはり藍斗だった。良く言えば天衣無縫、悪く言えば状況判断能力が欠如しており、なかなか皆と同じ歩調が取れない。読み聞かせをしていてもじっと座っていることができず、すぐ隣の子供にちょっかいを出したりする。子供を三十分黙らせておくのは至難の業《わざ》だが、藍斗は三分と保《も》たない。

今日も『しあわせの王子』を読み聞かせ中、皆が凜の声に耳を傾けている時も藍斗は隣に座っていた瑛太《えいた》を「レンジャーパンチ！」と叫びながら小突く。おとなしい瑛太が我慢しているのをいいことに三発目の拳が瑛太の顔面にヒットした瞬間、凜の堪忍袋の緒が切れた。

「藍斗くん、やめなさい」

だが、藍斗は一向に聞く耳を持たず、半泣きになっている瑛太を尚《なお》も嬲《なぶ》っている。

「藍斗くん！」

藍斗の無軌道と瑛太への被害を止めるために、身体《からだ》が動いた。凜は席を立って藍斗の振り上げた手を摑む。

「何度言ったら分かるの」

「だって面白いもん」

「瑛太くん、嫌がってるじゃないの」

「嫌がってないよ」

「嫌がってるったら」

「嫌がってないもん」

「本当に、もうやめなさい」

結果的には、その制止が相手の反抗心に火をつけることとなった。

藍斗はにやりと笑い、今度は「レンジャーキック！」と叫んで瑛太の腹を蹴り上げた。

さすがに瑛太も堪え切れず、床に倒れて泣き出した。

もはや子供ながら悪意を感じずにはいられない。

瞬間、自制心が吹っ飛んだ。

「やめなさい！」

ぱしん。

乾いた音が教室に響いた。

平手が藍斗の頬に命中したのだ。

しまった。

凜にしてみれば掌が頬に当たった程度だったが、藍斗にとっては相当に予想外の衝撃だったらしい。

途端に後悔と罪悪感が津波のように押し寄せる。

数秒遅れて藍斗は顔を歪《ゆが》ませ、そして火が点いたように泣き出した。

「ぶったぁー」

藍斗はここを先途と泣き声を張り上げる。

「凜先生がぶったぁー」

一人の園児に必要以上に時間を掛けるのは望ましいことではない。そのうちに泣き止《や》むだろうと放置していたが、藍斗の号泣は一向に止む気配がない。

藍斗の泣き声は徐々に大きくなり、そのうちに掠《かす》れてきた。

まずい、このままでは引きつけを起こしかねない。

「みんな、ちょっと待っててね」

凜は藍斗を抱え上げて立ち上がる。他の園児がいないところで諄々《じゅんじゅん》と諭《さと》すつもりだった。

だが藍斗は決して従順ではなかった。抱かれている間も身悶《みもだ》えし、ばたばたと足を振る。

踵《かかと》が凜の顎《あご》に命中した。

三歳児でも踵は身体の中で一番硬い部分だ。激痛で一瞬、頭の中が白くなった。

それでもすんでのところで身体を踏み支えて、凜は痛みを堪えて暴れる藍斗を別室に連れて行った。

「凜先生がぶった。凜先生がぶったぁー」

蹴られた顎の疼痛《とうつう》が時間の経過とともに大きくなってくる。その痛みに堪えながら藍斗を宥《なだ》めすかしていると、頭の隅からもう一人の自分が囁《ささや》きかけてくる。

どうして、こんな子供の世話をしなければならない？　どうせ他人の子供ではないか。教員として最低限の仕事をしていれば、誰からも責められる謂《いわ》れはない。おそらく藍斗は家での躾が充分でないか、または過剰さからくる反動が親の目のないところで炸裂《さくれつ》しているのだろう。

そうだとすれば原因は家庭にある。幼稚園で本人を宥めすかしたところで、状況は変わらない。だから今、お前がやっていることは無駄に神経を疲弊させるだけの仕事だ——。

それでも凜は藍斗を放り出そうとは思わなかった。

ばたつく足が今度は凜の腹を蹴る。藍斗の涙と鼻水が凜のシャツを濡《ぬ》らす。

咄嗟に凜は藍斗を抱き締めた。

強過ぎず、弱過ぎず。反発を包み込むように藍斗を覆う。

最初のうち小さな身体は激しく抵抗していたが、やがて動きが緩慢になり、最後には暴れるのをやめた。

「ね、どうして瑛太くんを苛《いじ》めるの」

「……んじゃないよお」

「えっ」

「いじめてたんじゃないよお。遊んでたんだよお」

「そう、遊んでたの。でも瑛太くんの方はどうだったのかな。本当に楽しかったのかな？」

　返事はない。

「遊びならさ。みんなが楽しくないと駄目だよね。いつも藍斗くんがスーパーレンジャーの役をやってるけど、瑛太くんだって他のみんなだってスーパーレンジャーやりたいはずでしょ」

「……ボクがスーパーレンジャーだ」

「藍斗くん以外の子はそう思っていないかも知れないよ。だって、男の子はみんなヒーローになりたいんだもの。誰も悪人になりたがっている人なんていないでしょ？　それにさ、藍斗くん」

「うん」

「正義のヒーローは何もしない人を叩いたり蹴ったりしないよ？」

　すると藍斗はそれきり黙り込んだ。

　藍斗への説得が功を奏したと思っていた矢先、翌日になって藍斗の母親岸谷礼美《れいみ》が園に怒鳴り込んできた。

藍斗の入園からほぼ一カ月、母親礼美は教員たちの間ではちょっとした有名人だった。幼稚園給食の献立の中に豆腐が入っていれば「藍斗は豆腐アレルギーなんですっ」と猛抗議の電話を入れてくる。送迎バスの到着が五分ほど遅れると「職務怠慢じゃないですかあっ」と、運転手に罵声を浴びせてくる。クレームの意図するところは分からないでもないが、表明の仕方がいささか度を過ぎているのだ。

「あなたはウチの藍斗にいったい何をしたんですかあっ」

職員室のドアを開けて歩み寄るなり、礼美は凜に食ってかかった。改めて正面から見ると化粧っ気はなく、頭も引っ詰め髪だった。

「家に帰った藍斗が肩を落としているので理由を尋ねました。そうしたら凜先生にぶたれたと言うじゃありませんか！　どうしてそんなことになったんですか」

「あれは読み聞かせの最中、藍斗くんがお友達を叩いたり蹴ったりするので、それをやめさせようと……」

「嘘《うそ》おっしゃい！」

礼美は言下に否定したかと思うと、目にも留まらぬ速さで凜に平手打ちを食らわせた。

一瞬、打たれた頬の熱さに呆然《ぼうぜん》とする。礼美の突発行動は織り込み済みのつもりだったが、まさか口と同時に手が出るとは予想外だった。

どうして自分が礼美から殴られなければならないのか。

「な、何をするんですか」

「これは母親として当然の行為です」

礼美は胸を張って言う。まるで正義の行いであるかのような物言いに酔い痴《し》れているようにも見える。

部屋にいた池波が礼美を抑えようと近づくが、礼美はその腕を振り払って凜に摑みかかる。

「藍斗は家では本当におとなしい子で、オモチャも丁寧に扱うし乱暴な口ひとつ利きません。そんな子がお友達を叩いたり蹴ったりするはずがないでしょ。全部あなたのでっちあげです」

「でっちあげだなんて」

「きっとみんなが騒いで収拾がつかなくなったものだから、一番おとなしそうな藍斗を叩いて見せしめにしたんでしょう。そうに決まってるわ」

それこそ濡れ衣《ぎぬ》だった。

叩かれた頰がまだ熱い。凜は思わず拳を握り締めた。

さっきは不意を突かれたが、見るからに運動不足の礼美とならこちらに分がある。

待て、と自制心が囁いた。

ここで母親と格闘してどうするつもりだ。気を鎮めろ――。

凛は胸の裡《うち》でゆっくりと数を数え始める。

一つ、二つ、三つ、四つ。

そのうちに、込み上げていた怒りが少し収まった。

冷めていく頭で礼美の言葉を反芻《はんすう》してみる。家の中ではおとなしく、乱暴な口ひとつ利かない。それなのに園では奔放に振る舞い、いつも喚き散らす。園の同僚たちが〈外ネズミ〉と呼んでいる類だ。〈外ネズミ〉になる原因の大半は、園ではなく家庭にある。解決するには園の中で話し合っても無意味だ。

「この嘘吐きの暴力教員。園長先生はどこよ、処分してもらうわ」

暴力はどっちだ、と思ったが口にはしなかった。

騒ぎを聞きつけたのか、園長が押っ取り刀で駆けつけてきた。

「何事ですか、いったい」

凛に摑みかかっている礼美を見て、園長は目を白黒させている。

「園長、この暴力教員を今すぐクビにしなさい」

礼美は命令口調でそう告げる。あなたは理事長か何かのつもりか——凛の中で反抗心が頭を擡げてきたが、新人なりの職業意識が蓋をした。

「その女はウチの藍斗に暴力を振るったんです」

「凛先生、それは本当ですか」

園長の及び腰を見て溜息が出そうになった。

「違います。読み聞かせ中に藍斗くん一人が騒いでいたので、わたしはそれを制止しようとしただけです」

我ながら弁解めいて聞こえるのが嫌だったが、言うべきことは言わなくてはいけない。

「藍斗くんを一時的に鎮めるためには仕方ないことで、それがわたしの能力不足に帰するものであるのは確かです。でも、みんなの見せしめに叩いたということはありません」

「言い逃れです。真っ赤な嘘です。藍斗が他人様《ひとさま》の子にちょっかいを出すなんて有り得ないことです」

園長はおろおろと困惑した様子で凜と礼美を見比べている。

こんな時には母親より教員を信用して欲しいと思ったが、礼美の手前、おいそれと教員の肩を持つ言動もできないのだろうと思い直した。

双方の言い分がこれだけ違えば水掛け論にしかならない。そうなれば子供の証言を基にした母親に軍配が上がる。

まさかこれしきのことで辞めさせられるとは思えないが、弱腰の園長を見ていると不安に駆られてくる。

進退窮まった場面だったが、そこに助け舟が入った。

「確かに騒いでいたのは藍斗くんだけでした」

声を上げたのはまりかだった。

「あの時間、わたしの組も読み聞かせをしていて静かだったので、余計に耳障りだったから覚えています。あの奇声は間違いなく藍斗くんのものでした」

「僕も」

続いて池波も手を挙げる。

「僕は二つ離れた保育室だったけど、確かにレンジャーパンチとか叫んでいたのは一人だけでしたね」

「全部、状況証拠ばかりじゃないの！」

礼美は眦《まなじり》を上げて三人に突っかかる。

「藍斗が暴れていたのをこの女以外に目撃した人はいないんでしょ。だったら三人が口裏を合わせているのよ。それとも、その現場が録画されているとでも言う訳？」

保育室の中に監視カメラが設置されているはずもないので、礼美の反論は言いがかりに等しい。これは理屈で解決できる相手ではない。

「だったら、目撃したギャラリー一人一人に訊いてみます？」

場違いなほど冷静に切り出したのは舞子だった。およそ感情の籠もらない声に、礼美も怪訝《けげん》そうな顔を向ける。

「星組は二十人のクラスです。そんな派手なことが起きたのなら、みんな覚えているはずです。読み聞かせ中に騒いでいたのは誰か。聞き取り調査なら簡単ですよ。白黒はっきりさせたいというのでしたら、そうしますか」

元より他の園児を巻き込むつもりのなかった凜には意外な提案だった。まりかと池波もなるほどといった体で頷いている。

「岸谷さんに納得いただくにはそうするより他にありませんかなあ」

趨勢《すうせい》を見守っていた園長も尻馬に乗ったようだ。

すると形勢不利と読んだのか、礼美は矛先《ほこさき》を変えてきた。

「もしも、それでやんちゃをしたのが藍斗であったとしても、これは決してイジメなどではありません」

「え」

「イジメというのは集団による行為です。藍斗一人が手を出したというのなら、それは単なる子供の喧嘩《けんか》でイジメの図式には当て嵌《は》まりません。それに相手の事情だってあります」

何を言い出すかと思った。

「相手のお子さんが藍斗に喧嘩を吹っかけた可能性だって濃厚です。藍斗はまだ三歳だから、やめてという言葉より先に手が出たかも知れません。それに手を出している方は親愛の情を持っている場合だってあります。それなのにイジメと一方的に決めつけて、藍斗だけに暴力を振るったというのは言語道断です！」

　今度は論点をそっちに持ってきたか。

　凜は礼美の心情を測りかねた。この母親は自分の子供が叩かれたことが許せないのか、それともただ幼稚園に抗議したいだけのクレーマーなのか。

　だが凜の思いを他所《よそ》に舞子の弁舌が続く。

「手を出している方が親愛の情を持っていることは、確かに有り得るでしょう。でもその一方で、いじめられる自分が悪いと思い込み、怖くて意思表示できない子供もいます。それもはっきりさせたいと仰《おつしや》るのなら、もう親御さんや園の教員の出る幕ではありません。ちゃんとした児童心理の先生に双方を診ていただかなければなりません。そこまでされますか？」

　礼美は眉間に皺を寄せた。感情を昂らせて血が上った頭に舞子の論理で冷や水を掛けられ、すっかり出鼻を挫《くじ》かれた様子だ。

　その頃合いを見て園長が割って入った。

「どうでしょうか岸谷さん。医師の診察が伴うとなれば時間も費用も掛かります。なにぶん凜先生はまだ新任ですし、さきほど岸谷さんが平手打ちされたことで矛を収めてはいただけませんか」

じろり、と礼美が園長を睨む。

「もちろん、これを教訓に凜先生をはじめ我々一同は更に園児一人一人に気を配り、健やかな成長に寄与したいと思う所存です」

相手の気勢が殺《そ》がれたところを見計らって美辞麗句で纏める。クレームの典型的な畳み方だが、感情的な相手には一番効果的な対処法だ。

「……そういうことでしたら仕方ありませんわね」

礼美はくいと顎を上げた。

「今回だけは園長先生の顔を立てることにしましょう」

「ありがとうございます」

「このようなことが金輪際起こらないよう、その未熟な先生をよく指導してやってください」

「待ってください」

凜はいったん踵《きびす》を返した礼美を呼び止めた。

「まだ何かあるの」

振り返った礼美は般若《はんにゃ》の顔をしている。

「こういうことが金輪際起こらないようにとのことでした。だから確認させてくださいませんか」

「確認?」

「藍斗くんが家の中でどんな様子なのか詳しく教えて欲しいんです。そうすれば園の中での様子と比較して、違うようであればわたしの接し方を変えればいいんですから」

「家の中の様子って……」

「たとえばお母さんが同じ注意を繰り返したりとか、生活のリズムがまちまちになったりとか。あ、それから一度に複数の言いつけをすると迷ったり、気が散りやすいとか、そういうことはありませんか」

「……何か引っ掛かる質問ね」

「いえ、今挙げたのは三歳児によく見られる傾向なんですけど、その度合いが子供によって異なるんです」

　少し考え込んでから礼美は口を開いた。

「藍斗はわたしや父親の言いつけを忘れずによく守るわね。言うことをしっかり聞いているから何度も同じ注意をすることはないし、寝起きの時間も一定している……これで満足?」

「はい、大変参考になりました。どうもありがとうございます」

「全く、何だっていうのよ」

　捨て台詞《ぜりふ》を残して、やっと礼美は部屋から出て行った。

ところが皆がやれやれと持ち場に戻る中、舞子だけが凜の背後に張りついていた。

「あ、あの。さっきは証言してくれてありがとうございました」

「あの局面で、よくあんなこと訊こうなんて思ったわね」

「えっ」

「あれって、藍斗くんがＡＤＨＤじゃないか症状を確認しようとしたんでしょ」

そう指摘されれば頷くしかなかった。実は最初から藍斗がＡＤＨＤではないかと疑い、機会があったら母親に尋ねるつもりでいたのだ。

ＡＤＨＤは多動性・衝動性と注意力の欠如を特徴とする障害だ。初期症状としては細かな部分に注意が払えず、始めたことを終えられない、絶えず動き回り、また結果を考えずに行動しやすく、物を壊したり他人の妨害をしたりする。すると当然、周囲からは疎外され、二次的に情緒障害を引き起こすようになる。

幼児のうちに何らかの手を打てばいいのだが、放っておいて成長後も継続すると不登校や引きこもり、延《ひ》いては鬱病やアルコール依存症を併発する要因ともなる。

「園の中での様子を見ているとその可能性があって……でも、藍斗くんは三月生まれだから他の子より落ち着きがなくて当たり前だし、第一、落ち着きのなさや他の子にちょっかい出すのが個性かも知れないじゃないですか」

それを見極めるためには、藍斗が家庭でどう振る舞っているかをぜひとも知る必要があった。

「でもお母さんの話では典型的な症状が出てないので少し安心しました」

「それであなたの見立ては？　迷惑行動をＡＤＨＤに結びつけたくらいだから、それ以外の可能性も当然考えているんでしょ」

「はい。聞いた限りではお父さんも藍斗くんに注意しているみたいだから、躾が厳格過ぎるのかも知れません。家庭で溜まった鬱憤が園で爆発している可能性はあります」

「で、どうするの」

「おおよそ原因が推察できれば……もっともっと彼との触れ合いを増やして、感情をコントロールする術《すべ》をゆっくり教えていければと思います」

舞子は呆れたように凜を見る。

「あなた母親に叩かれた直後から、ずっとそれを考えてたの」

「ええ、まあ」

「……よくやるわよねえ」

そして首を傾《かし》げながら自分の席に戻って行った。

4

「二と三で五！」

凛の声に合わせて園児たちが復唱する。

「にとさんで、ごっ！」

「三と三で六！」

「さんとさんで、ろくっ！」

高さ三十五センチ、長さ百二十センチ、重さ十キロほどの巨大な算盤《そろばん》は支えているだけでも結構な重労働だが、加えて声を出しながら珠を弾《はじ》くので十分も続けていると二の腕が痺《しび》れてくる。

「四と三で七」

「よんとさんで、ななっ」

神室幼稚園のクラス活動にはこうした初歩の算数や国語の時間が挿入されている。算数については数量・図形・記憶・推理。国語については物の名前から始まり、簡単な文章題が学習範囲だ。

そして昨年から、神室幼稚園ではこれに高山《たかやま》メソッドという教育システムが加わった。具体的には山手線の駅名全てやら宮沢賢治の詩やらを意味も分からぬままに暗唱させるというものだ。

意味が分からずとも暗唱することで耳が記憶力を増幅させるという理屈だが何のこと

はない、要はひと昔前に全国の学校で行われていた詰め込み教育の改訂版だ。

三歳児の知識の吸収力には目覚ましいものがある。この時期に暗記力を高めておけば、なるほど小学校からの本格的な授業では頼もしい力となるだろう。凜もその利点を否定するつもりはない。

「五と三で八」

「ごとさんで、はち」

だが暗唱も反復も退屈な作業で、そして三歳児は退屈に耐えられないようにできている。開始からまだ十分も経《た》っていないというのに、早くも園児たちは集中力を途絶しかけている。

園児たちの表情からどんどん精彩さが失われていく。そのうち何人かは明らかに凜の話を聞いていない。子供を三十分間でも集中させることができれば、よほどのエンターテイナーだと思う。子供騙《だま》しという言葉があるが、子供を騙すのが一番難しい。

「はあい。それじゃあ次の問題ねー。この絵見てー。右の箱と左の箱にそれぞれミカンが入っているよね？　数が多いのはどっちかなー」

「えーと」

「右と左、それぞれのミカンを数えてみよー」

「ひとーつ、ふたーつ、みーっつ」

園児たちの声に耳を傾けながら、凜は窓の外を見やる。梅雨の合間、雲一つない青空がどこまでも続いている。

記憶力も大事、理解力も大事。

しかしそれは今でも習得できることではあるが、今しか習得できないことではない。今しか教えられないもの、今教えないと覚えられないものが他にある。

「凜せんせー」

手を挙げたのは西川栞だった。

「はあい、どうしたのー？」

「……つまんない」

素直な女の子で、思ったことを悪気なく口にするところは、どこか自分と似ていた。

栞の不満に大勢の頭が頷く。

クラス活動はまだ一時間半以上も残っている。

凜は掲げていた絵を下ろした。

「ねえ、みんな。お外で勉強したくない？」

予《かね》てから目をつけていた場所に連絡すると、二十人程度の見学者なら大丈夫だという。園児の足でも歩いて行ける距離で、散歩コースにも持ってこいだ。

陽射《ひざ》しは強からず弱からず。今が梅雨であるのを忘れさせるほど風が乾いている。園の敷地を一歩出れば、そこはもう四方を山に囲まれた田園地帯であり、へき地等級二級の地域の利点はこういう点だ。

外に出るなり子供たちの顔つきが変わった。さっきまで唇を尖らせていた大河までが、いったいどこに行くのかと興味津々にしている。

「せんせー、どこに行くのさー」

大河は飽きっぽい代わりに好奇心が旺盛だ。

「外に咲いてる花の名前、覚えるの？」

「それもいいけど、もっと大きなもの見に行くんだよ」

しばらく歩いていると、前方に柵に囲まれた牧草地が現れた。同時に獣と糞《ふん》の臭《にお》いが風に乗ってくる。

あれが目的地の柳田《やなぎだ》牧場だ。

園児たちの間から臭《くさ》いと声が上がると思っていたが、意外にも抗議よりも感嘆が先だった。

「あっ、牛さんだ！」

「すごい。あんなにいる！」

急に子供たちがわっと駆け出す。凜はそのスピードについていくのがやっとだ。

まず自宅兼事務所に赴いて経営者の柳田に挨拶を済ませる。牧場内に足を踏み入れる際は必ず靴底を消毒すること、不用意に牛の背後に回らないことなど注意事項を確認した後、柳田の同伴で園児たちを放牧場に連れていく。十二時までは運動のために放牧されるというから、時間の都合もちょうどよかった。

柳田牧場は乳牛二十五頭を抱える小規模酪農業者だ。今年八十歳になる柳田はひどく気さくな男で、凜が見学を申し出ると二つ返事でＯＫをくれた。

「しかし、最近の子は牛なんか見て面白がるものかね」

柳田は快活に尋ねてくる。

「宝登山《ほどさん》まで行きゃ動物園だってあるだろうに」

「牛だって充分に面白いですよ。ウチの園児でも、本物の牛を見るのが初めてという子は多いですもの」

星組の園児の大半はサラリーマン家庭の子たちで、牛や豚などの家畜を飼っている家は皆無だった。

案の定、放牧場の牛を見た園児たちは例外なく目を輝かせた。

「すごい、すごい」

「牛って大きい……」

「きゃあああっ、可愛《かわい》い、可愛い！　……けど怖い」

他の園児が恐々と距離を取る中、真っ先に牛に触れたのは栞だった。

「わあああー、足、ふっさふさだー」

「しーちゃん、次、あたしに触らせて」

「違うよ、今度はボクの番だよ」

牧場独特の臭いも気にならなくなったのか、園児たちの好奇心は全開となる。我も我もと目の前の牛に手を伸ばす。

「こらあ、尻尾を引っ張っちゃ駄目だよ」

「ははは、三歳児の手で引っ張ったくらいじゃびくともせんよ」

柳田の言う通り、牛たちは園児に触られても気にする風もなく、悠然と草を食《は》んでいる。

「ずいぶん人間に懐いているんですね」

「子牛の頃からずっと面倒見とるからね。人間慣れしとるよ。それにのろのろ動いているから鈍臭そうに見えるが、牛は賢い動物でな。自分に危害を加える者かそうでないかをちゃあんと知っとる」

すると、今まで牛を下から覗き込んでいた仁希人《にきと》が不思議そうに呟いた。

「おっぱいがいっぱい……」

「そりゃあそうさ。お前らの飲む分まで牛乳出さなきゃならんからな。乳房が二つきりじゃあ、とても足らん」

「えっ、この牛さんから牛乳が出るの」

「何じゃ、最近の子はそんなことも知らんのかね」

「ボクたちがいつも飲んでる牛乳が？」

「他にヤギ乳とかもあるが、店で売ってるのは、まあ全部牛から搾ったものさ」

仁希人と同様に初耳だったらしい園児たちが一斉に驚き、その様子を見た柳田もまた驚いた。

「この子たち、三歳、なんだよね？」

「は、はい」

「最近の親たちは家で何を教えとるんかね。牛乳は工場かどこかで一から作っているとでも説明しとるのかなあ」

柳田の慨嘆はもっともだが、園児たちの無知を一方的に責める訳にもいかない。

この子たちも母親に連れられて買い物に行ったことがあるだろう。しかし、そこで売られている肉や魚の多くは切り身にされ、パック詰めとなっている。

つまり生産地と消費地があまりに乖離《かいり》してしまっているのだ。牛や豚を見て、すぐに肉を連想できる幼児は多くない。逆にパック詰めの状態から元の生き物を想像することはもっと困難だろう。

「あのう」

仁希人がもじもじしながら割って入った。

「この牛さんの牛乳、今飲める?」

「飲みたいか」

柳田が尋ねると、仁希人と他の園児たちは千切れそうな勢いで首を振る。

「ちょうど朝搾ったばかりの乳がある。ちょおっと待ってろ」

牛舎に向かった柳田が、しばらくしてからタンクと紙コップをぶら下げて戻って来た。

期待と好奇心でそわそわしている園児たちの前に紙コップが置かれ、牛乳がなみなみと注がれる。

「そうら、飲んでみろ」

柳田の声を合図に次々と中身が飲み干されていく。

「何、これ……」

最初に呆然と呟いたのは栞だった。

「これ、牛乳じゃないよ。別の、違う飲み物だよ」

「違わないよ、お嬢ちゃん。こいつは今お嬢ちゃんの触った牛から朝一番に搾った乳だ」

驚いたのは凜も同じだった。

濃厚な上に自然の甘みがある。少し粘度を加えれば、そのまま練乳になりそうだ。これに比べれば市販の牛乳など水のようなものだった。

園児たちの反応は様々だった。驚きに目を瞠《みは》る者、舌で名残惜しそうに口の周りを舐《な》める者、じっとコップの底を覗き込む者、そしてもちろん柳田にお代わりを要求する者。

「どうして、こんなに美味《おい》しいの」

栞は真剣な眼差《まなざ》しで訊いてくる。

「そりゃあ搾りたてだもの。売ってる物は工場からスーパーに卸されるまで時間も掛かるし、熱処理もされてるし。まあ、これだって沸かし殺菌はしてるんだが、殺菌していない生乳はもっともっと美味いよ」

「ええっ」

今度は凜が声を上げた。

「これより美味しいんですか」

できることなら、その生乳を全員に飲ませてあげたいと思った。

だが柳田の返事はつれなかった。

「でも飲ませてあげないよ」

「どうしてですか」

「食品衛生法で、加熱殺菌していない生乳は消費者に飲ませられないんだよ。O157

の可能性だってゼロじゃないしね。だけど」

柳田はそこで言葉を切って、意地悪そうににやりと笑う。

「搾った本人が飲む分にはお咎《とが》めなしだから、俺たちは毎日それを飲んでるよ。その味に慣れちゃってるから、もう他の牛乳なんてとてもじゃないが飲めないねえ」

するとマが恨めしそうに柳田を見上げた。

「……おじいさんのひきょうもの」

「そうだよー、それくらい役得がなきゃ酪農なんてやってられっか。でもな、お嬢ちゃんよ」

「うん」

「今度お嬢ちゃんが母さんと一緒に来て、母さんがいいと言ったら飲んでも構わないぞ」

「ホントに？」

「ああ、約束だ」

こうして柳田が年下のファンを作っている最中も、他の園児たちは牛を撫でるやら顔を擦《こす》りつけるやら観察に余念がない。

そのうち何人かが口々に質問を繰り出した。

「どのくらいまで大きくなるの」

「ねえねえ、走ったら速いのかな」

「牛さんは、何食べてるの？」

柳田は面倒な顔一つ見せず、丁寧に答える。きっと子供好きなのだろう。園児たちもじっと柳田を注視している。先刻の算数の時間とは全く違う目をしている。

そして瑛太がその質問を投げた。

「ここには牛乳を出す牛さんしかいないの」

「ウチは酪農家だからな。メスしかいない。オスは乳なんか出ないだろ」

「じゃあオスはどこにいるの」

「オスはな、生まれた瞬間に肉牛として別の畜産業者に引き取られていく」

「それから？」

「太らされて肉にされるんだよ」

ざわ、と園児たちに動揺が走る。

「……でも、メスなら大丈夫なんだよね。ずっとここでお乳を出していられるんだよね」

「とも限らん。健康じゃなくなったり乳が出なくなったりしたら、やっぱり肉にされる。食肉にならない肉は家畜に食べられる」

みるみるうちに瑛太の表情が萎《しお》れていく。

「じゃあ、牛ってみんな食べられちゃうの？」

「そうだな。でも牛だけじゃない。ブタもニワトリもヒツジも、飼われている動物は大抵肉にされて坊やの腹の中に収まる。そういう動物を家畜って言うんだ。家畜ってのは元々そういう目的で飼われているからな」

瑛太は完全に黙り込んだ。凛が心配になって覗き込むと涙目になっている。

ついさっきまで燥《はしゃ》いでいた園児たちも一様に押し黙り、深刻な顔を柳田に向けている。

「残酷だと思うかも知れんが、しかし家畜がおらんと人間は生きていけん。肉を食わなけりゃいいと言う者もいるが、魚だろうが植物だろうが生き物であることに変わりはない。わしらはな、みんな生き物を食べて生きておるんだ」

「何か……かわいそうだよお」

不意に柳田は腰を落とし、瑛太と目線を合わせた。

「坊やはご飯を食べる前にいただきますって言うかい」

「……言う」

「あれはな、命をありがたくいただきますっていう意味だ。わしらと同じように生きていたものをいただくんだから、そうやってお礼を言わなきゃならない。もちろん残したり粗末に扱ったりもしちゃいけない。分かるか」

「うん」

「生き物に敬意を払い、食べ物を大事にすること。それを続けていれば、少なくとも自分を恥じることはないとわしは思う」

　そう言って瑛太の頭をわしわしと撫でた。


　翌日になると、凜が行った園外保育を園の関係者全員が話題にしていた。

「聞いたよー、凜先生。やるじゃないの、例の園外保育」

　早速食いついてきたのは、まりかだ。

「もう当日にも反響があったんだって？　園児が家のご飯、残さなくなったらしいじゃない」

　それは凜も保護者との連絡ノートで知っていた。

「まあ、こんなの牛乳じゃないーって市販の牛乳に文句言う子が出たという副作用もあったんですけど……」

「でも、凜先生自身は後悔なんかしてないでしょ」

　凜は遠慮がちに頷いてみせる。

　柳田はいい教師になってくれた。命の尊さ、そして他の命を食らわなければ生きていけない矛盾と切なさを、園児にも理解できるように教えてくれた。三歳児には多少衝撃だったかも知れないが、命の価値を知ることには相応の重みがある。

「命の大切さを普段の食事に結びつけて教えることができたら、最高の食育だよね。これはファインプレイじゃないの」

「確かにそうだよね」

池波も同意を示した。

「家畜の存在意義なんて、普通は幼稚園はおろか小学校でも教えることがないからなあ。ほら、中学校でイジメやら自殺やらニュースになることが多いじゃないですか。あれだって物心つく頃に命の尊厳をきっちり教えてこなかったからじゃないかと、僕は思ってる。やっぱり一番大切なことは最初に教えた方がいい」

「今度、あたしの組もその牧場に連れて行こうかな。凜先生、先方の連絡先とか知ってるんでしょ。後で教えてよ」

「あ、はい」

「舞子先生はどう？　同じ年少組なんだから月組もひとつ噛んでみたら」

まりかが水を向けると、舞子はひやりとした声で「わたしは結構です」と言った。

「え、舞子先生は命の授業に否定派なの」

「否定も何も、それ以前に組んだカリキュラムというものがありますから」

まりかに応えた後、舞子は凜に向き直る。怜悧《れいり》な眼差しがいつにも増して冷やかだ。

「星組の子が不憫《ふびん》でならないわ」

「はい？」

「前にも話したけど、同じ年少組だから二つのクラスはすぐ比較の対象になる。命の授業だか何だか知らないけど、丸々半日分の活動を後回しにしてしまったのよ。小学校に上がる時、学力に差が出たら、あなたは園児や保護者に対してどう責任を取るつもりなの」

予想もしなかった方角からの指摘に虚を衝《つ》かれた。

やはり、この世には価値観を異にする人間が確実に存在するのだ。

「あなたは人間味溢《あふ》れる幼稚園教諭を演じられてさぞかしご満悦だろうけど、この幼稚園に求められているのはそんな胡乱《うろん》なものじゃなくて実績なのよ」

「……それって何か虚《むな》しくないですか」

「そう思うのはあなたがプロに徹していない証拠。プロの定義というのはクライアントが望むものを成果として提供することでしょう。誰だってお寿司屋《すしや》さんに入ってカレーが出されたら怒るわよ。それは幼稚園教諭も一緒。現状、保護者が人間教育よりも小学校入学までの知育を重視している以上、そっちにベクトルを合わせるのはプロとして当然の義務なのよ」

相変わらず現実的な、しかし反論を許さない口説に池波とまりかは口を噤《つぐ》む。

舞子のプロ意識は確かに正しいと思える。しかし、それは凜が間違っていることの前提にはならないはずだ。

反駁《はんばく》しようと口を開きかけた時、職員室のドアから園長が顔を覗かせた。

「凜先生。済みませんが園長室まで来てもらえませんか」


園長室では二人の女が凜を待ち構えていた。保護者会の見城会長と副会長の菅沼恵利は、部屋に入って来た凜をいきなり睨みつける。

「凜先生、いったいどういうことですか」

恵利は挨拶もなしに抗議してきた。

「ウチの大河が帰って来るなり牛のことを長々と話し出したんですけど、わたしは大河を農業高校に進学させるつもりはないんです。ちゃんと決められた勉強をしていただかないと！」

「でも大河くん、とても熱心に……」

「そりゃあ勉強するよりは動物を眺めている方が楽しいに決まってるじゃないですか。でも、楽しいことは遠足とかで充分でしょう。わたしは園や先生にそんな教育を望んでいません」

「命の尊さを教えるのが無意味とまでは言いませんよ」

見城会長は口調が冷静な分、より辛辣《しんらつ》だった。

「ただ菅沼さんが仰る通り、保護者会の多くの方は我が子の学力向上を第一に考えています。今日、足し算ができたかどうか。明日、どれだけの言葉が覚えられるのか。それに命の大切さなんて小学校に上がってからでも教えられることじゃありませんか」

「本当に。こういうのを有難迷惑っていうんですよね」

「新任の先生だから気負いがあるのは分かりますが、もう少し現実的になって欲しいですね」

「そうですよ。決して安くはない保育料を払ってるんだから、ちゃんと親の要望を聞いてもらわないと」

叱責を浴びていると、先刻の舞子の言葉が脳裏に甦《よみがえ》ってきた。やはり彼女の方針はクライアントの要求に合致していたらしい。

一番大切なことは最初に教えた方がいい、というのは池波の言葉だったが、それではこの母親たちはどう考えているのだろう。

命の尊厳よりも優先して教えるべきことがあると考えているのなら、凜とは明らかに価値観を異にする。そうなれば問題はより深刻だ。価値観の相違は言語や宗教の違いよりも溝が深く、とても一朝一夕で解決できるものではない。

「他にも文句があります。子供が不潔な牛小屋で菌でも拾ってきたら、いったいどうしてくれるんですか」

「感染以外でも、気の荒い牛に怪我させられる危険性だってありますからねえ」

この場に柳田がいなくて幸運だと思った。いればおそらく摑み合いの喧嘩が始まる。

「本音を言えば、明日からでも大河を月組に編入して欲しいくらいです。舞子先生だったら、これまでの実績もあることだし」

「それは……ご勘弁いただけませんか」

園長がおずおずと口を差し挟む。

「途中からのクラス編入で前例を作ってしまうと、希望者が続出した場合に編成が混乱してしまいますので」

「保護者会としてもそこまで口出しするつもりはありませんが、とにかく凜先生には猛省を促したいところですわね」

見城会長は責めるような視線を凜に浴びせ続ける。

ひどい屈辱に思えた。自分の教育方針が間違っていると断じられたことよりも、柳田の言葉が蔑《ないがし》ろにされたことに腹が立った。

それでも凜の立場では頭を垂れるしかない。ここで事を荒立てても園に迷惑をかけるだけだ。それくらいの状況判断はできる。そして、自分が成果を出すためにはここに留まるしかない。

「済みませんでした」

唇を噛み締めて頭を下げる。

それを見て溜飲《りゅういん》を下げたのか、会長と副会長は顔を見合わせてわずかに頷いた。

「それでは園長先生。引き続きご指導の方、よろしくお願いしますね」

会長の言葉を最後に二人は部屋を出て行く。園長も見送りに出たので、凜一人だけが残された。

目の奥がじわりと熱くなる。それでも泣くのは何とか堪えることができた。

間違いをしたとは思っていない。柳田の言葉はちゃんと園児たちに伝わっている。それが成功したのなら自分の頭など何度下げても構わない。

ここで逃げて堪るものか——握り締めた拳に力が入る。

自分には果たさなければならない使命があるのだから。

二　こぶしの中　爪が突き刺さる

1

夏休みも中盤に差し掛かると、神室《かむろ》幼稚園はそろそろ秋の行事の準備に入る。

まず九月のお遊戯会、そして十月の運動会という順序で、それぞれ二週間ほどの練習期間をスケジュールに組んでいる。もちろん当日に園児たちの力を発揮させることが主目的だが、その準備を通して何か一つのものを作り上げていく喜びと感動を教えるのも年間指導計画に定められた目標の一つだった。

「でもねー指導計画ったって、これ三年前に出されたのと内容寸分違《たが》わないのよ」

まりかは年間指導計画書のレジュメを指で弾《はじ》きながら言う。

「三年もしたら教育の流れとか親のトレンドなんかすっかり様変わりするんだから、本当は一年ごとに刷新するべきなんだけど、毎度毎度同じもの出してくるんだからなあ」

「まりか先生っ」

向かい側に座っていた池波《いけなみ》が唇に指を立てた。

「いくら職員室内でも、そういうことを放言するものじゃないですよ。それでなくてもまりか先生、地声大きいんだし」

「だってさ、この年間指導計画書は園長が作成したものには間違いないんだけど、ほとんど文科省の幼稚園教育要領のコピペじゃない。あたしはね、毎度代わり映えのしない教育要領を下ろして、それで事足りると信じ切っている文科省の役人の悪口を言ってるの」

横でまりかの愚痴を聞かされていた凜《りん》は、概《おおむ》ね賛同したい気持ちだったが、ただ園長のことは気遣ってやりたいと思った。

「でもまりか先生。園長の立場だったら、文科省の指示に逆らう訳にはいかないじゃないですか」

「あ。凜先生は擁護派なんだ」

「擁護っていうより、その……京塚《きょうづか》園長って園長職、長いですよね」

「まあ、ずいぶんになるね」

「それだけ長いと慣れちゃうんじゃないですか」

「何に？」

「いや、波風を立てずに園を運営していくことにですよ。やっぱり園長の最大の義務って園の存続だから、押す時は押す、退《ひ》く時は退くって駆け引きが必要になるじゃないですか」

「ふうん。つまり年間指導計画は退いてもいい駆け引きってこと？」

「だって、あくまで計画書なんでしょう。子供相手に計画通りできるなんて、考える方がおかしいですよ。どんなに綿密な計画立てたって、結局は現場のわたしたちの腕にかかっている訳で」

「うーん」

まりかは頭を掻《か》きながら困ったような顔をする。

「ごめん、凛先生。ポイントはむしろ逆なのよ」

「えっ」

「あたしとしてはね、指導計画書の中に現場での裁量権を明記するぐらいして欲しかったっていうこと。少なくともお遊戯会や運動会での決定は現場に任せてくれるようにね。でもほら、ウチは保護者会に頭上がんないから、どうしても腰が引けちゃってんのよね」

まりかの口調が微妙に尖《とが》っていた。

「あの、それってどういうことですか」

「ここはね、お遊戯会の演《だ》し物を園と保護者会の相談で決めてるの」

「え、でも、それって何か問題あるんですか」

お遊戯会は園児たちが練習した合唱や劇などを披露する催しだ。幼稚園の教育課程では小中学生ほどは自主性が求められていないので、その運営は自《おの》ずと園や保護者たちに委ねられることになる。

すると今まで黙っていた舞子《まいこ》が徐《おもむろ》に口を開いた。

「自主性云々《うんぬん》が問題になる年齢じゃないから、催しの決定に保護者が参画するのは珍しいことじゃないわ。現に他の園でも、園側の決定について一応は保護者たちの了解を得るところが多いしね。でも神室幼稚園は、その辺がちょっと違うのよ」

感情を交えない、というよりも感情を見せようとしない口調だった。

「どのみち、来月、保護者会との懇談会に出席したらあなたにも分かると思うから」

事情が呑《の》み込めないので他の二人の反応を窺《うかが》うと、まりかと池波は渋い顔を見合わせていた。

新学期に入り、久しぶりに顔を合わせた園児たちを送り出したのも束《つか》の間、凜たちは懇談会場の設営に駆り出された。

がらんとした講堂に参加人数分のパイプ椅子を運んで来るだけなので、設営自体に大した労力はかからない。

問題は懇談会の内容そのものだった。

やがて保護者会会長の見城真希《けんじょうまき》をはじめとした会の役員の面々が三々五々集まって来る。ステージを背にして園長と教員が横並びになり、保護者たちと対峙《たいじ》する形で座る。

冒頭、園長から懇談会の趣旨が説明された。園児の健やかな成長の過程と幼児教育の成果を目に見える形で示したい——いかにもな紋切り型の説明だったが、京塚の口から発せられると不思議に違和感がない。

凜が奇妙に思ったのは、懇談会が始まる直前までお遊戯会の原案について教員間の打ち合わせが全くなかったことだった。

さては保護者会とともに一から決定していくのか。それなら長丁場の会議を覚悟した方がいい。

凜はそう意気込んだが、京塚の後を引き継いだ見城会長の言葉が予想を引っ繰り返した。

「それでは例年通り、保護者会からの原案をお話しします。内容自体も例年通りで代わり映えしませんけど、これはこれで安定してもいますしね」

凜が呆気《あっけ》に取られていると見城会長の手から教員分のレジュメが配布された。

何と保護者会から原案が提出されるのが神室幼稚園の慣例になっているらしい。驚いてまりかを見ると、彼女は黙っていろというように首を横に振る。

「まず年長組は小学校でダンスの指導がされていることを踏まえて踊りをしていただきます。年中組は合唱。そして年少組ですけど、これは月組と星組に分かれます。月組担任の神尾《かみお》先生は音大のご出身なので昨年の年長組同様に合奏を、星組には劇をしていただきます」

決めつけているかのような物言いと、それを拝聴している教員たちの態度に唖然《あぜん》とする。これではほとんど保護者会の言いなりではないか。

京塚は見城の言葉にこくこくと頷《うなず》きを繰り返している。まるで飼い慣らされた犬だ。

だが、凜を心底呆《あき》れさせたのは次のひと言だった。

「尚《なお》、劇の演目については従来通り『白雪姫』をお願いします」

あたかも決定事項のように言われ、今まで抑えていた憤懣《ふんまん》が頭を擡《もた》げてきた。

「あの、ちょっといいですか」

衝動的に言葉が口をついて出た。途端に自分を取り巻く空気が固まったのが分かったが、今更止《や》めることはできなかった。

「クラスそれぞれで内容を振り分けるのは分かりました。それが保護者会からの要望だとすれば、こちらも検討しない訳にはいかないです。でも、どうして劇の演目まで決められなくてはいけないんですか」

言葉を選んだつもりだったが質問された方はひどく意外だったらしく、見城会長以下保護者会役員の面々は一様に驚いた顔をした。中には怪訝《けげん》そうに凜を見る者もいる。しかし一番反応が顕著だったのは京塚だった。急に慌て出し、凜と見城会長の間に割って入る。

「いや、これは……その、わたしの手違いですね。てっきり喜多嶋《きたじま》先生には伝わっていると思っていたのですが」

「わたし、何も聞かされてません」

そう言った後で、他の教員の名誉のために補足した。

「そこだけ聞き洩《も》らしたのかも知れません」

「それはですね、改めて説明しますが、やはり園児が興味を持つ演目にした方が練習に身が入るだろうし、園側が候補を挙げるよりも園児のリクエストに沿った方がいいという、これは十年以上も続く当園の慣習で」

最後まで聞くことができなかった。

「わたしは園児たちからリクエストを募れなんて命じられたことはありません。ひょっとしてリクエストというのは園児ではなく、保護者会からのリクエストではないんですか」

「わたしたちの意見は子供たちの意見と一緒じゃありませんか。何を言ってるんですか」

小馬鹿にしたような声は岸谷礼美《きしたにれいみ》のものだった。

「親であるわたしたちが言うのだから当然です」

「じゃあ、園児から希望を聞いたら『白雪姫』が多かったということなんですか」

「もちろん、そうですよ」

礼美は傲然《ごうぜん》と言ってのけるが、その他の保護者たちの反応を窺うと全員が全員頷いている訳でもなく、中にはゆるゆると首を横に振っている者もいる。つまりは保護者会の主だったメンバーが決めたことに追随しているのが実態ということか。第一、星組の園児二十人を毎日相手している凜には、園児たちの最多リクエストが『白雪姫』だとはどうしても思えない。たとえば藍斗《あいと》のお気に入りは戦隊ものだし、大河《たいが》はウルトラマンという風に男児の興味はヒーローものに偏っている。対する女児の方も、見城会長の娘である絢音《あやね》はサンリオのキャラクターに夢中だし、栞《しおり》は魔法少女が大好きときている。そこまで考えると、『白雪姫』という選択が一部の保護者からのごり押しである可能性が大きくなってくる。

先日の舞子の言葉が甦《よみがえ》る。神室幼稚園の事情は他と少し異なる、というのはこういう意味だったのだ。

途端に反抗心がむらむらと湧き起こってきたが、この場で感情を爆発させる訳にもいかない。現に京塚はそれを心配してか、おろおろとこちらを見ている。

凛は深呼吸を一つした。それだけでずいぶん落ち着いた。

「すみません。わたしもまだ新米なので、この園のやり方を承知していませんでした。でも星組の担任なのでお訊《き》きしておきたいんですが、『白雪姫』というのは主人公が白雪姫とお妃の二人になっています。劇の時間もまともに演じれば相当の長さにもなります。今からこんなことを心配するのは早計かも知れませんが、年少の園児に主役級二人の台詞《せりふ》を全部覚えろというのは、いささか酷な気がします」

言い終えた瞬間、一矢報いたと思った。一部の保護者が『白雪姫』をどれだけ気に入っているかは知らないが、仮に物語全編を十五分から二十分程度に短縮したとしても主役級二人の台詞はかなりの数に上る。演じる園児は当然覚え切れず、舞台の上で台詞に詰まって立ち往生するのが目に見えている。それが容易に予想できるのなら、保護者たちも提案のごり押しを思い留《とど》まるはずだった。

ところが予想に反して、保護者会からはくすくすと忍び笑いが洩れ始めた。

またも凛が呆気に取られていると、見城会長が一冊の小冊子を差し出した。

「どうぞ、喜多嶋先生。ご参考までに」

表題を見て驚いた。

〈しらゆきひめ〉

まさか原案とともに台本まで保護者会の方で用意していたのか。だとすれば手回しがいいどころの話ではなく、執念まで感じさせる。

だが実際手に取ってみると、一ページ目はもっと意外だった。

●配役

しらゆきひめ　A
〃　B
〃　C
〃　D
おきさき　A
〃　B
〃　C
おうじさま　A
〃　B
〃　C
まほうのかがみ　A
〃　B

まほうのかがみ　C
こびと　A
〃　B
〃　C
〃　D
〃　E
〃　F
〃　G

小人が七人というのは当然としてお妃と王子と魔法の鏡が三人ずつ、白雪姫に至っては四人の配役になっている。

「表ではキャストが二十人います。今年星組は二十人ですよね。これなら全員が舞台に上がれますから」

見城は得々として言う。

「全員が？　全員が舞台に上がるんですか」

「ええ。それなら白雪姫の台詞は四人、お妃の台詞は三人で等分されることになりますから、年少組の園児でも楽に覚えられるでしょう」

「ちょ、ちょっと待ってください。等分ってつまり、一つの台詞をばらばらにして喋《しゃべ》らせるということですか」

「そうですよ。もちろんその場合はA・B・C・Dの順番に区切っていきますから他の子の台詞を間違って覚えることもありませんしね」

念のために次のページを繰ってみると、説明通り各々のキャラクターの台詞が見事に等分されて並んでいる。

凜はふと想像してみた。

別棟として拵《こしら》えられた体育館のステージとは違い、講堂正面に設《しつら》えられたステージはさほど広くない。園児二十人が並べば一杯になる。

そんなステージの上でキャストたちが、一つの台詞を分割して喋る様を思い浮かべて、凜は眩暈《めまい》がしそうになった。そんなものは劇でもなければお遊戯でもない。

「どうして、こんな」

凜は堪《たま》らず口にした。

「この台本を書いたのはどなたなんですか。保護者会の方ですか」

「それは……僕です」

声は教員側から上がった。声の主は何と池波だった。また保護者会の席から笑いが洩れた。

「僕が年少組を担当した時に書いたものです」

見城が代わって説明を続ける。

「園児全員が出演できるよう、池波先生に脚色をお願いしたんです。あんまり出来がいいものだから去年、それから今年と流用させていただこうかと思って」

「池波先生、どうしてこんな台本を」

池波が答えようとするのを礼美が遮った。

「こんな、というのは池波先生に失礼じゃありません？　わたしも拝見しましたけど、園児たちが公平に自分を主張できるように考慮された、大変素晴らしい出来だと思います」

見城会長は更に言葉を重ねる。

「最初にお見せいただいたのは、図書室の蔵書だった台本集をコピーしただけのものだったんです。でも、それは主役の白雪姫とお妃の二人だけにスポットが当たり、残りの配役は脇役扱いになった、ひどく歪《いびつ》で旧弊な内容だったのです」

何が歪で旧弊なものか。それが原型ではないか。

「そのお話のどこがいけないんですか」

「美醜が原因で争いが生じることもどうかと思いますが、一番の問題は主役が一人しかいないことです」

これには保護者の何人かが一斉に頷いた。

「主役以外は脇役、という点が歪です」

「でも、劇とかお話というのはそういうものでしょう」

「大人になってからならともかく、幼児のうちから主役と脇役を分け隔てすることには問題があります。たとえば今回の白雪姫のような場合、幼児ですから演技力云々よりは可愛《かわい》いかどうかで主役が決まってしまうことが多いでしょう。そうやって選ばれた子はいいですよ。でも選ばれなかった子はどうですか？　自分は可愛くないんだ、だから主役になれないんだと幼児の段階で劣等感を植えつけられることになります。その劣等感が成長の障害になることだって充分に考えられます」

見城会長の言葉に保護者会の中から賛同の声が上がる。

「そうですよ。横で同じ組の子が着飾って白雪姫を演じているのに、自分が草とか花を持たされてただ突っ立っているだけじゃ傷つきますもの」

「何もこんな子供のうちから優劣つける必要もないですしねえ」

「そうです、そうです。何事も平等で公平。優越感もなければ劣等感もなし」

「賛成です。自分には無限の可能性があるのを自覚させせないと、大きく羽ばたけないんですから」

「一昨年も去年もそうしてきたんですもの。別に今年から変更する必要なんてないわよねえ」

凜には保護者たちの言葉がひどく上滑りして聞こえた。

いったい彼らはどこまで本気で喋っているのだろうか。今、話していることが本心から出た言葉だと信じているのだろうか。

不意に星組の子供たちの顔が浮かんだ。そして全員がステージに並び、切れ切れの台詞をまるで感情の籠もらない声で読み上げる光景も浮かんだ。

冗談じゃない。そんなものはお遊戯でも劇でも何でもない。軍隊の号令や命令の復唱と一緒ではないか。

「馬鹿らしい」

無意識に口が開いた。そして、気づいた時にはもう遅かった。

「馬鹿らしいとは、どういうことですか」

見城会長の視線が尖っていた。

「今のは聞き捨てならない発言です。何が馬鹿らしいんですか」

反感という名の空気が凜を囲い込む。教師たちは全員が気まずそうな顔をしている。

こちら側からの援護は期待できそうにない。

ままよ。

感情の吐露ではなく、正当な論議をすればいいだけの話だ。凜は言葉を継ぐことにした。

「皆さんの仰《おつしや》ることも理解できますが、やっぱり劇に主役が四人というのは変です。先ほど主役以外は脇役という構成自体が歪だという話がありましたけど、白雪姫が四人もいることの方がよっぽど歪です」

「でも園児たちは全員公平に扱うべきでしょう」

「公平に扱うことと園児の才能を伸ばすことは別です。もちろん園児全員に目を配り、誰一人として贔屓《ひいき》しないのは当然です。でもだからと言って、誰も彼も白雪姫に抜擢《ばつてき》して、皆が白雪姫だと煽《おだ》てるのはただの欺瞞《ぎまん》に過ぎません」

「欺瞞ですって」

さすがに見城会長の顔色が変わった。だが、ここで口を噤《つぐ》むつもりはなかった。

「どんな園児にも得手不得手があります。ダンスが上手な子、苦手な子。歌が上手《うま》い子、音痴な子。演技が上手い子、下手な子。でも下手だからといって落ち込むだけじゃなくって、自分の得意分野を探してそこに居場所を見つける。子供ってそういう風に育っていくものじゃないですか。わたしたち教師の仕事は園児の個性を見つけて伸ばしていくことです。得手不得手の判定に蓋をして、園児たちに目隠しをすることではないと思います」

そう言い切った瞬間、空白が生まれた。

保護者会側も教師側も息を呑んだように押し黙っている。

「女の子全員がお姫様だとか男の子全員が王子様だとか持ち上げるのは簡単です。でも子供は大人が考えているほど子供じゃありません。それが嘘《うそ》やおためごかしであることくらい、ちゃんと見抜いていますす」

「偉そうなことを言わないで！」

礼美が大声を上げた。

「子供を産んだこともないくせに何を言ってんだか。いくら先生だからって、わたしたち母親より子供を知ってるみたいな口ぶりはやめてちょうだい」

「母親になったことがないから冷静に子供たちを観察することができます。欲目がないから、その才能を見つけ出すこともできます」

礼美を相手にすることに鬱陶《うっとう》しさはあるが、もう構ってはいられない。

「はっきり言って、子供の可能性について糊塗《こと》したり徒《いたずら》に持ち上げたりするのは、子供の挫折する姿を見たくないという親のエゴでしかありません。あるいは挫折した後のフォローをする責任から逃げているだけです」

一拍の後、保護者たちの抗議の声が次々と飛び交った。

「あなた、いったい何様のつもりですか」

「たかが新米の先生が利いた風なことを！」

「親のエゴとか責任逃れとか、よくも言えたものね」

「それ以前にあなたの指導力不足があるんじゃないですか」

「こんな先生にウチの子を預けるなんて不安でしょうがないわ」

「こんなことでウチの子が卑屈にでもなったら、どう責任を取ってくれるんですか」

講堂内は蜂の巣を突ついたような騒ぎになり、中には雰囲気に昂奮《こうふん》したのか椅子から立ち上がる保護者まで出始めた。京塚はただおろおろと辺りを見回しているだけだ。

騒ぎになってから後悔が押し寄せてきた。

星組の園児二十人を預かったからには、生半《なまなか》な覚悟で担任をすることはできない。それこそ保護者会と認識を異にしようとも、自分の教育方針を曲げるつもりはなく、また外部からの圧力でころころ変節するような方針など初めから持たない方がいい。

だが、それと騒ぎを起こすこととは別の問題だ。

凛はしばらく沈黙を守っていたが、保護者たちの怒号は収まるどころか激しくなる一方だった。

こうなれば自分一人が何かをして収まるものでもないだろうが、ひとまず謝罪するのが真っ当な対処というものだ。

起立して頭を下げよう——そう思って腰を浮かせた時だった。

「保護者の皆さん、どうかお静かに願います！」

誰よりも大きな声が講堂に響き渡った。声のした方を見ると、まりかがひと足早く立ち上がっている。

「喜多嶋先生はまだ着任したばかりの若い先生なので言葉足らずのところがあります。それは先輩としてあたしがお詫《わ》びしますっ」

そう吠《ほ》えて頭を深く下げてみせた。

人一倍背の高いまりかが叫ぶのだから迫力は充分だった。直前まで騒然としていた保護者たちは一瞬にして静まり返った。

「でもですね、喜多嶋先生が言ったことにも一分の理があります。普段の授業だけじゃなくて歌や遊戯や劇を通して、園児たちは自分に興味の持てるもの、自分が力を発揮できる分野を見つけていきます。順位をつけるかどうかの議論の前に、そういう場所を提供していくことは大事なんです」

「じゃあ、高梨《たかなし》先生も、この『白雪姫』の上演には反対されるんですか」

「逃げる訳じゃありませんけど、それは星組担任の喜多嶋先生が答えるべき質問です」

「やっぱり逃げてるじゃありませんか」

「喜多嶋先生」

まりかは凜を見据えた。

責任を問うている目ではない。

決断を迫っている目だった。

その目を見ているうちにまりかの意図がぼんやりとだが伝わってきた。

「全員キャストの台本を否定したくらいだから、もちろん喜多嶋先生には代案があるんですよね？」

「ええ」

半ば熱に浮かされたように答えた。

「星組の演目は『白雪姫』で結構です。ただし従来の全員キャストのものではなく、まともな形で、それでいて星組全員が自分を誇れるような劇を作ってみせます」

2

保護者との懇談が終わった直後、凜は他の教師たちを捕まえた。

「謀《はか》ったでしょ、まりか先生」

「んんー、何のことかな？」

「とぼけないでください。さっきのアレ、わたしを煽《あお》ったんでしょう」

「あ。分かった？」

「丸分かりです！　どうしてくれるんですか。わたし劇なんて全く素人ですよ。主役張るどころか、キャストに選ばれたことさえ皆無だっていうのに」

「でも、その割に乗ってきたじゃん」

「それは、その、場の勢いというか……」

「星組全員が自分を誇れるような劇を作る。そのこと自体に異論はないんでしょ。だったらいいじゃない。頑張りなさいよ」

その言い方で気がついた。

「……最初からわたしに異議申し立てさせるつもりだったんですね。それで職員室では詳しいことを話してくれなかったんだ」

「悪い悪い」

まりかは手刀を切りながら笑ってみせる。

「ここ数カ月で凜先生の性格は大体摑《つか》めたからねー。あの場でいきなり劇の中身を知ったら火が点《つ》くだろうな、とは思ったのよ」

そこまで見透かされたということは、如何《いか》に自分が単純かという証左だ。これでは怒るに怒れない。

「あたしも去年、全員キャストの『白雪姫』やらされてさ。しかもその時は園長経由の業務命令みたいなものだったから、不満たらたらで引き受けて。練習の時なんてホントにうざかったもの」

まりかは露骨に唇を尖らす。その不貞腐《ふてくさ》れ方が自然なので、彼女を責める気は急速に萎《しぼ》んでいく。

「実際やってみると分かるけどさ、本来一人で喋る台詞を分割すると練習の手間は倍以上になるのよ。台詞が減ったから楽だろうなんてのは大間違い。そりゃあ覚える方は楽だけど教える方が大変。しかもステージの上は常にキャストがずらりと並んでいるでしょ。動くに動けないから、劇をやってるというより朗読大会みたいでねー。しかも子供たちの顔を見たら、明らかにつまらなそうなのよ。もう緊張感もなけりゃワクワク感もなし。あれは演劇というよりプチ拷問といったところだったよね。あの時、どれだけ元の台本書いた池波先生を恨んだことか」

「そうやって、こっちに振ってきますか、あなたという人は」

名指しされた池波は小さく溜息《ためいき》を吐《つ》いた。

「黙ってたら諸悪の根源みたいにされかねないから言ってしまいますけどね。あの台本書いたのだって園長からの業務命令だったんですよ。要求が理不尽なのは承知の上で渋々書いたんだから。その辺は勘弁して欲しいな」

「それって元々は園長の指示だったんですか」

「いや、保護者会から。もっとはっきり言うと見城さん。当時あの人の長女が年少組でね。やっぱり演し物は『白雪姫』だったんだよね。ところが、その、見城会長の長女というのが、何というか白雪姫というイメージじゃなくてさ。もっとぴったりだった子がいたんですよ。そのまま投票させたら、まず間違いなくその子が主役だっただろうね。で、配役を決める直前になって台本差し替えてくれって。で、白雪姫複数にしたら、ちゃっかり見城会長の娘さんがその中に含まれてた」

何という分かりやすい話だろう。凜が指摘するまでもなく、それこそ親のエゴではないか。

「それで、どうなったんですか。本番当日は」

「僕に思い出させたい訳？　凜先生」

「いえ、あの」

「悲惨のひと言。そりゃそうだよ。主役にしろ何にしろ、一つのことをやり遂げたらそれが成功でも失敗でも達成感があるじゃないですか。それが同じキャストが何人もいたら。園児たちは明らかにブーたれてるしさ。子供たちがそんなんだから教えた方は徒労感しかないしさ。結局喜んだのはウチの子が舞台上がって主役級務めてるーってケータイやらデジカメやらビデオ携えた保護者たちだけでさ。しかも保護者会に好評だったからって次の年も同じ『白雪姫』でいこうと言われた日には思いきり脱力しちゃったよ」

その光景を想像して、凜はぞっとした。園児も教師も疲弊しているのに、親だけが歓喜している催しものなど奇怪でしかなく、更にその自覚症状のない親は異常と言える。

この類の話でも、舞子なら至極《しごく》事務的に処理してしまうのだろうな——そう思って舞子の様子を窺うと、意外にも苛立《いらだ》った顔をしている。

「舞子先生……も？」

「も、って何よ」

「いや、舞子先生だったら学力に関係のないことなら特に関心ないんじゃないかって」

「あなたは全員キャスト制の劇を押しつけられ、わたしは合奏を押しつけられた。去年もそうだったのよ」

「でも舞子先生、音楽は教えるのも得意じゃないですか」

「あの保護者会が真面目な合奏させると思う？　演奏苦手な子も一生懸命練習させて、全体のレベルを上げていく、そういう真っ当なことを許すと思う？」

抑揚のない口調だったが、怒りは明瞭に感じ取れた。

「クラスには演奏が下手な子も当然いるわよ。カスタネット持たせても、リズム感がないからテンポの狂う子だっている。わたしが保護者たちから受けた要望はね、演奏の苦手な子はフリで済ましてくれ。あんたの役目は如何に上手く演奏しているように見せかけるかだ……と、そういうこと」

「つまり、それって……エア演奏？」

「そう。たとえばカスタネットなら合わせ目に綿をつけて、叩《たた》いても音が出ないようにする。鍵盤ハーモニカならパイプを外しておく。去年の年長組でまともに音が出せたのは十四人だったかな」

舞子は一瞬、唇を噛《か》む。

「自分が好きでも得意でもない演奏をさせられる苦痛というのは確かにあるわよ。それでもね、演奏するフリをさせられるのに比べればよっぽどマシなの。結局、演奏させないで欲しいと申し出た保護者は子供の恥を思った訳じゃない。自分の恥になるから醜態を晒《さら》したくなかっただけなのよ。そういうのを見せられるとね、音楽をやってきた者は結構辛《つら》いのよ。自分の大切にしてきたものが、まるで子供の害になってるみたいで。歌を歌うのも楽器を奏でるのも、本当はとても楽しくて素晴らしいことなのに」

きっとそれは本音なのだろう。

舞子は珍しく悔しさを顔に滲《にじ》ませていた。

「じゃあ三人とも保護者会のやり方には反対だったんですね」

「そーゆーこと。だからさ、懇談会の場で凜先生が爆発してくれたら、この悪弊に少しでも風穴を開けられるんじゃないかってあたしたち期待して」

「あーっ。わたしのこと、何だと思ってるんですか。起爆剤じゃあるまいし」

「それはあたしたちも、まさか暴発するとは予想外だったけれどね」

「ぼ、暴発って」

「まさか園長と保護者会の役員を前にして、あんな啖呵《たんか》切るとは予想もしなかったからねー。あれは完全に想定外」

「でも凜先生らしいといえばらしいかな」

「な、何ですか池波先生。その、らしいって」

「いやあ、凜先生って今どき珍しく、セーフティネット張らずに喧嘩《けんか》吹っかけていくタイプだから。あ、これは誉《ほ》めているんだけど」

少しも誉めているようには聞こえない。

「でも実際、僕らにも危機感みたいなものはあるんですよね」

「あるよねー」

「運動会も同じでさ、駆けっこでも順位つけないどころか、皆で手を繋《つな》いで横一列で走らせるからね」

「ええっ。そんなのまるで競走の意味ないじゃないですか」

「何も競走させる必要はないってさ。逆に足の遅い子が劣等感を覚えるって理由で、ずいぶん前からそうなったんだよ。個人的には劣等感だって成長の糧《かて》になるから必要だと思うんだけど、保護者会はそう考えていないみたい。内心忸怩《じくじ》たるものはあったけど園長から指示されたら拒否る訳にもいかないし」

普段温和な顔しか見せない池波が、はっきりと憤っている。

「今考えても情けないんだけど、当時はそれでもしようがないかな、と思った。別に幼児教育の段階で挫折感味わう必要もないかなって。だけど卒園者のその後が知りたくて、ある時小学校の学芸会に行って驚いた。何と幼稚園と同じことを繰り返してたから」

「小学校でも？」

「考えてみたらそれも道理でさ、わたしの可愛い子供に現実を見せるな、挫折感を味わわせるなと叫んでた保護者がＰＴＡで同じこと要求しているんだから、それは同じになるよね。劇は相も変わらず全員主役級、運動会でも順位はつけない。子供たちは明らかにつまらなそうにしていた。そりゃあ頑張っても頑張らなくても評価は一緒だからやる気なんて起きるはずないよね。出来の悪い社会主義みたいなものさ。でもそんなのが永遠に続くはずもなくて、いつかはその子たちも現実の競争や闘いに放り込まれるんだよね。それが人生初めての挫折なり絶望なりになると思うけど、彼らは果たして耐えられるのか考えたら急に怖くなった」

聞いていた凜にもその怖《おそ》れが理解できる。

ツケを先送りし続けた分だけ挫折感は深く重いものになる。代償としてはあまりに大きい。しかも、現実の過酷さを回避させ続けてきた教師や親には責任の負いようがない。

「それで凜先生。その、園児たち全員が誇れるような『白雪姫』って、どんな風にするの？」

まりかに問われて、凜は硬直した。

「それは……まだ」

「ええっ。ひょっとして何の腹案もアイデアもないのに、勢いだけで啖呵切っちゃった訳？」

これには池波も舞子も驚いたようだった。

「いやあ……何というか、男気あるなあ、凜先生」

その言葉も誉めているようには決して聞こえない。

「男気も結構だけど、わたしたちに援護を期待しないでね。それぞれの組の演し物で、当日まで忙殺されるの分かり切っているんだから」

舞子に言われずとも承知していたことだが、直接表明されると、それはそれで切なかった。お遊戯会の練習期間はおよそ二週間しかない。逆算すればここ一両日中に打開策を見出《みいだ》さなければならない計算になる。

星組全員が参加し、しかも参加することに誇りを持てるもの。そしてお芝居として真っ当な形であるもの——駄目だ、今考えても何も具体的な案は浮かんでこない。

改めて自分の軽率さを後悔していると、京塚が講堂に戻って来た。

「凜先生。お話があるので園長室までご同行いただけませんか」

そら来た。

懇談会が終わる寸前、見城会長が京塚の許《もと》に駆け寄って耳打ちをしていた。その時から嫌な予感はしていたのだ。

京塚に連れられて園長室に入ると先客がいた。

無表情の見城会長がソファに座って、二人を待ち構えていた。

凜は慌てて京塚を振り返ったが、京塚は申し訳なさそうな顔をして視線を逸《そ》らしてしまった。その仕草で、京塚の擁護は期待できないことを悟った。

「先ほどはどうも、喜多嶋先生」

見城会長は殊更《ことさら》丁寧に言ってのける。

「親のエゴだとか責任逃れだとか、色々耳の痛い話を伺いました。あんなことを先生の口からお聞きしたのは初めてでしたので、ひどく面食らい、呆然《ぼうぜん》とした次第です」

京塚がさっと割って入る。

「あの、喜多嶋先生はまだ若い方なので言葉足らずな部分もあって」

「言葉足らず？　言い過ぎの間違いじゃありませんか？　日頃から子育てに心を砕いている保護者たちに対してエゴとか責任逃れとか、まるで悪者扱いじゃありませんか」

「いや、見城会長。そんな悪者扱いなどということは」

「園長がどう庇《かば》われようと、喜多嶋先生は本気のようですよ」

見城会長は凜を真正面から見据える。感情を押し殺しているようだが、溢《あふ》れ出る憤怒は隠しようもない。

「もう聞いたとは思いますが、あの『白雪姫』の台本はわたしが池波先生にお願いして書いてもらったものです。園児一人一人に公平に出番を与えた、優れた内容の台本です」

公平に、ではなく自分の娘にだろう、とは思ったが口にはしなかった。

「保護者会としてはお遊戯会でお披露目する劇のスタンダードにしようと考えているくらいの出来です。それを後輩であるあなたは否定しようというんですか」

「保護者会ではなく見城会長、あなたがスタンダードに指定したいんじゃありませんか」

「何ですって」

見城会長が俄《にわか》に顔色を変える。自身の事情に立ち入られて気分を害したといったところか。だが、凜にはそれ以上追及するつもりはない。

「諸先輩方から別の話も聞きました。合奏で楽器を上手く扱えない子には演奏するフリをさせていたんですね」

「ええ。別に演奏技術を競わせる場ではありませんからね」

「運動会の駆けっこでも、横一列に手を繋いで一斉にゴールさせるんですね」

「正式にタイムを競わせる競技会ではありませんしね」

「お芝居や駆けっこに自信のある園児には、さぞかしつまらない催しだと思いませんか」

「一部の園児たちが鼻を高くするよりも、全員が明るく楽しく。幼稚園教育とはそうあるべきです。小学校に入る前から苦手意識を植えつけてどうするんですか」

「心が動かされる体験」

「は？」

「そして幼児の主体的な活動」

「いったい何を言い出すんですか」

「今挙げた二つのことは文科省から出されている幼稚園教育要領に言及されていることで、この園の年間指導計画の中にも謳《うた》われていることです。京塚園長、そうですよね」

「え。ま、まあ、そうです」

「それがどうかしたんですか」

「文科省も京塚園長も、四季折々の生活や行事の中から子供たちが興味を示し、個性を伸ばすきっかけになるようにと指針をだしているんです。一部の園児が突出することを許さない、そんな土壌では育つものも育ちません」

「あなたは園児たちの間に順位とか優劣をつけて、それが正しいと思っているんですか。幼児のうちに劣等感を植えつけて、成長の妨げになるとは思わないんですか」

「個性を見つけることはヒエラルキーを作ることではないと思います」

「個性ですって？」

「計算が得意、朗読するのが得意、駆けっこが得意。そういうものは順位ではなくて個性ではないでしょうか。服装や髪形よりは、よっぽどその人となりを顕《あらわ》すものになるんじゃないでしょうか」

「やれやれ」

見城会長はさも呆れたという風に頭を振る。

「教育要領に理想論。まあ新米の先生は経験が浅いから、その辺りで理論武装するよりしようがないんでしょうけどね。肝心の子供の気持ちが分かってないわ」

「教師の立場から理解しているつもりです」

「いいえ、全然理解していないわ」

断定的な物言いが癪《しゃく》に障った。

「喜多嶋先生。子供は残酷だということを知っていますか」

「社会性が未熟なうちは、どうしても残酷さが表出されやすくなります」

「そんな専門書からの引用めいた話をしているんじゃありません。女の子に対して可愛いとか可愛くないとかを、あの頃の子供たちは平気で口にします。それが本人にとってどれだけプライドを傷つけられるか。所詮、幼稚園のお芝居です。投票をすれば組で一番可愛い子や格好いい子が選ばれるのは分かり切っています。その段階で他の子は可愛くないと烙印《らくいん》を押されてしまうんですよ」

見城会長の眼差《まなざ》しが険しくなる。それを見た凜は、おそらく彼女の娘たちがそういう目に遭ってきたのだと理解した。

では保護者会の申し入れというのは自分の娘たちに劣等感を抱かすまいとした防衛策なのだろうか。もしそうであるのなら公私混同の誹《そし》りを免れない。

「公私混同じゃないかという顔をしてるわね」

指摘されて、凜は思わず顔に手をやった。どうも自分はポーカーフェイスが苦手らしい。

「わたしの意見が公私混同かどうかはともかく、これは我が子に要らぬ劣等感を持って欲しくないという、親の純然たる願いです。それがあなたの誇示する教育要領や年間指導計画とやらよりも軽いものだとは決して思いません」

なるほどそういう理屈か。

保護者会の会長としての言葉だと手前勝手に聞こえる理屈も、母親の言葉になると急に説得力が増すのは不思議だった。

「懇談会では、星組の全員が誇りの持てる劇を作ってみせると大見得を切りましたよね」

「はい」

「失礼ですけど、喜多嶋先生にそれだけの力量があるとは到底思えません」

「新米だから、ですか」

「それもありますけど、先生の教育方針というか言動が理想的に過ぎるからです。クラス活動の時間に突然、牧場を訪れたこともそうですけど、今どき熱血というか、ご自分の主義思想を唯一だと思っているフシがあります。一生懸命であるのは認めますが、理想と現実はちゃんと区別していただきませんと」

「理想がお嫌いなんでしょうか」

「嫌いとまでは言いませんけど迷惑ですね」

「迷惑？」

「理想なんて個人によって違いがあるものでしょう。それを園児全員に押しつけられるのが迷惑だと申し上げているんです」

「それじゃあ教師は理想を掲げてはいけないんですか」

「いけないかどうかではなく迷惑だと何度も言っているじゃないですか。少しは先輩の神尾先生を見習って欲しいものですね」

　ここで舞子の名前を出してくるのか。

「神尾先生はわたしたちから見ても大変優秀な先生ですね。子供の学力向上に人一倍熱心で、昨日できなかった問題が今日は解けたと毎日連絡帳で報告してくれます。保護者の要求には逐一応えてくれるし、自分勝手な方針をひけらかすこともないし、あの先生こそまさにわたしたちの理想の先生です」

何だ、と凜は気落ちした。つまりは自分たちの言いなり、要求通りにすれば文句なしということではないか。

ふっと最前の舞子の言葉が甦る。あの舞子ですら、楽器演奏をなあなあで済まそうとすることには憤りを感じている。決して理想がない訳ではなく、内に秘めているだけだ。それを見抜けない見城会長たちは洞察力が不足しているか、さもなければあまりに幼稚園教諭を軽んじている。

「でも、生憎《あいにく》ですがわたしも星組の担任を任せられた以上、自分の信じることをするしかありません」

「保護者会としては従前通りの『白雪姫』をお願いします。京塚園長からも言ってやってくれませんか」

話を振られた京塚が凜に向き直る。

「喜多嶋先生。ここは一つ考え直していただけませんか。その、お遊戯会までには二週間しかないでしょう。時間のないことを考えれば従来の手法に沿うのが得策というものです」

人のよさそうな顔が苦渋に歪んでいるのを見るのは辛かった。京塚の立場では凜の言い分を無視することもできず、そうかといって見城会長の意向を通さない訳にもいかない。言わば板挟みの状態なのだ。

だが、ここは凜としても引き下がることはできなかった。

「申し訳ありません、園長先生。新米のわたしが言うのは生意気ですけど、あの台本のままで進めることはどうしても抵抗があります」

「どうしても駄目ですか」

「すみません……」

京塚に済まないという気持ちは本当だった。

しばらくして、そのやり取りを見ていた見城会長が徐に口を開いた。

「どうやらこれ以上協議を重ねても無意味なようですね。承知しました。どうぞ喜多嶋先生はご自分の信じるまま練習に取りかかってください」

凜はほっとした。難攻不落に思えた見城会長も理解してくれたのかと安堵《あんど》した。

ところが次の言葉が凜を凍りつかせた。

「ただし、喜多嶋先生の指導したその劇によって園児の誰か一人でも卑屈になった場合、相応の責任を取っていただきます」

「責任？」

図らずも凛と京塚は同時に声を上げた。

「ええ。保護者会や京塚園長からの再三に亘《わた》る助言を無視して、ご自分の方針を貫くというのですから、失敗したら責任を取るのが当然でしょう。まさか辞職しろなどとは言いませんが、最低でも担任は交代して欲しいですね」

「お、お言葉ですが当園の教職員は定員ギリギリで、今から新しい先生に来てもらうことは不可能でして……」

「そんなの簡単です。月組と星組両方の担任を神尾先生に兼任していただいて、喜多嶋先生を副担任にすればいいだけの話じゃないですか」

この会長は幼稚園の人事にまで口を挟むつもりなのか――。

一瞬、怒りで我を忘れ、反射的に言葉が口をついて出た。

「分かりました。わたしの方はそれで異存はありません」

3

「で、売られた喧嘩を易々《やすやす》と買っちゃったって訳？　そんなの見城会長の思うつぼじゃないの」

凛の話を聞き終えたまりかは腕を組んで呆れた顔をした。

「第一、どうしてわたしがその話に巻き込まれなきゃならないの」

舞子は舞子で迷惑だと言わんばかりに迫る。

「現状、二十人の面倒を見るのにも手一杯だっていうのに。あなたが副担任になったところでわたしの手間と責任は二倍になるのよ」

「でもまあ、凜先生らしいと言えばらしいよね、そういう展開。僕だったら即刻頭下げちゃうだろうな」

そう言って池波は短い溜息を吐く。

凜が見城会長と交わした条件を告げるなり職員室の空気は騒然となったが、すぐにそれは諦めに変わった。何やら自分の性格をすっかり見透かされたようで凜は面白くなかったが、それでも軽率さを詰《なじ》られるよりは多少マシといったところか。

「それで凜先生。打開策は見つかったんですか」

「まだ、です」

「でも、その、ヒントくらいはあるんでしょ？」

「それが……欠片《かけら》もない状態で」

「台本を書いたことってあります？」

「全然ありません」

凜が悄然《しょうぜん》として答えると、池波も伝染したように肩を落とす。

「それって男気があるとかないとかの話じゃなくって、単に無鉄砲なだけじゃないんですか」

「自覚はしてます」

「これから、どうします？　練習時間を考慮したら、いよいよ余裕なんてなくなるんだけど」

「間違っても白雪姫を二人以上にしないという方針は決まっているんです」

凜は自分に言い聞かせる。園児一人にキャスト一人分の責任を課する――基本的な方針はそれでいい。問題は『白雪姫』という物語の骨格を変えることなく、主役と脇役さらにはキャストにならない園児の垣根を取り払うことだった。

果たしてそんなことが可能なのだろうか。

保護者会に啖呵を切った時から考え続けているが、未《いま》だに暗中模索で具体案は何も浮かんでこなかった。


とにかく主要な役柄は決まっている。まずキャスティングだけでもしておかないと話は進まない。

凜は星組を集めて、演し物は『白雪姫』であることを伝えた。藍斗あたりが反発するのではないかと予想していたのだが、さすがはディズニーの霊験あらたかといったところか反対意見は一つも出なかった。

騒ぎは配役表をホワイトボードに書き終わった時に起きた。

しらゆきひめ
おきさき（まほうつかい）
おうじさま
まほうのかがみ
七にんのこびと
・ドク（せんせい）
・グランピー（おこりんぼう）
・ハッピー（しあわせ）
・スリーピー（おねむ）
・バッシュフル（はずかしがりや）
・スニージー（くしゃみ）
・ドーピー（ぼんやり）
りょうし
しらゆきひめのおかあさん

こういうものは主役さえ決まってしまえば、後は自然に収まっていく。逆に言えば主役を決めるのが一番難しい。

最初は自薦で募ろうとした。

「じゃあ白雪姫を演《や》りたい人、手を挙げて」

しばらく待ってみたが、なかなか手は挙がらない。ちらと絢音の顔色を窺ってみるがあまり関心のなさそうな様子をしている。

見城会長の娘であるものの、絢音本人は目立つことにさほど興味がないらしく、発言も控えめなら騒ぐこともしない。いつも他の園児の行動を観察しながら自分の立ち居振る舞いを決めているようなところがある。

着任当初から気になっていたが、理由は池波からの話でおよその見当がついた。池波によれば絢音の姉が全く逆の性格で、しかも見城会長のごり押しがすごい。ありとあらゆる行事で主役にならなければ気が済まないらしい。年がら年中そんな母親と姉を見ていれば、一歩下がりたくなるのも当然かも知れない。

誰も立候補しないので他薦でいくことにした。

「じゃあ、誰が白雪姫にいいと思う？」

すると真っ先に瑛太《えいた》が手を挙げた。

「栞ちゃんがいいと思いまあす！」

賛成、と何人かが追随し、瑛太は得意げに周囲を見回す。

瑛太。あなた、栞を白雪姫に推薦して自分は王子様に立候補するつもりなんでしょ？

顔つきからしてバレバレじゃないの——。

瑛太の分かりやすい思惑はさておき、他薦で栞の名前が出るのは織り込み済みだった。やたらに元気で男子からの受けもよく、星組の中では一番人気だ。彼女が主役なら文句を言う者は組の中で誰もいない。もっとも、そういう選抜の仕方が保護者会の逆鱗《げきりん》に触れるのだろうが、当の園児たちがそれで納得している。念のためにもう一度絢音の様子を窺うと、やはり気のない風で拍手だけしている。

他に他薦の手が挙がるか待ってみる。

挙がらないので、凜は栞に向き直った。

「栞ちゃん、白雪姫、いける？　大丈夫？」

「うーん。大丈夫！」

決断するのに三秒もかからない。この楽天さは天性のものだろう。そしてこういう天真爛漫《らんまん》なところが皆を惹《ひ》きつける。

こうして白雪姫は栞に決定。

「次はお妃です。この役は白雪姫の次に台詞の多い役です。誰かやってみたい子はいますかあ」

これも挙手なし。

「誰がいいかなあ」

他薦にも手は挙がらない。

そこで凜は一計を案じた。

「これねえ、とっても難しい役なんだよね。お妃は世界で一番美しいのは自分だと思っているのに、いつも魔法の鏡からはもっと美しい白雪姫がいるんだって否定されちゃうのね。それで白雪姫なんかいなくなればって思う。白雪姫にすればとんでもない話なんだけど、お妃としてはどうしようもなかったのよね」

「どうして？」

興味を持ったらしい絢音が聞いてきた。

「だって自分が一番じゃなかったら、もう駄目だと思ったのよ。きっと誰かが自分のことを誉めてくれないと自信がなくなっちゃう人だったのよ」

凜の話を聞いているうちに絢音の表情が輝き出した。

小首を傾《かし》げて考えること一分少々、そしてすっと手を挙げた。

「あたし、その役やります」

キャラクターに投影したのは自分の母親か、それとも姉か。いずれにしても普段近くにいる人間を連想したのは想像に難《かた》くない。そして絢音が少なからず彼女たちに反感を抱いているのも見てとれた。

エサをぶら下げるのを思いついたのは一瞬だった。絢音のように齢《とし》の割に大人びたものの見方をする子は食いついてくると予想したら案の定だった。元より絢音は可愛く捻《ひね》くれているのが身上でもある。

「はい、では次に王子様の役」

これには四人の男子が手を挙げた。もちろん瑛太もその一人だ。

おそらく立候補した四人のうち何人かはディズニーアニメで『白雪姫』を観《み》たに違いない。王子が白雪姫にキスするシーンも克明に記憶しているかも知れない。

でも残念でした。ステージの上でそんなシーンは再現させませんからね。

「はいはい。それじゃあこの中から一人を選ばないといけません。じゃんけんでいいかな?」

四人がこくこくと頷いた時だった。

「先生、ちょっと待って」

声を上げたのは栞だった。

「どうしたの、栞ちゃん」

「おうじの役、あたしが選んでもいい?」

「ええっ」

あなたは自分が主役に選ばれた途端にそういう振る舞いに出るのか——虚を衝《つ》かれた思いだったが、当の栞は悪気があるように見えない。

「だって白雪姫の相手なんでしょ？　それならあたしが決めてあげるー」

傲慢を平気で口にできるのも天真爛漫さのうちか。

却下しようとしたが妙な視線に気がついた。見れば立候補の四人が、緊張した面持ちで栞を凝視している。

「い、いいよ」

真っ先に瑛太が口を開いた。

「じゃ、じゃんけんより栞ちゃんに選んでもらっても」

瑛太につられるようにして他の三人も顔を見合わせて相談する。

栞は好奇心一杯の顔で四人を見る。

あなた、あと十年もしたら男を手玉に取るような小悪魔になるかも知れないわね。

「それでいいの、四人とも？」

四人は覚悟を決めた様子で大きく頷いた。

「だってさ、栞ちゃん」

「じゃあねー……瑛太くん！」

「やたっ」

瑛太はガッツポーズ、そして他の三人は力なく椅子にへたり込む。その諦めのよさがいっそ清々《すがすが》しい。

気がつけば、選抜の段階でどんどん保護者会の思惑から乖離《かいり》していく。白雪姫役から王子役への指名など、見城会長たちに見せたらいったいどんな顔をするだろうか。

子供たちの思惑がそこら中を駆け巡っているような雰囲気に押され気味になるが、凜はこのままで進めようと思った。

事務的に決めていくのは最初から放棄していた。事務的に進めないのであれば、結局誰かの恣意《しい》が入るのは間違いない。そしてどうせ入るのであれば、それは保護者でもなければ担任でもない、当の子供たちの恣意が一番好ましい。

「さあて、次は魔法の鏡です」

配役の決め方が意外にスリリングであるのを悟ったのか、園児たちは俄に緊張の度合いを増してきた。

凜が議事を進めようとすると、今度は藍斗から手が挙がった。

「なあに、藍斗くん」

「先生、教えて。その魔法の鏡って善い者《もん》なの。それとも悪者《わるもん》なの」

そうきたか。

しかしヒーローものに憧れる藍斗らしい質問ではある。ここで魔法の鏡をただのメッセンジャーと説明するのは簡単だが、それでは藍斗の質問に答えたことにはならない。藍斗の質問の主旨は二分法だが、その筋に沿った答えでも面白くない。

「えっとね、答えは善い者でもあり、悪者でもあり」

藍斗はぽかんと口を開けた。

「何、それ」

「魔法の鏡というのが騒ぎを起こしたようなものなのよ。だってそうでしょ。お妃から『世界一美しいのは誰?』と訊《き》かれた時、たとえ白雪姫がいても美しいのは貴方《あなた》ですって答えていたら、お妃だって白雪姫を殺そうなんて思わなかったんだもの。そこだけ考えると悪者でしょ」

「うん」

「でも、鏡にしてみれば世界一美しいのは白雪姫だと思ったから、そのまま答えてしまった。言い換えれば正直だったっていうことよね。そこだけ見れば逆に善い者になる」

「へえ。じゃあ、お妃の家来じゃないんだ」

「そうね。家来という訳じゃないわね。どちらかっていうと預言者?　みたいな感じかな」

「よげんしゃ!」

預言者の何が琴線に触れたのか、藍斗の目の色が変わった。
「俺、やる！　そのよげんしゃの役」
よし、これでまた一役決定——。
その瞬間、凜の脳裏を何かが過《よぎ》った。
大事なこと。素晴らしいアイデア。
だが、掴もうとした時、するりと指の隙間から逃げていってしまった。
まあ、いい。大事なことなら後からでも思い出せるだろう。
それから紆余《うよ》曲折あったが、配役は次の通りになった。

しらゆきひめ　栞
おきさき（まほうつかい）　絢音
おうじさま　瑛太
まほうのかがみ　藍斗
七にんのこびと
・ドク（せんせい）　大河
・グランピー（おこりんぼう）　仁希人《にきと》
・ハッピー（しあわせ）　蒼生《あおい》

・スリーピー　（おねむ）　篤人《あつと》
・バッシュフル　（はずかしがりや）　伊織《いおり》
・スニージー　（くしゃみ）　芭瑠《はる》
・ドーピー　（ぼんやり）　樹生《みきお》
りょうし　隼人《はやと》
しらゆきひめのおかあさん　愛菜《あいな》

これでキャストは総勢十三人、あとの七人が大道具その他を担当するスタッフとなる。

だが布陣が決まっただけだ。肝心要《かなめ》の台本の中身がまだ決まっていない。

配役を決定させるまでの段取りは及第点だった。押しつけでも事務的でもなく、園児たちが自主的に話に乗ってきた。少なくとも現段階では嫌々舞台に上がる者は皆無のように思える。

問題は上演が終わった時、キャストもスタッフも含めて全員に達成感が与えられるかどうか。見城会長との約束ではただの一人にも卑屈な思いをさせてはいけない——。

そこまで考えて胃の重くなることを思い出した。

目標が達成できなかったら、自分はこの組の担任を外される。もちろん副担任という形なので縁が切れる訳ではないが、それでも運営の手を離れるのだから辛いことに違いはない。

さて、どうしたものか。

心の裡《うち》で悩みながら、今度はスタッフの仕事を振り分けていく。幸か不幸か劇に使用する衣装は、去年のものがまだ残っている。手を加えれば立派に再生できるだろう。さすがに草木などの大道具は作らなくてはいけないが、ステージが広くないので大掛かりなセットにする必要もない。凜の目算では七人のメンバーで過不足ないはずだった。

ただ、スタッフの仕事を任せた七人がキャストに対して劣等感を抱く可能性は残る。

『栞ちゃんは白雪姫なのに、自分は衣装係だった』

『瑛太は王子の役でカッコよかったのに、自分は草木を作っただけだった』

そんなことを露ほどでも感じさせてはいけない。

さて、どうしたものか。

取りあえずキャストとスタッフの一覧表をパソコンで作成し、人数分のコピーをその場で配る。

ひと悶着《もんちゃく》はその最中に起きた。

「あーっ、スタッフって、男は健彦《たけひこ》と明良《あきら》だけなんだ」

大河が嬉《うれ》しそうな声を上げる。からかう対象を発見した時の声だった。

大河は健彦の横に移動して、その肩を突つく。

「かーわいそうだなあ。俺たちは役をもらえたのにさー」

言われて健彦はむっとしたようだった。

「いいもん。ボク、何か作る方が好きだし」

まずい、と思った。

本人が言う通り、健彦は手先が器用で、本を読んだり話したりするよりも工作めいたことが好きだった。そして造形の才能もあり、積木は組の誰よりも上手だった。だからスタッフに組み込まれるのも本人の希望なのだが、それを大河が混ぜ返すことで劣等感に転化する惧《おそ》れもある。

「大河くん！」

凜は急いで二人の間に割って入った。

「何が可哀想《かわいそう》なの？　健彦くんは好きでスタッフの仕事を選んだんだよ」

「でもさ、スタッフって目立たないんでしょ。ステージにも上がらないし、セリフも喋らないし」

「目立つのはいいことなの？」

「目立つってカッコいいじゃん」

凜は健彦に向き直る。

「健彦くんはどう思う？　目立つことだけがカッコいいと思う？」

うーん、と健彦は少し考え込む。

「……よく分かんない」

「カッコいいに決まってるじゃん。スーパーレンジャー見てみろよ。スーパースーツ着て、必殺技で悪者やっつけて、目立ってるじゃん」

大河はいつも藍斗とスーパーレンジャーごっこをしているので、判断基準は至極明快だった。それならこちらも、その判断基準に合わせて話をすればいい。

「あのね、大河くん。テレビのスーパーレンジャーが作り物だってことは知ってるよね」

「知ってるよ。とーぜんじゃない」

「じゃあさ、スーパーレンジャーが高く跳び上がったり、光線が出たり、乗り物が合体してロボットになったりするのも作り物って分かっているよね」

「うん。パパが教えてくれたよ。あれはトクサツっていうんだ」

「そうそう、特撮。その特撮を担当しているのはみんなスタッフの人たちなんだよ」

大河はあっと小さく叫んだ。

「番組が始まると登場する人たちの名前が出てくるよね。あれがキャストさんたち。それから終わりの方になるとスタッフさんたちの名前が出てくるけど、キャストさんたちよりずっと数が多いでしょ」

「うん」

「だからさ、大河くんがカッコいいと思うシーンはみんなスタッフが作ってるんだよ。キャストさんたちの何倍もの人が、スーツを作ったり、爆発の仕組みを考えたり、ロボットを動かしたりしている。そりゃあテレビには映ってないけど、そんな魔法みたいな仕事をずっと続けている。あの人たちがいなかったらスーパーレンジャーは変身もできないし、必殺技も出せない。そう考えるとさ、スタッフの人たちってとてもカッコよくない?」

話の途中から健彦の顔が輝き出していた。

大河の顔つきにも変化が生じている。

「うん……カッコいい」

「それでさ、星組の劇ってキャスト十三人なのにスタッフがたったの七人。キャストの半分の人数でスーパーレンジャーのスタッフさんたちと同じ仕事するんだよ。これって凄《すご》くない?」

大河は健彦と顔を見合わせる。

「スーパーレンジャーがカッコいいのならさ、ヒーローだけじゃなくて、それに関わる人はきっとみんなカッコいいんだよ」

うんうん、と二人は無言で頷く。

分かってくれたみたいだな。

二人を見て凜はそう判断した。大河はまだ他人の痛みを想像できない幼さがあるが、一方で素直さを持っている。理解できるように説けば必ず分かってくれる。

みんないい子たちばかりだ。

自分はこの子たちの長所を認めてあげなくてはいけない。そして伸ばしてあげなくてはいけない――。

そこまで考えた時だった。

最前、脳裏を過ったアイデアが不意に甦ってきた。しかも今度は明確な形となって意識に留まってくれた。

そうだ。

この方法ならいけるかも知れない。

上手い具合にちょうど休憩時間になった。

凜は教室を飛び出した。

職員室にはひと足早く池波が戻っていた。凜は獲物を見つけた獣のように池波へ駆け寄る。

「池波先生！」

「な、何ですか何ですか」

「園児全員がやってよかったと思える『白雪姫』、打開策が浮かびました」

「えっ」

凜は思いついたことを機関銃のように喋りまくった。不思議なもので、口にだすことによって思いつきが明確な形になる。だから喋らずにはいられない。黙ったら、思いつきが逃げてしまいそうな恐怖がある。

そして凜がひと通り話し終えると、池波は感心したように唸《うな》った。

「……うん。着眼点はいいと思います。その方法が成功すれば、確かに見城会長の出した条件をクリアできるかも知れませんね。でも……」

「でも？」

「その台本を仕上げるのは難しいでしょうね」

「ええ、難しいと思います」

「凜先生、台本を書いたことないんでしたよね」

「はい。だから池波先生の力をお借りしたいと思って」

「ちょ、ちょっと待った。あのう、僕も年長組でダンスを教えなきゃいけないから余裕がないって話しましたよね」

「一緒に台本書いてくれって頼んでるんじゃありません。書き方だけ教えてください。

パソコンで検索したけど、台本の書き方について詳しく載ってないんです。でも池波先生はちゃんと『白雪姫』の台本をアレンジしたんですよね」

「あー、そういうことですか」

池波はいったん納得した風だったが、すぐ渋面を作った。

「あ。でもそれって、下手したら自分で書いた方が早いってことが有り得るんですよね」

「そういうことも有り得ると思います」

「つまり、どっちに転んでも僕は貧乏くじを引くってことですか？」

「大丈夫です！」

何が大丈夫なのか凜にもよく分からないが、ここは押し切るしかない。

「先生が要領よく教えてくれれば、一番いいんです」

池波はしばらく凜の顔を眺め、やがて諦めたようにゆるゆると首を振った。

「こういう時にNOと言える勇気があったら、もう少し違う人生だったんだろうなあ」

そしてホワイトボードに記された予定表を見る。

「それでまた、こういう時に限って終業後の時間が空いてるんだよなあ……凜先生、今日の七時以降、時間作れる？」

「オッケーでっす」

行事を控えた担任の過重労働は、今更説明されるまでもない。しかし今は池波を頼るしかない。

ならば短期間で池波の知識を吸収するより他、彼の厚意に応える術《すべ》はなかった。

4

お遊戯会当日、凜は胃の重さに耐えながら登園した。

池波からのアドバイスを受けて全面改稿した台本。徹夜までして完成させた台本だったが、その内容が吉と出るか凶と出るかは上演してみないと分からない。救いなのは星組の全員が劇の練習に熱中し、傍《はた》からも楽しんでいるように見えたことだった。

当然ながら、園児たちには自分と見城会長との取引について喋っていない。見城会長の口から聞いたかどうかは知らないが、絢音もそのことに一切触れない。元より自分一人が責任を取る事柄なので、それでよしとした。純粋に園児たちが楽しんでいるというのに、余計な雑音を差し挟む必要もない。

演目は年少月組の合奏から始まった。〈大きな栗《くり》の木の下で〉と〈エーデルワイス〉の二曲。年少組の選曲としては妥当と思えた。

演奏が始まると、観客席からほうという声にならない溜息が出た。さすがに音大出の舞子の指導は的確で、音を外す子もリズムを乱す子もいなかった。いずれのパートもアンサンブルが取れていて、聴いていてもストレスは感じない。

それでも舞台袖で見守る舞子の表情は険しかった。

理由は本人から聞いている。今年もまた保護者たちからの要請で、何人かの園児にエア演奏をさせているからだった。

本当に演奏しているかどうかは音ではなく、指先と顔つきを見れば分かる。あくまでフリをしているだけだから指の動きは頼りなく、表情も弛緩《しかん》している。周囲で真剣な顔をしている園児たちからは完全に浮いている。

自ら醜態を晒さないため。

全体の調和を乱さないため。

そう言い含められて虚《むな》しく指を動かしている子供の内心を想像すると、心が冷えた。そしてそんな我が子の姿を見てほっとひと息吐いている親の心情を考えるとぞっとした。巧拙《こうせつ》も見映えも関係ない。失敗しても構わない。この年頃の子供に必要なのは体験と感動なのに、体裁を優先させている親のエゴが寒々しかった。

舞子もその寒々しさを感じているに違いなかった。自らの両腕を抱き、寒さを堪《こら》えているように見える。

本人には迷惑だろうが、凜は少しだけ舞子に同情した。他の分野ならいざ知らず、自分の愛した音楽でこんな欺瞞をさせる口惜しさは相当なものだろう。

無事に合奏が終わると、観客席からは万雷の拍手が起こった。舞子も労《ねぎら》いの意味で手を叩いているが、およそ熱意は感じられない。

その舞子が凜の方に振り向いた。

「次よね、『白雪姫』」

「はい」

「期待してるから」

「えっ」

「お遊戯会は楽しいものだってことを、あの馬鹿親たちに教えてあげなさい」

耳元で囁《ささや》いてから、舞子は月組の園児たちの許へと走り去って行く。

そうやって他人の奮闘に仮託するのはちょっと狡《ずる》くないか――ちらりとそんなことを思ったが、舞子の憤りを考えると、ここは目を瞑《つむ》ってもいい。

観客席の中には当然のごとく見城会長の姿も見える。絢音がキャストの一人と聞いているためか、その手にはしっかりとビデオカメラが握られている。不思議なもので彼女を見ても敵愾心《てきがいしん》はさほど起こらない。むしろ自分たちの劇で驚かせてやりたいという悪戯心《いたずらごころ》の方が強い。

『プログラム二番。年少星組による白雪姫です』

拙《つたな》いアナウンスで凜は我に返る。

ここからが正念場だ。

ステージの袖に移動すると栞の他、舞台衣装に着替えた子供たちが緊張の面持ちで待機していた。

凜自身が舞台に立つことはない。それでも今から数十分間、自分はこの子たちと一緒に『白雪姫』を演じ、そして楽しむ。二週間に及ぶ練習は全てこの数十分のためだったのだから。

子供たちの目には一様に不安が宿っている。組の中では一番度胸のありそうな藍斗や落ち着きのある瑛太までもが妙にそわそわとしている。その点は凜も同様だ。

凜は子供たちの目線まで腰を落として破顔一笑する。

「みんなあ、怖い？」

栞たちは怯《おび》えた目でこくこくと頷く。もう土壇場だ。アドバイスしてあげられることも、子供たちが聞き入れる余裕があるのもひと言くらいしかない。

「あのね、いいこと教えてあげる。客席にはみんなのお父さんやお母さんがいるけど、全員カボチャだと思ってください」

「カボチャー？」

愛菜が噴き出した。

「カボチャだと思ったら怖くないでしょ。客席なんかより、台詞を喋っている人の顔を見ましょう」

「でも……」

「一生懸命練習してきたんでしょ。みんなと、それから自分を信じて。台詞だって演技だって、練習ではちゃんとできたんだから。今、『白雪姫』を演《や》らせたら、あなたたちが日本一なのよ！」

途端に子供たちがくすくすと笑い出した。これで少しは緊張が解《ほぐ》れたはずだ。

「さあ、みんな行ってらっしゃい。先生、ここでずうっと見ているからね」

そして幕が上がった。

ステージ中央で愛菜扮《ふん》する白雪姫の実母が針仕事をしている。黒い窓枠の外には雪景色。窓の書割《かきわり》は健彦の力作だ。

『痛っ』

愛菜はさっと指を押さえる。

『雪に見とれていて怪我《けが》をしてしまった』

窓の外と自分の指を代わる代わる見つめる。

『でもホントに綺麗《きれい》……』

立ち上がって窓の外を眺める。自分の腹を擦《さす》る仕草が堂に入っている。

『この雪のように白い肌、この血のように赤い唇、そしてこの窓枠のような真っ黒な髪の子供が授かればいいのに』

　いくぶん舌足らずだが、真剣な口調に講堂内が静まり返る。

『そしてその美しさに、決して引けを取らない優しい心が宿るように。姿かたちよりも心で人を惹きつけられるように』

　この部分は凜の完全なオリジナルだ。美貌だけが取り沙汰される白雪姫だが、子供たちにはそういう印象を持って欲しくなかった。

　ステージが暗転し、ナレーションが流れる。このナレーションの声も事前に愛菜が録音したものだった。

『やがてその願い通り、白い肌と赤い唇と黒い髪を持った白雪姫が生まれました。でも白雪姫が生まれるとお母さんはすぐに死んでしまいました。その後、白雪姫の許には二人目のお母さんがお妃としてやってきましたが、このお妃はとてもプライドが高く、自分よりも美人がいるのを絶対に許しませんでした』

　妃に扮した絢音と身の丈ほどの鏡を担いだ藍斗が登場する。

『魔法の鏡よ、答えなさい。世界で一番美しいのは誰？』

『あなたはもう、一週間も同じ質問をしていますね。いい加減、飽きませんか』

藍斗のとぼけた口調に場内から笑いが洩れる。

『うるさい、鏡のくせに生意気言うんじゃないわよ！　わたしは毎日美しいと言われないと生きていけないの。ナンバー2には耐えられないの』

客席の笑い声が大きくなった。

この台詞は絢音と相談しながら書き加えたものだ。母親と姉への当てつけなのか、この台詞の採用が決まると絢音は大喜びだった。

『悪いけどさあ、世界で一番美しいのはあなたじゃなく白雪姫ですよ』

『何ですって。あの子とは毎日一緒にいるけど、とてもわたしより美人とは思えないわ。何かの間違いじゃないの』

『でも、そうだから』

『あなた、最近汚れがひどくなったんじゃない？　それで目が曇ってるんでしょう』

『あなたがどう言おうと白雪姫が一番美しい』

『強情な鏡ね。叩き割ってやってもいいのよ』

『やるならやってみなさい。そんなことをされても俺の意見は変わらないから』

『きいいい。猟師、猟師はどこにいるの』

『わたくしめならここにおります』

台詞とともに猟師役の隼人が登場。顔中髭《ひげ》だらけのメイクでまたも観客の笑いを誘う。

『命令よ。白雪姫を森に連れていき、殺しておしまい』

『ええーっ。そんなの嫌ですよ。白雪姫ってまだ子供じゃないですか』

『おだまり！　お前はわたしの命令に従っていればいいの。命令に逆らったらクビにするわよ』

『わ、分かりました。やればいいんでしょ、やれば』

『お待ちなさい。お前は顔つきが恐ろしいくせに心が優しいから嘘を吐かないとも限らない』

エキセントリックな役を絢音は嬉々《きき》としてこなしている。台詞のやり取りで舞台慣れしたのか最初のたどたどしさも消え、存分に演技を楽しんでいる風だ。

『心臓よ！　あの子の心臓を持ち帰っておいで。そうしたら信用してあげるわ。おほほほほ』

状況としてはかなり陰惨な場面のはずが、男児二人のとぼけた味と絢音のオーバーアクトでユーモラスな舞台になっている。

ここでまた舞台は暗転、森の中のシーンとなる。ステージにずらり立て掛けられた草木の書割。これも健彦を含めた七人のスタッフによる力作だ。手間を掛けて作っただけあり、幼児の手になるものでも細工の細かさから真剣さが窺い知れる。

初登場の栞が白雪姫に扮し、隼人に手を引かれて来る。

『さあ、わたしがここで見張っているから白雪姫は森の奥で遊んできなさい』

『はーい』

そして栞は上手《かみて》に、隼人は下手《しもて》に分かれる。

『お妃にはあんな風に約束したけど、やっぱり無理だよなあ。そんなことしたら新聞に載っちゃうよ。こんな齢だから目線入らないし』

これも相当に黒い話だが、隼人が口にするとお笑いにしかならない。観客席は大受けだ。

『そうだ。心臓だけなら見分けなんてつかないよな。だったらイノシシの心臓を代わりに持ち帰ればいいや』

そう呟《つぶや》きながら隼人は下手の袖へ退場し、舞台には栞が残される。

そこに現れた七人の小人たち。各々のキャラクターが一目瞭然になるように役名そのままの表情を作り、かつ衣装の色も違えている。

まず〈先生〉の大河が問い掛ける。

『もーしもし娘さんや。こんなところでいったい何をしておるのかね』

『迷子なのか。迷子になったのか』

〈おこりんぼう〉の仁希人が突っかかる。

『迷子じゃないわ。ちゃんと見張りに猟師さんが……あれ、いない』

『なあんだ、やっぱり迷子じゃないですか。これは困ったなあ』

〈しあわせ〉の蒼生はあまり困った風でもない。

次に〈おねむ〉の篤人が欠伸《あくび》をしながら問い掛ける。

『娘さん、ケータイとかは持ってないの？』

『持ってません。どうしよう、困ったなあ』

『この森はすぐ暗くなっちゃうよ』

〈はずかしがりや〉の伊織が大河に隠れて声を発する。

『暗くなるとね、狼《おおかみ》も出てくるんだよ。あとはヘビとかライオンとかゴキブリとかストーカーとか』

『嫌だ、怖い』

いきなり芭瑠が盛大にくしゃみを始める。

『ああ、ごめんごめん。最近、花粉症がひどくって』

〈ぼんやり〉の樹生が進み出る。

『それならさあ、この子、ウチで引き取ったら？　ちょうど洗濯とか食器の洗い物が溜まってるしさあ』

『おい、ちょっと待てよ。今週の当番、〈ぼんやり〉じゃなかったのかよ』

『だって面倒くさくってさあ』

『ダメよ。今からそんな癖つけてたら四十代独身になった時、ひどい目に遭うわよ』

ベタな社会風刺だが無邪気な子供たちが演じているので、その度に観客席が沸く。もっともギャグを盛り込もうと言い出したのは子供たちなので、無邪気かどうかは判断に困るところでもある。

相乗効果とでも言おうか、観客が沸くと子供たちの演技にもキレが出てくる。講堂自体が狭いので観客の反応が直接に伝わるのだ。観客はカボチャくらいに捉えればいいと助言したが、やはり反応がよければ子供たちも乗ってくるものらしい。

場面は再び妃の部屋に戻る。

『鏡よ鏡。世界で一番美しいのは誰？』

『だから言ってんじゃん。白雪姫だってば』

『白雪姫は死んだわよ』

『ちゃんと生きてるよ。生きてるからさ、あっちはこれからどんどん綺麗になっていくし、あなたはどんどん齢を取っていくし……そろそろ基礎化粧品、替えてみる？』

『きいいいいいっ。もういいっ。もう誰も頼りにしない。わたしが直接、白雪姫をやっつけてやる』

場面はまた森の中へと変わる。ここから先は物売りの老婆に変身した妃と七人の小人の熾烈《しれつ》な攻防戦が繰り広げられた。

まず妃は白雪姫にリボンを売りつけると見せかけて、そのリボンで白雪姫の首を絞めようとする。その寸前に〈おこりんぼう〉と〈しあわせ〉が止めに入って危機を救う。だが妃は意外な腕力の持主であったため、二人の小人は殴られて全治二週間の怪我を負う。

二度目、妃は櫛《くし》に毒を仕込み白雪姫の頭に突き立てようとする。しかし、これも寸前で〈おねむ〉と〈はずかしがりや〉が妃と揉《も》み合いになり、やはり妃に投げ飛ばされて二人は全治二週間の怪我を負う。

何度試みても白雪姫の暗殺に失敗する妃は最後の手段に出る。青森からの厳選お取り寄せリンゴに毒を注入し、今度は善良なリンゴ売りの老婆に扮して白雪姫に接近する。〈くしゃみ〉と〈ぼんやり〉は、ちゃんとした店で買った物でなければ信用できないと反対するが、ブランドに弱い白雪姫は厳選お取り寄せのレッテルに誘われ、つい毒リンゴを口にしてしまう――。

ここまでのシチュエーションの細部も子供たちの発案によるものだった。原作とは大きくかけ離れ、ステージ上で妃と小人たちが大立ち回りをするストーリー展開になったが、子供たちはその方が面白いというので、意見に従った。結果としては大成功で、本来はメルヘンであるはずの『白雪姫』にアクション要素が加わり、観客の反応はますます高まって行く。

さて、毒リンゴを食した白雪姫はとうとう命を落としてしまう。その死を嘆き悲しんだ七人の小人は白雪姫の亡骸《なきがら》を棺《ひつぎ》に納め、森の奥深くに安置していた。そこへ森に迷い込んだ隣国の王子が登場する。

『やあ、小人さんたち。こんなところで何をしているんだい』

王子に扮した瑛太はそれなりに気品があるものの、どこか軽くて頼りない。練習の時に凜がそう指摘すると、本人は「それでもいいです。ボク」と自覚しているようなので、そのままにしておいた。

〈せんせい〉の大河が瑛太に答える。

『わたしたちの白雪姫が死んでしまったんですが、死んでも美しいのでこうして飾っているんです』

『へえ、どれどれ』

瑛太はひょいと棺の中を覗《のぞ》き込み、大袈裟《おおげさ》に驚いてみせる。

『うわあ、これは本当に美しい。まるで生きているみたいだ。小人さんたち、よければ棺ごとこの人を譲ってくれないか』

『えっ、でも死んでるんですよ』

『そんな風にはとても見えないんだけど』

瑛太は品定めをするかのように栞の身体《からだ》を揺さぶる。すると栞は苦悶《くもん》しながらリンゴの切れ端をぺっと吐き出した。

　大河がこれも大袈裟に驚く。

『あっ、白雪姫の喉《のど》に毒リンゴが詰まっていたんだ！』

　そして栞が目を覚まして上半身を起こす。瑛太と大河たち七人の小人は、白雪姫が生き返ったと小躍りする。

『わたしを何度も殺そうとしたお妃をこのままにしてはいられないわ』

　栞は瑛太たちを引き連れて城に戻ったが、既に絢音は逃げ出した後で、部屋には魔法の鏡が残されているだけだった。

　栞は尋ねてみる。

『鏡よ鏡。世界で一番美しいのは誰？』

『それはあなたですよ、白雪姫』

『でも変ね。わたし、このお話の主人公のはずなのに、あんまり活躍してないのね』

『それはそうですよ。主人公はあなただけではありませんから』

『えっ』

『みんな、自分の中では自分が主人公なんですからね』

　藍斗がぼそりと呟くと、登場人物全員がわっとステージに現れる。

　さあ、エンディングだ。

観客席から割れんばかりの拍手が起きる。袖から見ていると、見城会長もビデオカメラを膝の上に置いて手を叩いている。

凜は待機していた健彦たちスタッフをステージに送り出し、自らも中央に躍り出る。

「この素晴らしいセットは、このたった七人のスタッフが作り上げました。彼らもまた主人公の一人です。では、スタッフをご紹介しましょう。皆さん、彼らに今一度温かい拍手をお願いします」

凜がスタッフ七人の名前を呼ぶと、「はい」と返事をして、呼ばれた園児が手を挙げた。拍手が一層大きくなった。

成功だ。

凜の許に園児たちが集まって来る。

発想の転換だった。全員を白雪姫にするのではなく、登場人物全員を主役として扱う――。

この思いつきに星組全員が乗った。七人の小人から猟師役までほぼ全員の台詞が多くなり、逆に白雪姫の目立つ場面は少なくなったが、文句を言う子供は一人もいなかった。また全員に見せ場を作ったことから、物語に起伏が生まれ、オリジナリティを打ち出すこともできた。

子供たちは誰も彼も満面の笑みを浮かべている。何事にも無関心のように見えた絢音までが、満足そうに頷いている。

これでいい、と凛は思った。

保護者会から、見城会長からどう判断されようと子供たちがこれだけ喜んでくれたのなら、それだけで大成功だ。

気がつくとステージの袖からも拍手が聞こえた。見れば池波とまりかが親指を立てて祝福してくれている。さすがに舞子まで指を立てることはしなかったが、それでも納得した様子で凛たちを見ている。

凛は観客席に向かい、深く深く頭を下げた。


お遊戯会が終了すると凛は園長室に呼び出された。行ってみると、そこには既に見城会長の姿があった。

見城会長は凛が部屋に入ってくるなり相好《そうごう》を崩した。

「あなたの勝ちでしたね、喜多嶋先生。実に面白い『白雪姫』でした。カーテンコールを見る限り、歓《よろこ》ばなかった園児は一人もいないようでしたしね」

「勝ちだなんて、そんな」

「お世辞じゃありません。幼稚園の劇なんて、今までは台詞をひと言でも喋ればいい、くらいの感覚で観ていましたが、まさかあんなに楽しませてもらえるとは予想もしませんでした」

ステージで絢音が活躍したのが嬉しいのだろうか、見城会長もいつになく上機嫌だった。

「あの台本は喜多嶋先生が一人で書かれたのですか」

横にいた京塚が興味深げに訊いてきた。

その質問を待っていたのだ。

「いいえ。ストーリー自体は原典のグリム童話に準拠させただけで、台詞にはキャストの子供たちの意見が多く入っています」

「ほう」と、京塚が感嘆の声を上げた。

「多少、幼稚園児らしからぬ笑いも入っていましたが、あれくらいの背伸びであれば許容範囲でしょう。ただ喜多嶋先生、一つ困ったことになりました」

「何でしょう」

「あんなに当たりを取ってしまうと、来年からのハードルが上がってしまいますからね」

「またその時は喜多嶋先生に骨を折ってもらえば、いいじゃありませんか」

見城会長と京塚は顔を見合わせて笑う。

凜は追従笑いをしながら内心で呆れ返っていた。

この手の平を返したような態度はいったい何なのだろう。二人にしてみれば凜の努力を労っているつもりなのだろうが、あまりの豹変《ひょうへん》ぶりに却《かえ》って不信感が湧く。

幼少期の体験から学んだことが甦る。たった一つの成功や失敗でころころ態度を変えるような人間は、絶対に信用してはならない。そういう輩《やから》は次に失敗した時、更に苛烈《かれつ》な態度でこちらを責め立ててくる。

「とにかく、これからも星組をよろしくお願いしますね」

見城会長はそう締め括《くく》ったが、凜の心にはまだ一点の染みが残っていた。

三　勝つか負けるか　それはわからない

1

　運動会が終わると、もう冬はすぐ近くまで来ていた。しかしクリスマスまでにはまだ遠く、しばらく子供たちにとっては退屈な日々が続く。

　入園からはや半年が過ぎ、最初はぎこちなかったクラスもようやく形を整えてきた。騒ぎ出すとブレーキの利かなかった藍斗《あいと》も、最近は友達にちょっかいを出す回数も減り、イジメの萌芽《ほうが》らしきものも見当たらない。

　凜《りん》も現状に慣れたのか、一クラス二十人という編成が、多過ぎもせず少な過ぎもしないことを実感している。この人数であれば一人一人の行動に注意を払うことができる。問題行動を早期に発見して対処することもできる。逆に成長したことや克服できたことも、間近で確認することができる。

その一つが食べ物の好き嫌いだ。神室《かむろ》幼稚園は給食センターから昼食を配給されているが、当然のように全員が同じ献立なので、好き嫌いのある子はオカズを残すようになる。アレルギー体質ならばともかく、給食の献立は専属の栄養士が計算の末に立てたものなので、安易に好き嫌いを許す訳にはいかない。藍斗の母親、モンスターペアレントの岸谷礼美《きしたにれいみ》以外、ほとんどの母親も好き嫌いの根絶を希望している。そして嬉《うれ》しいことに最近、園児たちの好き嫌いが次第になくなってきているのだ。

凜が最初に気づいたのは、栞《しおり》の食器を見た時だった。栞はピーマンが大の苦手なのでピーかまもやしの三色和《あ》えはまず残すだろうと思っていたのだが、持ってきた食器には何も残っていなかったのだ。

「栞ちゃん、あなたピーマン全部食べられたの？」

「へへー」

栞ははにかむようにして笑う。いつもなら得意げに空の食器を見せびらかすところだ。

「すごいじゃないの。いつから食べられるようになったの」

できなかったことができるようになったら、とことん誉《ほ》める。それが凜の方針だったので、全員の見ている前で表彰状を渡したいくらいだったが、栞は遠慮がちに笑うだけで、決して自分を誇ろうとしない。

「栞ちゃん、頑張ったんだよね」

「給食残しちゃいけないし……」

いったい、いつからこの子はこんなに謙虚になったのだろうと、凜は逆にそのことを誇らしく思う。それでつい大きな声を出してしまった。

「みんなー、栞ちゃんが嫌いだったピーマンを食べられるようになりました！」

「やめて、凜先生！」

栞は慌てて凜の口を塞ごうとする。その仕草がまた堪《たま》らなく可愛《かわい》い。だが、いくら誇るべきことではあっても、本人が嫌がることを強いるのは逆効果になりかねない。

「分かった、分かった。でもね栞ちゃん、そうやって一つ一つ苦手を無くしていくのは、とても難しいことだし、素晴らしいことなのよ。それは覚えていてね」

栞は少し恥ずかしそうな顔をして、そそくさと食器を配膳台に置いた。

凜は早速、母親との連絡帳で栞の努力を誉め称《たた》えた。

『今日、栞ちゃんが苦手だったピーマンの入った給食を完食しました！　園では特に指導はしていなかったので、これもご家庭でのしつけの賜物《たまもの》だと思います』

ところが好き嫌いの解消は栞一人に留《とど》まらなかった。次の日には仁希人《にきと》がやはり嫌いなニンジンサラダを残さなかったのだ。

「仁希人くんまでどうしちゃったの」

凜は半ば驚き半ば呆《あき》れた。何しろ仁希人のニンジン嫌いは筋金入りで、皿の中にニンジンの欠片《かけら》でも見つけるとその場で地団駄を踏むといった具合だ。母親の話によれば、家で父親が無理やり食べさせようとしたところ、手の付けられない暴れ方をしたらしい。

そんな仁希人がニンジン嫌いを克服したのだ。問題行動の目立たない栞の時よりも、これは画期的な出来事のように思えた。

「今日のサラダ、いつもよりニンジンが多めに入っていたのに。昨日の栞ちゃんに続いて苦手なおかず完食じゃない」

「んー、やっぱり給食は残しちゃいけないから……」

仁希人は昨日の栞を真似《まね》てそう言う。仁希人はあまり自慢する子供ではないが、それでもこの振る舞いは少なからず凜を感動させた。

「偉い、仁希人くん。好き嫌いを無くしたことも偉いけど、それを偉ぶらないのも偉い。よくできました！」

すると仁希人は満更でもない様子で頭を掻《か》く。これはこれで可愛い仕草に思えた。

嬉しい驚きは連続する。そのまた次の日、今度は大河《たいが》が同様の奇跡を見せてくれた。

その日の献立には固ゆでタマゴが出たのだが、大河の戻した食器にはそれがなかったのだ。

「ええっ、今日は大河くんがやってくれたの？」

凜はしばらく口を半開きにした。大河のタマゴ嫌いは少し変わっていて、タマゴ焼きのように元々の形からすっかり形状が変わったものならともかく、原初の形を残すものは絶対に受け付けないのだと言う。きっと気分的なものだろうと母親がゆでタマゴを刻んでサンドイッチに挟んだところ、大河はすぐさま嘔吐《おうと》したらしい。本人の弁によればあの一種硫黄臭《いおうくさ》いのが堪《たま》らなく気持ち悪いそうだ。

大河の母親菅沼恵利《すがぬまえり》は子供にいささか強圧的な傾向がある。勉強にしても躾《しつけ》にしても、自分の思惑通りに仕上げようとして大河には口うるさくしているらしい。食べ物も同様で、「好き嫌いがあったら碌《ろく》な大人にはならない」とばかり無理強いをしているフシも見受けられる。

無理強いされた大河は逃げることを思いついた。つまり給食に出されたゆでタマゴを殻をむいてそのまま家に持ち帰り、自室のゴミ箱に廃棄しておいたのだ。数週間後、暑い時期だったのでタマゴに湧いた蛆《うじ》が大量のハエに成長し、部屋中を飛び交った。

そうした強烈なエピソードの持主であるだけに、大河の完食は一層意外だったのだ。

「大河くん、ゆでタマゴの臭《にお》いが苦手だったはずでしょ。いったい、どうやって食べたの」

「鼻、摘《つま》んで食べたんだよ」

大河は先の二人と違い、鼻高々で誇らしげに語る。

「目も瞑《つむ》ってさ。クスリだと思って呑《の》み込んだら大したことないな」

「大河くんまでどうして急に……」

「んー。やっぱり給食残しちゃいけないしー」

決め台詞《ぜりふ》は二人のそれを踏襲する。まさか流行《はや》っているのかと凜は勘繰ってみる。

ただ、大河はタマゴを口にした途端に吐いたという前歴がある。念のために身体《からだ》の具合を訊《たず》ねてみると、大河は腹をぱんぱんと叩《たた》いてみせた。

「ん？　お腹《なか》、絶好調だよ。心配しなくても大丈夫だよ」

三日連続の嬉しい出来事だったが、感動が薄れることはない。それどころか、他の園児の頑張りに発奮して嫌いなものに挑んだのだとしたら、と胸は高鳴る一方だ。

凜や親たちから強制されず、友達同士競い合って不得手なものを克服していく――字面にすれば赤面するようなお題目だが、いざそれが目の前で起こったとなれば話は別だ。

何という素晴らしい子供たちだろう。

感極まって、凜は大河の肩を抱いた。

「うーん！　あなたたち、みんないい子。先生は鼻が高いわ」

「……そんなに高い鼻には見えないけど」

「大河くん、減点一。今のは言ってはいけないことです」

その日も、凜は張り切って連絡帳で報告する。

『大河くんの成長ぶりには目を瞠《みは》るものがあります。あの年齢で自発的に食べ物の好き嫌いをなくそうとする子はそんなにいません。たくさん、誉めてあげてください』

三日間、凜は星組の担任として幸福を嚙《か》み締めていたが、翌日には早速冷や水を浴びせられることとなった。母親から戻ってきた連絡帳には予想外の返事が認《したた》められていたからだ。

まず栞の母親、西川京子《にしかわきょうこ》はこう返答してきた。

『喜多嶋《きたじま》先生。園で栞がピーマンを完食したとのことですが、何かの間違いではないでしょうか？　先生から報告をいただいてから、わたしも嬉しくなって家でピーマンの豚バラ巻きを出してみましたが、栞は一度も箸をつけませんでした』

凜は思わず返事を二回読み直した。西川京子は至極《しごく》常識的な母親で、こうした報告を誇張したり虚偽申告したりするようには見えなかった。子供の成長を否定する母親というのはまずいないので、京子からの返答は真実とみて間違いはない。

それなら栞は給食に出されたピーマンは食べたものの、家庭では相変わらずだったことになる。では理由は調理法によるものなのか。

続いて返ってきたのは仁希人の母親、山崎加奈子《やまざきかなこ》からの報告だった。

『仁希人のニンジン嫌いが直ったと聞き、いっとき喜びましたが、どうやらぬか喜びだったようです。試しにカレーにニンジンを入れてみましたが、見事にニンジンだけを選《よ》り分けて食べていました。給食で食べたのはニンジンサラダということですが、何か特別な料理法だったのでしょうか？　それとも特製のドレッシングだったのでしょうか？　是非伺いたいと思います』

凜は給食の献立を思い返してみる。細切りにしたニンジンをこれも細切りにした大根やレタスに添えた一品で、かかっていたのはごく普通のフレンチドレッシングだった。子供でも食べられるような味付けに調整はされているだろうが、決して特別な料理などではない。

極め付きは菅沼恵利からの返事だった。

『先生は園児たちと一緒に給食を食べることはないのでしょうか。大河は相も変わらずタマゴ嫌いで、今晩はおでんでしたがタマゴには箸もつけませんでした。先生からの報告もあったので勧めてみましたが、無理に食べてもどうせ戻すからと半泣きになってしまいました。優秀な担任として評判を上げたい気持ちも理解できないではありませんが、園児をそういうことに利用するのはやめてください』

読み終えた瞬間、頭に血が昇った。

凜は大河を誉めて欲しいと願っただけで、自分を評価してもらいたいとは毛頭考えていなかった。それがいつの間にか、自分が事実を捏造《ねつぞう》したように思われている。

落ち着け、怒る前に考えろ。自分よりも子供たちのことを優先しろ――。

深呼吸を一つ。それで少しだけ落ち着いた。

大河の食べたゆでタマゴが特別だったとは思えない。あの時は凜も同じモノを食べていたが、スーパーで売っているような何の変哲もないタマゴだった。ゆで方をどれだけ工夫しようとも、根っからのタマゴ嫌いが完食するまで味が向上するとも思えない。

いったい星組で何が起こっているというのだろうか。まさか園児たちが自分を喜ばせようとぐるになっているのか。

そこまで考えて凜は大きく頭を振る。自分をからかう意図で、大河が単独でしたのであれば頷《うなず》けない話ではない。しかし、それに栞や仁希人が絡んでいるとなるとたちまち眉唾《まゆつば》になる。特に仁希人は人を騙《だま》して悦に入るような性格ではない。

とにかく確認が必要だ。

翌日の給食時、凜は三人の挙動をそれとなく監視することにした。だが、その日に限って生憎《あいにく》と三人が苦手とする食材は使われていなかった。三人の園児たちは黙々とスプーンを動かし続けている。

「凜先生、何か変だよー」

凜の振る舞いを指摘したのは瑛太《えいた》だった。

「どうして栞ちゃんや仁希人や大河を見てるの？　先生、全然食べてないじゃん」

その一声で三人が同時に顔を上げる。

凜と目が合うと、彼らは慌てた素振りでまた視線を給食に落とす。

「いや、あのね。三人とも食べっぷりがいいなあと思って」

「凜先生だって、結構がっついてるよ」

「……そうだった？」

「ダイエットとかしないの」

「はい。瑛太くん減点一」

冗談でその場は誤魔化したものの、三人が警戒心を抱いたのは確実だった。つくづく自分には隠密《おんみつ》行動は向いていないと自覚する。

この上は三人の苦手な献立が出た時に、また様子を見るより仕方ない——そう決めて、凜はスプーンを動かし始めた。


三人の給食よりも難儀な問題が持ち上がったのは、それから二日後のことだった。

凜があそび指導の準備を進めていると京塚《きょうづか》が職員室に姿を現し、こちらに歩み寄って来たのだ。

「喜多嶋先生、今ちょっとだけよろしいですか」

準備の途中であるのは京塚も分かっているはずなのに敢《あ》えて尋ねてくるということは、よほどの用件という意味だ。拒否権を持たない凜は従うしかない。

「実は今朝方、見城《けんじょう》会長から連絡を頂戴しましてね」

「はい」

「いや、今回は保護者会の会長としてではなく、絢音《あやね》ちゃんのお母さんとしての申し入れです。最近、絢音ちゃんに何か変わったことはありませんでしたか」

しばらく考えてから凜は首を横に振る。

絢音は同い年の子供に比べ、思慮深い言動をする。原因は権柄《けんぺい》ずくの母親と姉に上から抑えつけられた結果だと思われるが、終始目立つまいとしているかのようだ。だからこそ、ここ数日間で態度の急変は認められなかったと断言できる。

「絢音ちゃんが園から帰るのが、最近遅くなっているらしく、駅前の学習塾に通っているのですが、ここしばらく連続して遅刻しているというのです」

駅前の学習塾については凜も話を聞いている。全国に教室を展開している大手の学習塾だが、最近は幼児教育に活路を見出《みいだ》し、各地から優秀な幼稚園教諭を引き抜いて講師に迎えているらしい。あの見城会長が絢音をそうした塾に通わせていると聞くと、さもありなんと思う。絢音もああいう性格なので、嫌な顔一つ見せずに通い続けているのだろう。

「あの、通常どおりバスで送迎しているはずですし、どうして見城会長はその件を幼稚園側に持ってくるんですか？　幼稚園とその学習塾の間には何の関係もないですよね。間に合わないのなら塾のクラスを変えればいいわけですし、絢音ちゃんが遅刻していることに、どうしてわたしたちが関与しなきゃならないんですか」

「喜多嶋先生、声が大きいですよ」

京塚は眉間《みけん》に皺《しわ》を寄せて注意する。

「大体、わたしたちに訊《き》くなんて遠回しなことしなくたって、母親が直接本人を問い質《ただ》せば済む話じゃないですか」

「一応、尋ねてはみたようなのですよ」

京塚は憂鬱そうにまた眉を顰《ひそ》める。

「ところがですね、本人の弁によればバスを降りた後に、怪しい男の人に出くわしたので、逃げ回っていたとか何とか、本当かどうか分からない言い訳を並べ立ててるだけでとても要領を得ないそうです」

「だからって、どうして幼稚園が」

「担任として園児の行動が心配になりませんか」

覗《のぞ》き込むようにしてそう訊かれると、凜も邪険にはできなくなった。

「見城さんは保護者会会長のみならず、様々な公務を兼任しておられる方なので。勢い、幼稚園に相談されるというのも変な話じゃありません。見方を変えれば、それだけ我が園に信頼を寄せていただいているという証左ではありませんか」

京塚は慇懃《いんぎん》に言うが、もちろん園長が管轄違いの範囲まで関与しようとするのは別にも理由がある。園長の判断よりも保護者会延《ひ》いては見城会長の意向が重視される神室幼稚園では、見城こそが隠然たる支配者だ。これからも園長職を継続していきたいと願うのなら、犬のように尻尾《しっぽ》を振るのが処世術といえる。

透けて見えるような打算が鬱陶《うっとう》しいが、一方で絢音の言動が気にならないかと言えば嘘《うそ》になる。

「それで見城会長は具体的に、わたしたちにどうして欲しいんですか」

「それは仰《おっしゃ》いませんでしたねえ。立場上、そういうことを明らかにするには抵抗があるのでしょう。ただ会長も肩書を外してしまえば、ただの人の親です。そう考えればあの人が望んでいることもおよそ見当がつくような気がしますが」

婉曲な物言いが殊《こと》の外癪《しゃく》に障る。要は会長の意向を察して粉骨砕身せよとのお達しだ。くだらない、とは思ったが一笑に付すこともできず、凜は可能な限り調べてみますとしか答えられなかった。

園長から依頼された内容を相談すると、まりかは大きく溜息《ためいき》を吐《つ》いた。

「あーあ、遂に凜先生も保育以外の仕事を申し付けられるようになったか。そういうのはあたしや池波《いけなみ》先生で終わりにしたかったんだけどな」

まりかが残念そうに言う理由はよく分かる。ここ神室幼稚園に限らず、およそ教員と呼ばれる者たちは本来の保育や教育とは全く別物の仕事に忙殺されているのだ。

「前に研修で小学校に行ったことがあるの。そこの職員室の異様なことと言ったらなかった。教員全員がひたすらパソコンに向かって、息を潜めてるのよね。何事も起きるな、頼むから保護者からの電話が掛かってこないようにってね。実際、今の先生の多くはトラブルを回避しようと思ったらサラリーマン化するしかないもの」

すると横で聞いていたらしい池波が話に割り込んできた。

「何だ。凜先生、園外の保護責任まで押しつけられちゃったのか」

「ええ、もうなし崩し的に」

「凜先生のことだからそういう仕事も一生懸命やっちゃうんだろうなあ。でも、あまり深入りしない方がいいよ。これは先輩からの忠告」

「それはどういうことですか」

「深入りするとね、絢音ちゃんに万が一のことが起きた場合に責任を取らされるという意味だよ。担任が監視していたのになんて様《ざま》だってね」

「それって逆じゃないですか」

「今はね、何か問題があると関係していた一人の先生だけが槍玉《やりだま》に挙げられる。園長も自分の責任問題になるのが怖いからその先生を追及する。侘《わび》しい話なんだけどさ。今は間違いを起こさない無難な先生が重宝されるんだよ。ブラック企業並みの業務を押しつけられた凜先生には悪いけど、僕ならきっと逃げる。そんなの自分から地雷原に飛び込んで行くようなものだからね」

「舞子先生もどちらかというとそっちのクチかな。園の外まで仕事抱えるようなタイプに見えないものね」

まりかが話を振ると、今まで机に向かっていた舞子はついと顔をこちらに向けた。

「わたしなら園児に警備サービスをつけるように進言します。それなら幼稚園教諭の責任を問われることもありませんから」

「徹底してるねえ」

「わたしたちは園内で保育だけやっていればいいんです。たとえそれで攻撃されても、最低限自分の立場を主張できます」

「それもそうだ。大体、世の中は先生という職業を特別視し過ぎの面がある。子供のためなら滅私奉公は当たり前、私生活どころか未来にまで責任を持て、一般公務員と同列に論じることは許さない、とかさ。ほら、この間も県内で公立学校を定年間近の先生たちが退職金の規定が変更されるという理由で駆け込み退職した時、何かと世間がうるさかったじゃない。言いたいことも分かるけどさ、教師だっていち給料取り、いち人間だってことを少しは慮《おもんぱか》ってもらいたいよね」

「そうよねえ」と、まりかは相槌《あいづち》を打つ。

「昔だったら聖職者という理由で尊敬もされたから、私情や私心をなげうってでも、というのがあったんだろうけど、今は教師なんて尊敬もされないしね」

池波たちが愚痴をこぼすのももっともであり、教師という職業が不当に特別視されているというのも諾《うべな》える。実際、現場の教師たちには能力以上のレベルが求められ、そのせいで萎縮してしまう者も多いと聞く。鬱病などの精神疾患によって離職した教師は幼稚園から大学まで、すべて含めると遂に千人を超えた。

能力以上の仕事を続ければ、その先に待っているのは壮絶な死か緩慢な死しかない。園外での園児に関わっても得になることなど何一つない。

だが、それでも凜は絢音のことを看過することができなかった。

午後二時、園児たちを全員送り出してから凜は身支度をして駅方向へと向かった。

絢音の住まいは多くの園児たちと同様、マンション群の中の一棟にあった。若い家族が多いせいか、マンション内の舗道には三輪車が点在している。このマンションはペットを飼うことが禁止されているので、各棟からは子供の声しか洩《も》れていない。仕事柄、子供の声は嫌というほど聞いているが、それでも街中で幼い声を耳にすると心が和む。どんなに耳障りな声でも、子供の声は希望の代名詞だ。

凜の目指す棟はマンション群のほぼ中央に位置していた。五階５０４号室が見城家となる。

現在二時二十五分。送迎バスはまだきていない。

建物の陰に身を潜めてバスを降りた絢音がいったん帰宅した後、正面入り口から再び姿を現すのを待つ。母親が直接訊いて答えないのなら、そっと尾行しようと考えついたのだが、これでは幼稚園教諭というよりは刑事か探偵だ。

待つこと五分、絢音がバスから出てきた。

だが案に相違して、絢音の足は家とは真逆の方向、マンション群の裏に向かっている。このまま進めば、やがて裏山に突き当たることになる。

これはどうしたことだろう。

俄《にわか》に湧き起こった不安を胸に抱きながら尾行を続けていると、いきなり後ろから声を掛けられた。

「もしもし」

心臓が破裂するのではないかと思った。反射的に振り返ってみると、そこには若い巡査が不審そうな顔をして立っていた。

「はっ、はい。何でしょうか」

「失礼ですが……ずっとあの女の子の後をつけていましたね。保護者の方ですか」

「いえ、保護者ではないんですが」

すると巡査はますます不審さを募らせたようだった。

「保護者でもない方がどうしてあんな小さな子の後をつけていたんですか」

「あのっ、わたしあの子が通っている幼稚園の担任なんです」

「じゃあ担任の先生が、どうしてこそこそ園児の後をつけなくてはいけないのですか」

まさか母親からの依頼で素行を調査しているとは言えない。言い澱《よど》んでいると、痺《しび》れを切らしたように巡査が目の前に迫って来た。

「申し訳ありませんが身分証を拝見できますか」

慌ててバッグから幼稚園の身分証を取り出したが、もうその頃には絢音の姿は視界から消えていた。

身分証を提示すると、さすがに巡査は根掘り葉掘り質問することなく解放してくれたが、時すでに遅し、凜は辺りをうろうろと捜し回ったが、絢音はどこにも見当たらない。そうこうするうちに三十分以上が過ぎてしまった。

結局その日、絢音は三十分以上してから家に帰ったらしい。つまり凜が捜し回っている間だけ、どこかで寄り道をしていたことになる。別の日を選んで尾行を再開すれば良かったのだが、生憎凜の方も本来の仕事が忙しく、なかなかその機会は巡ってこなかった。

2

どうやら今月は凜にとって受難の月らしい。

絢音の尾行に失敗した次の週、今度は塾に遅れることなど比較にならないような事件が起きたのだ。

知らせは園児を送り出した後にもたらされた。凜が日誌を作成していると、京塚が職員室に飛び込んで来たのだ。

「凜先生、園児にトラブルが発生しました」

京塚は冷静を装おうとしていたが、緊張が言葉の端々に出ていた。だが凜の方はもっと緊張した。

「誰ですか」

「瑛太くんです。今、母親から連絡があり、どうやら野犬に嚙まれたらしく……」

「どこでですか？　傷は浅いんですか、本人は大丈夫なんですか」

「それが母親もひどく興奮した様子で要領を得ないのです。お手数ですが凜先生、今から病院に見舞ってもらえませんか」

凜の方に否《いな》やはない。いや、たとえ行くなと言われても行っただろう。瑛太が担ぎ込まれた病院名を訊き出すと、凜は職員室から飛び出した。

既に外はしん、とした寒気《かんき》に包まれていた。途端に肌が冷やされる。そして胸の中は怯懦《きょうだ》で冷える。瑛太はどちらかといえば俊敏さに欠ける子供だった。その瑛太が野犬に嚙まれた。何かのきっかけで野犬に追いかけられた挙句に襲われたのだ。その時の本人の恐怖を考えると居ても立ってもいられない。

教えられた先はマンションの近くにある個人経営の妹尾《せのお》病院だった。予想していたよりもずっとこぢんまりとした構えで、凜は少しだけ胸を撫《な》で下ろす。少なくとも大きな病院に搬送されるような重傷ではなかったらしい。

受付で身分を明かし、瑛太の名前を出すと病室を教えてくれた。関係者に余計な心配をかけさせないためか、受付事務員の顔色からは瑛太の状態が推し量れない。

気が急《せ》くが足が追いつかない。病院備えつけのスリッパでは思うように走れない。

焦りと苛立《いらだ》ちを堪《こら》えながら教えられた病室に辿《たど》り着く。引き戸を開けると、そこに瑛太と母親の富沢由梨絵《とみざわゆりえ》、そして中年の医者がいた。おそらく彼が妹尾医師だろう。瑛太はと見ると、右手首から先が包帯で覆われている。

「あ、凜先生」

瑛太が気の抜けたような声で反応した。その声と表情から察するに、やはり大事には至らなかったようだ。

安堵《あんど》感とともに緊張の縛《いまし》めが解け、全身から力が抜けた。だが瑛太の右手に目がいくと、その物々しさに再び不安が呼び起こされる。

「わざわざ駆けつけていただいて申し訳ありませんでした」

由梨絵は申し訳なさそうに頭を下げる。彼女とも何度か顔を合わせているが、一人息子ということもあってか瑛太を溺愛している。こうして担任に頭を下げていても、視線は息子の右手に引き寄せられている。

「わたしったら慌ててしまって、すぐ幼稚園に連絡してしまったんです。何しろ家に戻ってきた時には出血していたものですから……それで診ていただいたら、出血はしているものの傷は浅いということなので……」

声は消え入りそうだった。担任の凜も気が気ではなかったが、やはり母親の心痛とは比較にならなかったらしい。

「大丈夫、瑛太くん」

「うん」

瑛太は無邪気に包帯でぐるぐる巻きにされた右手を掲げてみせる。

「包帯取れるまで、こっちの手は使えないんだってさ。ごはん食べる時、どうしようっか」

「一週間もそうしていれば傷口も塞がるよ。それまで不便だろうけど我慢しなさい」

傍らに立った妹尾医師は母子の不安を和らげるように穏やかな口調で話す。この医師なら信頼できそうだと思わせる話しぶりだった。

「先生、瑛太くん、ひどく噛まれたんですか」

「このくらいの齢《とし》の子は男子でも皮膚が柔らかいからね。シェパードとかの猟犬に噛まれでもしたら牙が骨に達することもある。だけど今回はそれほど深い傷じゃなかったから幸運だった。まあ、実を言うと怖いのは傷の深さよりは感染症なんですけどね」

「感染症？」

「犬や猫の口の中は雑菌に塗《まみ》れている。傷口からどんな菌が侵入するか分かったものじゃない。加えてその野犬が狂犬病だった可能性もある。でもワクチン接種したから、危険はありませんよ」

「富沢さん、瑛太くんを噛んだ犬はまだ捕獲されていないんですよね」

問い掛けると、由梨絵は力なく首を振った。

「警察には届けられましたか」

この問いにも首を振る。

「瑛太くん、今、お話できる？」

「うん、いいよ」

「野犬に襲われたって聞いたけど、その時のことを詳しく教えて。場所とか、どんな犬だったとか」

まだその野犬が捕獲されていないなら、二人目の被害者が出る可能性がある。襲撃された場所と野犬の特徴を把握しておくのは、さしあたっての優先事項だ。

「えっと……」

瑛太は俯《うつむ》き加減になって唇を尖《とが》らせる。そうやって記憶を辿っているようだった。こういう時は焦らせない方がいいので、凛は黙って瑛太の口が開くのを待ち続ける。

「えっと……幼稚園から帰ってきてさ」

「うん」

「人工岩に遊びに行った」

「人工岩？　それは何？」

すると、この質問には由梨絵が反応した。

「神室小学校の裏手はご存じですよね」

凛も話を聞いたことがある。神室小学校はマンションから五百メートルほど離れた場所にあるが、元々山林を切り拓《ひら》いて造成地にした関係で裏手がすぐ山裾になっているらしい。

「山肌が露出したままでは危険なので、町が山肌をコンクリートで固めてアスレチック場にしたんです。在校生だけでなくマンションの子も遊び場に利用しています」

「細い樹《き》が生えているし、上からロープも垂れてるから登りやすくて面白いんだよ」

「それで？　瑛太くんは一人だったの」

「うん、一人」

　ここでまた由梨絵が割って入る。

「人工岩は上へ行くに従って初級・中級・上級と分かれていて、年少さんでも初級クラスなら安全なので。それに大抵、顔見知りの子がいますし」

　弁解がましく聞こえるのは、瑛太を一人で外出させたという罪悪感があるからだろう。由梨絵の気持ちは理解できるので、凜は聞き流すことにした。

「それで、岩を登っている時に出たんだ」

「犬が出たのね。その犬はどこから出てきたの」

「山の上から下りてきた」

「瑛太くん目がけて下りてきたのね」

「うん、そう」

「どんな犬だった？」

「えっと……」

　瑛太は再び考え込む。

「……僕よりずっと大きくてね」

瑛太の身長は一〇五センチ。四歳児としては大きいほうだ。それよりも更に大きいのなら中型犬といったところか。

「このくらい?」

凛が両手で一メートルほどの長さを示すと、瑛太はぶんぶんと頭を振る。

「違う違う! もっと大きいの」

「じゃあ、これくらい?」

「もっともっと」

「これくらい?」

「もっと」

問答を続けていくうちに両手の幅は一メートル半ほどにもなった。

「うん。それくらいだった」

「毛は何色だった?」

「えっと……」

言いかけて瑛太は口籠もる。見かねて由梨絵が眦《まなじり》を上げた。

「あの、本人はまだ襲われたショックで気が動顚《どうてん》しているんです。そんなに矢継ぎ早に質問されても上手《うま》く答えられっこありません」

由梨絵の言うことはもっともなので、凛は押し黙る。

「……茶色」

しばらくして瑛太はぽつりと洩らした。

「茶色なのね」

「うん。ちょっと薄い茶色」

「瑛太くん、犬の種類って分かる？　シェパードとかレトリーバーとか柴犬とか」

瑛太はゆるゆると首を振る。そう言えば幼稚園でも、まだ犬猫の種類は教えていない。

こんな時、凜は歯痒《はがゆ》いような思いに囚《とら》われる。小学校に上がる前から簡単な計算を教えるのに、動植物の名称や種類は教えなくてもいいと指示される。種類が数多《あまた》あるのにイヌとしか言えない子供が計算だけは早いというのは、教育として偏っているのではないか。それとも凜の教育観が狭量なのだろうか。

とにかく後から図鑑でも見せて種類を特定しておくべきだろう。園児や保護者の注意を喚起するには情報をより精緻にしておいた方がいい。

「それで、山から下りてきた犬がいきなり襲いかかったのね」

「うん。僕に飛びかかってきて右手を噛んだ」

「岩を登っている最中だったんでしょ。よく転げ落ちなかったね」

「うん……」

「何かに摑《つか》まってたの」

「……うん……樹。樹だよ。樹に摑まってたから落ちなかったんだよ」

その回答に何となく釈然としないものを感じたが、きっと瑛太には似合わない俊敏さが意外に思えたからだろう。咄嗟《とっさ》の時、人間は予想もしない能力を発揮するものだ。

「先生、明日からしばらく瑛太は休ませようと思います。まだショックが残っているでしょうし、包帯も取れないので」

由梨絵がそう申し出ると、瑛太は慌てたように母親を見た。

「ママ、僕、明日も幼稚園に行くよ」

「だって瑛太……」

「もう大丈夫。片手が使えなくってもお友達に助けてもらうから。ねっ、いいでしょ」

息子に懇願され、由梨絵は困ったように凜を見る。担任からも説得してくれという目をしていた。妹尾医師の方は特に深刻な顔はしていないので、明日からの登園も構わないということなのだろう。

「じゃあね、瑛太くん。明日一日だけじっとしていようよ。明日おウチにいて、嚙まれた方の手が何ともないようだったら次の日から幼稚園に来る。風邪ひいた時も、お熱が下がったからといってすぐにお外へ出ることはしないでしょ。それと同じ」

そう提案すると、瑛太は渋々ながら頷《うなず》いてみせた。

瑛太から得た情報を纏《まと》めて、一刻も早く警察に届け出よう。さてこの場合、警察のどの部署に被害届を出せばいいのか。

そこまで考えた時、妹尾医師が見透かしたように言った。

「多分、警察では扱ってくれないと思いますよ。事故でも事件でもなし、犬を追いかける刑事もいなそうだし。この場合は保健所でしょうね」

勘違いに赤面しそうになる。案外、一番気が動顛しているのは自分なのかも知れなかった。

神室町保健所を訪れ、受付の職員に事情を説明すると生活衛生課を案内された。

そして生活衛生課にいた男性職員は凜の話を聞いた後、物憂げに腕組みをした。

「それであなたは、園児を襲った野犬をどうしろと仰るんですか」

「えっ」

「ウチの保健所は犬猫を殺処分しますが、野犬を狩る部署ではありませんよ。まあ、その野犬が狂犬病だというのなら駆除の必要も出てくるでしょうけど、ただ子供が野良犬に噛まれたからといって、山狩りをするようなことはしません」

「でも、また同じことが起きるかも知れないんですよ」

「動物愛護法というのを知らないんですか。たとえ野良犬であっても、無闇に殺したらそっちの方が罪になるんですよ」

凜は被害に遭った瑛太の具合を訴えたが、職員は法律を盾に管轄違いを述べるだけで、話は全く進展しない。最後には皮肉さえ浴びせられた。

「聞いていたら、その子の言葉も少し怪しくないですか。野犬がいきなり飛びかかってきたって。普通、野良犬だって訳もなく人を襲ったりはしないものです。案外、その子が石を投げるとか棒で叩くとかして苛《いじ》めたんじゃないですか」

聞き終わらないうちに腹が立った。

「動物を苛めるような子じゃありません！」

それは日頃から瑛太の振る舞いを見ている自分が、自信を持って言えることだった。

結局、職員とは物別れになり、わざわざ保健所まで出向いたことは徒労に終わった。すぐ考えつく予防策といえば園児たちを人工岩付近には立ち寄らせないことだが、それはあくまで対症療法に過ぎない。

いずれにしても凜一人で解決できる問題ではないので、明日にでも園長とまりかたちを交えて検討する必要があった。

だが、事態は凜たちにじっくりと検討する間すら与えてくれなかった。

瑛太が襲撃された翌々日、二人目の被害者が出たのだ。

その日は瑛太が二日ぶりに登園し、星組の皆が気遣いを見せてくれるという嬉しい日だった。右手の使えない瑛太の代わりに物を取ってくれる子、傷の具合を心配そうに訊いてくる子など入れ代わり立ち代わりやって来る。栞に至っては給食時にスプーンを口まで運んでくれたが、さすがにこれは他の男児たちからブーイングを浴びせられた。

仲良きことは美しき哉《かな》――古《いにしえ》の小説家の言葉だったと凛は記憶しているが、本当にそうだと思う。困っている者、苦境に立たされている者に皆が手を差し伸べてやれば、卑屈や絶望は生まれない。断絶も起こらない。きっと争いも起こらないだろう。いや、それどころか助け合う心が新しい社会を創る可能性もある。

しかし、そんな希望を垣間見《かいまみ》た日の終わりに一報がもたらされた。

「二人目が襲われました……」

職員室に入って来た京塚は、この上なく沈痛な面持ちだった。

瞬間、凛は椅子を弾《はじ》き飛ばす勢いで立ち上がった。

「今度は誰ですか」

「菅沼大河くんです」

名前を聞いて、凛は軽い眩暈《めまい》を覚えた。

また星組の子供がやられた。

「小学校の隣にある神社で犬に襲われたそうです」

「た、大河くんはどうなりましたか」

「前回と同様に手を嚙まれましたが、命に別状はないそうです。今は病院で手当てを受けている最中とか」

「わたし、今から行ってきます。病院はどこですか」

「狭い町ですからね。担ぎ込まれたのは前回と同じ妹尾病院です。しかし、今すぐ見舞いに行くのは控えた方がいいでしょう」

「どうしてですか」

「菅沼さんが非常にナーバスになっているようです。園の関係者と顔を合わせれば、不必要なトラブルが生じるかも知れません」

指摘される前から、菅沼恵利の顔は眼前にちらついていた。普段から凜に対しては攻撃的な物言いをする母親だ。気の立っている母猫に触れるようなもので、引っ掻かれるのは目に見えている。

「でも、行かなければ行かないで必ず後から言われます」

抗弁すると京塚は苦い顔をした。

「それは正しいでしょうね」

意外なところから援護射撃がきた。

舞子だった。

「今、病院に行ってトラブルになったとしても先方の感情のせいにできます。でもほとぼりが冷めるのを待っていたら無責任と詰《なじ》られます。園長はどちらがよろしいですか」

冷静な口調なので尚更《なおさら》説得力がある。現に京塚は何も言い返すことができない。

凛は京塚の返事を待たずに職員室を出た。


受付事務員は凛を見るなり、ちらとだけ同情の色を示した。担当している園児が続けざまに同じ目に遭ったと知られれば、同情されても仕方がない。

教えられた病室のドアを開けた時、既視感に襲われた。右手を包帯で巻いた大河、おろおろとそれを見つめる母親、そして凛の再訪に驚いている妹尾医師。まるで二日前に起きた出来事の忠実な再現だった。

「またあなたのクラスの子でしたか」

妹尾医師は気の毒そうに言った。

「非科学的なことは信じないタチだが、こうなると祟《たた》りとかいうものを真剣に論じたくなるな」

祟られるようなことを誰がしたというのだ――抗議の言葉が喉《のど》まで出かかった。だが、それより今は大河の怪我《けが》の具合が優先する。

「大丈夫？」

問い掛けに大河が答えようとした時、横にいた恵利が感情を爆発させた。

「大丈夫な訳ないじゃない！　いったいどこに目をつけてるのよ。だ、大体あなたたち先生は大河が襲われた時間、どこで何をしてたんですか。どうしてもっと園児たちの安全に気を配らなかったんですか。園外だって平日なら幼稚園に監督責任があるんじゃないんですか」

舞子が予想した通り、恵利の抗議には理屈も常識もない。あるのは行き場を失った感情だけだ。子供ながらにその理不尽さが分かるのか、大河は少し恥ずかしそうに目を伏せている。

凜は深く頭を下げてから妹尾医師に向き直る。

「怪我の具合は?」

「前回よりも浅いですね。出血というよりは内出血に近い。もちろんワクチン接種は忘れていません。まあ、大事はとってもらいますが……」

その口ぶりでは、明日にでも登園できると言いたそうだった。感情的になっている母親の手前、言い出し難《にく》いのだろう。

「大河くん。今、話せる?」

これ以上、掻き回されるのが嫌になったのか、恵利が口を開く前に大河が喋《しゃべ》り出した。

「話せるよ。だって怪我なんて大したことないもん」

「神社で襲われたんだってね」

「うん」

「どんな風に襲われたの」

「うーん、遊んでたら急に犬がやってきた」

「瑛太くんから犬の話は聞いてるよね。大河くんを襲ったのも同じ犬だと思う？」

「うん、同じ」

大河は我が意を得たりとばかりに頷く。

「茶色でさ、大きくってさ、牙がこおんな形で生えてた。目もさ、ぎょろっとしてた」

「図鑑見たら、犬の種類も分かるよね」

「分かる……と思う」

急に自信が萎《しぼ》んだようだった。

「わたし、この責任を追及しますからね」

恵利が再び矛先《ほこさき》をこちらに向けてきた。

「あんな人気のないところで遊ぼうとするなんて、日頃から幼稚園で安全について教えていない証拠です。今回はこれで済んだものの、もし頭や顔面に嚙みつかれていたら、どうするつもりだったんですか！　これは園側の怠慢です。監督責任からの回避です。見城会長と協議の上、早速明日にでも臨時の保護者会を開いて……」

「菅沼さん」

恵利の言葉を冷徹に遮ったのは妹尾医師だった。

「そんなことをすれば恥を掻くのはあなたばかりじゃない。息子さんが恥ずかしくて友達の前に出られなくなる。お分かりですか？　今度のことは自宅に帰ったその後に起こったことです。こちらの先生の責任でもなければ幼稚園の責任でもない。強いて言えば監督責任があるのは菅沼さん、あなただ。息子さんが一人で遊びに行くのをどうして止めなかったのですか。この場合、あなたが勤めているかどうかなんて何の関係もない。第一、子供の安全に一番気をつけていなければならないのは、母親であるあなたのはずです」

恵利は唇を真一文字に結んだまま、細かく肩を震わせていた。

同じ組の園児二人が立て続けに襲撃されたのだから、保護者たちの間に緊張が走るのも無理はない。幼稚園側の責任追及云々《うんぬん》は別として、その日のうちに臨時の保護者会が開かれた。

冒頭、息子が被害に遭った恵利の悲憤慷慨《こうがい》ぶりは大層な見ものだった。髪を振り乱しながら、園児に安全を教えなかった園と野犬を野放しにしていた保健所に悪罵の限りを尽くす。横にいた見城会長でさえもが途中で発言を遮ったほど、その様は見苦しかった。

ただし恵利の立ち居振る舞いと案件の重大性は別物だ。保護者のほとんどが共働き夫婦であるため、園から戻って来た子供を四六時中見張っておくことはできない。瑛太と大河の事件は、そのまま自分の子供に起きても不思議ではない。しかも警察が解決してくれる問題でもない。

「こんな事件が起きたというのに、保健所は何の対策も講じてくれないのですか」

見城会長が詰るような口調で問い掛けるが、京塚はひたすら萎縮するばかりで明快な受け答えができずにいる。

「わたしも再三確認してみましたが、神室の保健所が自ら進んで野良犬を捕獲することは有り得ないと……被害を受けた園児が何かの菌に侵されたというのであれば話は違うのですが」

「じゃあ、保健所は何のために存在しているのですか」

「たとえば、今回の犯人である犬を誰かが捕獲した場合、一定期間引き取るということはあるそうです。期間内に引き取り手が現れなければ殺処分という流れです」

「つまり幼稚園もしくは保護者会がその犬を捕獲しなければならないということですか」

「そう……なります」

二人のやり取りを聞きながら凜は嫌な予感を覚えた。何回かの会話で見城会長の人となりは把握している。子供のためという大義名分があれば、園側にどれだけでも滅私奉公を強いる人間だ。

「それでは有志を募って山狩りをするしかなさそうですね」

そらきた。

有志といっても、彼女の頭にあるのは幼稚園の職員だけのはずだ。自分が野分け山入るつもりなど毛頭ないに決まっている。

まりかや舞子が抗議の手を挙げるのではないか――そう考えていると、意外にも保護者会の中から声が上がった。

「自分の子供が嚙まれることを思ったら、多少不慣れなこともしないといけないんでしょうね」

保護者会の参加メンバーには珍しい男親の一人だった。

「山狩りするなら、男親が参加するのが筋というものだ。それで頭数が足りないのなら、申し訳ないけど園の方から男手を借りる。まあ、そんなところですかね」

その提案に見城会長は渋々といった体《てい》で頷く。保護者会が優先的に人を出すのはいささか業腹だが、保護者の方から先に言い出したのでは今更撤回もできない。

「そうですねえ」と、これは京塚が賛同する。

「聞いた話じゃ、前の山狩りだって男親たちが率先して参加したらしいからな。あの時と状況は似たようなものだ」

「あの」

まりかが挙手した。

「前も同じようなことがあったんですか」

するると声を上げた男親が、思い出したような顔で笑った。

「ああ、若い先生たちは知らないか。いや、本当を言えば俺だって参加した訳じゃなくて親父《おやじ》から聞いたんですけどね。十六年前に、ここに通っていた女の子が次々に殺された事件があったでしょ。あの時も保護者会の有志を募って山狩りをしたんですよ。めでたく犯人は現行犯逮捕されたんで、親たちの働きは無駄になっちゃったけど」

「でも今回は犬でしょう。山野に慣れている分、手強《てごわ》いんじゃないんですかね」

「とんでもない。人間がこの世で一番恐ろしい。上条卓也《たくや》、だったか。あの連続殺人の犯人に比べたら、野良犬なんて可愛いもんだよ」

京塚と男親は顔を見合わせて笑う。

だが凜は到底笑う気にはなれなかった。

3

瑛太と大河に図鑑を見せたところ、二人は襲ってきた犬の品種をドーベルマンと断言した。ただし首輪をしていたかどうかまでは記憶にないと言う。

凜は直ちにその旨を京塚に報告する。気の毒に、今の京塚はただの伝令役だ。野犬に関する情報を取り纏めて保護者会に通達するだけで、主導権も拒否権もない。

園の関係者で一番割を食ったのは、おそらく池波だった。年長組の保育を終え、反省会を済ませた六時半から保護者会の有志に交じり、野犬の捜索に駆り出される。捜索範囲は二人が野犬を目撃した神室小学校の裏山と神社に隣接する林。もちろん敵の襲撃に備えて完全防備の出《い》で立《た》ちだ。その格好で三時間ほど捜し回り、自宅に戻った時にはもうくたくたになっている。翌日になれば通常通り仕事が始まるので、疲労が取れない者も出てくる。参加している男たちには労《ねぎら》いの言葉しかない。

更に参加者は増え猟友会も協力態勢をとっている。保健所の職員が言及したように動物愛護法との絡みがあるので野犬を撃ち殺すことはできないが、捕獲のための罠《わな》を仕掛ける分には構わないだろうという理屈だ。

こうして人工岩と神社に隣接する林は当分の間立入禁止区域となった。遊び場が少なくなったと園児たちには不評を買ったが、凜の立場では我慢を促すより他にない。

そんな中で唯一救いだったのは、被害者である瑛太と大河に事件の後遺症が全く見られないことだった。二人とも肉体的な傷痕はまだ残っているものの、精神的には完調と言えた。面白いのは事件をきっかけに二人が急接近したことで、以前は言葉を交わす程度の仲だったのに今ではよく一緒にいるのを見掛けるようになった。

「この騒ぎ、早く終息して欲しいなあ」

遊具の安全確認を終えた池波は机に突っ伏してそうぼやいた。山狩り開始からまだ五日しか経《た》っていないというのに、早くも疲労困憊《こんぱい》といった体だ。

「諺《ことわざ》にありましたよね。『イケメンはカネと力はなかりけり』」

横からまりかが混ぜ返す。

「いいよね、あなたたちは。白い目で見られるのは承知の上で言うけど、どうしてこういう時に限って女性は男女同権を言い出さないんだろうか」

「それは分娩《ぶんべん》室で男性が男女同権を言い出さないから」

まりかの反撃に遭って池波は呆気《あっけ》なく撃沈する。

「はいはい、僕が悪うございました。ただね、終わって欲しいと思うのは肉体疲労もさることながら、精神的な圧力が半端じゃないから」

「やっぱりイケメンはひ弱だから」

「そうじゃなくって！　女性陣は園の中にしかいないから体感していないだろうけど、山狩りの現場にいると緊張感でピリピリするんだよ」

「でも、ぶっちゃけただの野良犬でしょ？　それがどうして」

「保護者会で話題に上った十六年前の事件。山狩りっていうとあの時の記憶が甦《よみがえ》るみたいだね。四十代以上の男性たちのほとんどは、当時子供がいなかった人も山狩り経験者なんだそうだ」

池波はそのうちの一人が披瀝《ひれき》した体験談を女性陣に伝える。

二人目の園児が死体で発見されると、警察不信も手伝って町全体がひどく剣呑《けんのん》な雰囲気に包まれたという。まだ新しい住人の流入もなく、古くからの住人が大半を占める土壌が尚更不穏な空気を醸成した。

地元警察に届け出ないまま、まず保護者会の男親たちが手に武器を携え、山野に分け入って行った。幼児を殺すようなヤツは浮浪者のような流れ者に決まっている。早く引き摺《ず》り出して、子供の仇《かたき》を取ってやれ——。

つまりその時に行われた山狩りとは犯人の捜索というよりも〈不審者の排除〉という性格を持っていた。自《おの》ずと捜索隊は自警団の様相を呈し始めたのだ。

「幼い園児を続けて殺すんだから、犯人に同情の余地はない。同情の余地がなくなれば残るのは憎悪と嗜虐《しぎやく》心だけだ。自警団と言えば聞こえはいいけど、要はリンチ集団だ。参加していた人の話だと、犯人は警察に逮捕されてむしろ幸せだったって。もし捜索隊に捕まっていたら、嬲《なぶ》り殺しに遭っていたかも知れなかったそうだ」

うわあ、とまりかが顔を顰《しか》める。

「十六年前ってもうとっくに平成でしょ。信じられない」

「そういう話に古いも新しいもないでしょう」

舞子がぼそりと呟《つぶや》く。

「普段どんなに行儀よくしていても、いったん箍《たが》が外れたら人間なんて感情の動物ですから」

舞子はよくこうした冷淡な物言いをする。冷めているのかそれとも達観しているのか、齢に似合わない老成さを覗かせる。およそ幼児相手の仕事は不向きと思えるが、彼女の保育は母親たちから称賛されているのだから世の中は分からない。

「山狩りで何の罪もない犬がとばっちりを受けなきゃいいんだけど、無理かもね」

救いはないが、かなりの確率で起こりそうな話なので凛たちは言葉を失う。

その時、凛の携帯電話が着信を告げた。表示を見れば妹尾医師からだった。

「はい、喜多嶋です」

『依頼された調査の件、結果が出ました。電話で伝えますか?』

依頼していたのは個人的な動機で調べてもらったものだ。少なくとも現時点では他人に聞かれたくない。

「いえ、今からそちらへ伺います」

院長室では妹尾医師が待っていた。

「二人の様子はどうです。何かに感染したような症状は現れていませんよね?」

挨拶するより先に質問が飛んできた。きっとこういう医師は患者や家族から全幅の信頼を受けるに違いない。

「二人とも元気です。念のために両家とも体温や便通を見ているそうですが、異状はないそうです」

「それはよかった。あの年齢の子供はどうしても免疫力が弱いから……ああ、そうそう。依頼された件でしたね」

妹尾医師は二枚の写真を机の上に置く。それぞれ瑛太と大河の手に残っていた噛み痕のアップだった。

「右のかなり出血しているのが瑛太くんのもの。左の内出血で歯型が赤く滲《にじ》んでいるのが大河くんです。二枚とも、彼らを治療する直前に撮影しています。そして、この三枚目が二つの歯型を照合した結果です」

妹尾医師の差し出した三枚目の写真は画像処理して両者を重ね合わせたものだった。

「これを見る限り歯型は完全に一致しているようですね。そしてまた少なくとも人間の歯型ではない。あなたの疑いもこれで氷解することと思います」

凜の中で不安が解消される。妹尾医師に依頼していたのは二つの噛み痕の照合だった。二人が野犬に襲われたと聞いた時、凜の頭を過《よぎ》った疑いが二つある。まず第一に二人を襲った犬が果たして同じ犬なのかどうか。大河は同じ犬に間違いないと明言したが、子供の印象をそのまま鵜呑みにするのは危険だと思ったのだ。また、姿かたちが同じでも別の犬だった可能性も捨て切れない。その場合、自分たちが追う犬は二匹となり、当然のことながら捜索隊への注意喚起が必要となる。

もう一つは、噛み痕が人間のものではないかという疑念だった。

幼児保育の現場では幼児が人を噛む行為は半ば日常的なものだ。友達同士でじゃれ合った時、喧嘩《けんか》した時、あるいは大人に甘えようとする時、幼児はしばしば噛みつき行為を示す。ストレスの影響で自らの手首を噛む子供もいる。

瑛太と大河は犬にではなく、誰か他の園児に噛まれたのではないか。そしてその子を庇《かば》うために、いもしない野良犬をでっちあげたのではないか――そう勘繰ってもいたのだ。

だがそれらの疑いはこの三枚の写真で雲散霧消した。やはり二人を襲ったのは同じ一匹の野良犬だったのだ。犬には気の毒だが、捜索隊に捕獲されて保健所送りになるのが、最良の解決だろう。

だが、凜の楽観を断ち切るような言葉が浴びせられた。

「ただ、新しい疑問もある」

「えっ」

「実は以前にも犬に噛まれた患者を診たことがありましてね。その時、少し勉強したんだが、歯には生物の科ごとに特徴があります。一例を挙げれば永久歯の本数だけど、人間は上顎十四本と下顎十四本の計二十八本、親知らずを含めると三十二本。猫は三十本、ブタ四十四本、犬四十二本」

「二人についていた歯型では何本だったんですか」

「四十二本」

「だったら犬で間違いないいじゃないですか」

「本数は一例と言ったでしょう。特徴は他にもあって、一つは歯の種類別の本数と形状」

「種類別の本数？」

「歯式《しき》というのですがね。肉を食らうか草を食《は》むか、獲物を追うか追わないかで動物は頭蓋骨の形状が決まっていく。そして頭蓋骨の形が違えば、当然噛み砕く構造が異なるから歯の仕様にも相違が生まれる。たとえば臼歯だけど、犬の場合は上顎に小臼歯八本大臼歯四本、下顎に小臼歯八本大臼歯六本」

「写真の方は？」

「写真の歯式も同じでした」

「先生！」

「ただし形状が全く違います」

妹尾医師は三枚目の照合写真を目の高さに掲げる。

「小臼歯大臼歯ともに咬合部《こうごうぶ》がとても平たくなっています。犬ならもっと鋭くなっているはずなんですよ。これは嚙みちぎるというよりは、むしろすり潰す用途に特化した形状と言えますね。犬にはあまり認められない特徴です」

「……だったら、いったいこれは何の動物の歯なんですか」

「犬以外の何か。わたしに言及できるのはそこまでです」


翌日の午後二時、凜たちはいつも通り園児の見送りに忙殺されていた。

園の送迎バスに乗り込む園児については当日の登園状況と照合した上で欠員がいないかの確認、保護者のお迎えがある園児については関係者であるかの確認が必須となる。いずれにしても園児に対する監督責任の引き継ぎに当たる業務なので、自ずと神経が集中する。最後の一人を見送るまで気の休まる暇がない。特に今は野犬騒ぎの最中なので緊張感は尚更だ。

「凜先生、さよならー」

「明日またねー、愛菜《あいな》ちゃん」

星組で最後の愛菜を見送ると、凜は安堵の溜息を吐く。残務処理はあるが、一番重要な仕事はこれでひと区切りついた。後は各部屋の掃除と教材の点検、それから反省会と日誌作成が済めば無事に一日は終わる。少なくともいつもはそういうスケジュールだ。

だが、今日は違った。

職員室に取って返し、ユニフォームでもあるエプロンを脱ぐ。早々と日誌を作成していたまりかがそれに気づく。

「あれ。凜先生、今日は早退?」

「反省会、出席できなくて済みません。園長先生には伝えてたんですけど……」

するとまりかはにやにや笑い出した。

「珍しいわね。ひょっとしてデートだったりして」

「そういう色気のある話ならいいんですけどね」

凜は顔を寄せてまりかに耳打ちする。万が一のことを考慮すれば、彼女にだけは行き先を告げておくべきだろう。

果たしてまりかは目を剝《む》いた。

「ちょっと! それホントなの? だったら保護者会に連絡しておいた方が……」

「いえ、まだわたしの推測の域を出ないので連絡するのは尚早なんです。でも必ず今日中に片をつけますから」

「あたしも一緒に行こうか」

申し出は有難かったが、大人二人では相手に気づかれる心配がある。そう説明すると、まりかは少し残念そうに承諾した。

「でも気をつけてね」

見送られて凜は園舎を出る。停留所でバスに乗り、駅前方向に向かう。ただし下車するのは一つ手前、マンション群の前にある停留所だ。

到着したのは二時四十分、タイミングとしてはちょうどいいはずだった。

凜はマンション群の隅にぽつんとある電話ボックスに身体を滑り込ませる。ここなら各棟が一望できる上、寒風から護《まも》られる。最近は公衆電話を使用しようとする者は滅多にいないので、長時間占拠してもあまり迷惑をかけずに済む。

電話ボックスに潜むこと十分、遂に動きがあった。対象の一人がある棟から姿を現したのだ。

まだだ、と凜は自分に言い聞かせる。一人だけでは別行動の可能性もある。のこのこついて行ってはハズレを引きかねない。

逸《はや》る気持ちを抑えていると、今度は別の棟からまた二人現れた。やはり待ち合わせていたらしい。

更に数分待っていると、離れた棟から二人がやって来た。それで全員揃《そろ》ったのだろう、五人はひとかたまりになって凜の潜んでいる場所とは反対方向に歩き出した。

追跡開始。凜はそっと電話ボックスの扉を開け、五人の後を尾行していく。

間隔は五十メートルほど。これなら後ろに目がついていない限り気づかれはしないだろう。第一、五人は会話に夢中で注意力が散漫になっている。

五人の足の速さに揃えて歩く。これくらい慎重にすれば見失うこともあるまい。

五人の背中を追いながら、凜は自分の迂闊《うかつ》さに腹を立てていた。

何故《なぜ》もっと早くこのことに思い至らなかったのだろう。事実を指し示すヒントはいくらでもあったというのに、見抜けなかった自分はとんでもなく間抜けだ。

一人一人の行動を裏読みしていけば、それらが示す方向は一つしかなかった。妹尾医師からもたらされた情報だけが上手く全体像の中に収まらないが、それは尾行の結果で明らかになる。いずれにしても、ここまで話がこじれた理由の一つは凜の目が節穴だったことに拠《よ》る。もう少し自分に洞察力が備わっていれば、こんな事態には発展しなかったはずなのだ。

ただし重要なのは解明することではない。上手い具合に処置することだ。事が明るみになれば各方面から非難を受けるのは必至、それでも凜には五人の気持ちを代弁しなければならない義務がある。

何故なら今回の事態を引き起こした責任の一端は凜にあるからだ。

五人はマンション群の中央を縦断する舗道を真っすぐに進む。このまま行けば敷地を抜けて裏山に突き当たる。

なだらかな坂を上り、獣道にも似た未舗装の道から森の中に入って行く。凜の見知らぬ場所だ。ここからは視界が一気に狭まるので、凜は足を速めて五人との間隔を縮める。

十一月の山は木々を色づかせ、足元を赤と黄色の葉で埋め尽くす。繁茂する草木で陽光が遮断され、辺りは薄暗い。かさかさと草を踏む足音の他には葉擦れの音しか耳に入ってこない。この中なら背後からの足音も紛れて聞こえ難くなるはずなので、凜はいくぶん安心して尾行を続ける。

これ以上進むと五人が危険だ——そう危ぶみ始めた頃、五人の足が不意に止まった。

「この辺だよな」

「ぷーちゃあん」

「おーい、出て来いよお」

「おーい」

「あ、来た来た」

がさがさと草を掻き分ける音がした。紛れもなく生き物が近づく音だ。

「ぷーちゃんっ」

「食べるもの、持って来たからねー」

「あー、相変わらず汚れてる」

「ねえ、ちょっと動かないでよ。拭いてあげてるんだから」

「あのさ、それ、力入れ過ぎだよ。嫌がってるじゃん」

「文句なんて言ってないじゃない」

「言えないからだよ」

やはり自分の推測した通りだった。

凛は足音を殺すのをやめて五人に近づく。

「あっ、先生」

最初に気づいたのは瑛太だった。その声で他の四人も一斉にこちらを向く。

「凛先生……」

仁希人と栞はひどく怯《おび》えた顔をした。

「どうしてここに」

大河は不機嫌そうに睨《にら》んでいる。

「もしかして俺たちを見張ってたの？」

そして絢音は凛に背中を向け、それを自分の身体《からだ》で覆い隠そうとしていた。

「五人ともみーつけた」

凛は努めて明るい声で語りかける。絢音を除く四人は文字通り悪戯《いたずら》を見つかった子供の顔だ。どこか情けなく、そして抱き締めてやりたいほど可愛い。

「なあにしてるのかなあ？」

凛が近づけば近づくほど子供たちは絢音を庇うような形で集まる。この期に及んでもまだそれを護ろうとする気持ちが、凛は堪らなく誇らしい。

「先生、どうせ知ってるんでしょ」

瑛太の声はひどく切実に響いた。

「大体のことはね。でもね、あなたたち。お父さんたちが毎晩山狩りに出ていることは知っているでしょ。こんな大騒ぎになったら、護れる秘密も護れなくなっちゃうよ。今回は瑛太くんと大河くんの作戦ミス」

「ちぇっ」

大河は唇を尖らす。以前は自分を護れなかった時に曲げられた唇が、今は自分以外を護れずに悔しがっていた。

「見せて、絢音ちゃん」

凛は彼女を見下ろす場所に立つ。

「見せてくれたら、助けてあげられるかも知れないよ。それと、それからあなたたち全員を」

「……本当に？」

「そうなるように頑張ることは約束する」

絢音はおずおずと身体をこちらに向ける。

少女の陰に隠れて一心不乱にエサを食べていたのは、全長五十センチほどの黒い子グマだった。

「クマ？　あの子たちはクマを飼っていたんですか」

見城会長はそう言うなり口を半開きにした。彼女だけではない。集合していた保護者会の面々は一様に呆然《ぼうぜん》としていた。

一連の野犬騒動は子供たちによる狂言だった――園からの連絡を受けた見城会長の申し出で、急遽《きゅうきょ》、臨時会議を開いたのだが、狂言を企てた子供たちの中に自分の娘が交じっていることを知り、絶句したものだ。

栞の母親、西川京子はまだ半信半疑だった。

「大体、クマなんてもっともっと山奥に生息しているものじゃありませんか。それがどうして、あんな住宅地の近くに」

「あの、皆さん、お気持ちは分かりますが、どうか落ち着いてください」

保護者たちを前にして、説明役を買って出た凜は懇願口調で言う。子供たちの浅慮で山狩りなどという事態を招いてしまったことを保護者たちに納得させ、そして許してもらうためには、まず理解してもらわなければならない。

「まずお詫《わ》びしなければならないのは、星組の担任であるわたしが事の真相になかなか気づけなかったという事実です。もし最初の段階で子供たちの秘密を見破っていたらこれほど大事にはならなかったでしょう」

「先生、最初から説明していただけますか?」

　菅沼恵利が珍しくおどおどとしている。息子の大河がお騒がせグループの一員なので、今日だけは低姿勢を強いられているといったところか。

「承知しました。今申し上げた最初の段階というのは、急に園児たちの好き嫌いが解消した時でした。栞ちゃんのピーマン、仁希人くんのニンジン、大河くんのタマゴ、いずれも本人たちはトラウマになるほど嫌っていたんですけど、それが連日なくなっていきました。担任にしてみれば嬉しい限りで、つい喜んでばかりでした。けれどよくよく考えてみれば、そんなに都合のいい話なんてありません。タマゴひと欠片口にしただけで体調を悪くするような子供が、ある日突然体質を変えること自体が不自然です」

　話の最中、西川京子と山崎加奈子は気まずそうに顔を見合わせる。

「大河は……いえ、あの子たちはいったい何を」

「とても単純な話です。自分たちの給食を集めて子グマのエサにしていたんですよ。机の下にタッパーを置いて、少しずつ給食を取り分けていく。その際、ちゃっかり自分の嫌いなオカズから取り分けていったから、完食したように見えた訳です。三、四歳で、そこまで思いつくとは」

保護者たちの間から微《かす》かに笑いが起きる。

「最初に子グマと接触したのは絢音ちゃんでした。見るからに元気がなかったのでお家の冷蔵庫にあったスライスハムを与えたそうです。これがその子グマの写真です」

凜はＡ４サイズに拡大した写真を皆の前に掲げる。手足が短く、ころころとした黒い毛の子グマ。期せずして若い母親から「やだ、可愛い」との声が上がる。

「ツキノワグマの子供だそうです。本来この時期は冬眠を控えてたっぷりと食事をしなきゃいけないのですが、山中のエサが欠乏しているため、麓《ふもと》まで行動範囲が拡がったようです。普通なら母グマも一緒に行動しているはずですが、今回子グマが単独で行動したのは、おそらく何かの事情で母グマと別れてしまったのではないか、と獣医さんは言っておられました」

凜は獣医から聞いたことをそのまま保護者たちに伝える。

元々、人間の生活領域とクマの生活領域は緩衝地帯を挟んではっきり分かれていたので、両者が出くわす確率は低かった。

ところが昨今は人間が里山を利用しなくなったためにこの緩衝地帯が消滅してしまった。加えて人間が無計画にスギやヒノキといった針葉樹を植林し続けたため、クマの食料である広葉樹の木の実が急激に欠乏した。エサを失《な》くしたクマとしては人間のテリトリーまで足を延ばさざるを得なかったという訳だ。

「雑食性であることも幸いし、子グマの食欲はどんどん旺盛になっていきました。絢音ちゃんが家に帰る前に寄り道をするようになったのは、子グマのエサやりが日常化してしまったからです。ただ絢音ちゃんもそうそう冷蔵庫から食べ物を持ち出す訳にもいきません。それで同じマンションに住む栞ちゃんに相談を持ちかけたんです。栞ちゃんから瑛太くん、瑛太くんから仁希人くん、そして仁希人くんから大河くんへと輪が拡がるのはあっという間でした。子供たちにしてみれば子グマなんて動物園でしかお目にかかれないものだから、すぐ夢中になってしまいます。ただみんな利口な子なので、大人たちに子グマの存在を知られたら叱られることを知っています。だから五人で秘密を護ろうとしたんです。ところがある日、不測の事態が発生します。瑛太くんが子グマに嚙まれてしまいました」

由梨絵の顔が微妙に歪む。

「本人に確認すると、瑛太くんの手にエサが付着していたところ、子グマが見境なしに嚙みついたらしいです。大河くんの時も同様で、やはり手に付着したエサに飛びついたようです。きっと折り悪《あ》しく子グマも相当にお腹を空かしていたのでしょう」

保護者の何人かが、仕方ないという風にこくこくと頷く。

「瑛太くんは怪我をして妹尾病院に担ぎ込まれました。当然、先生やお母さんから事情を訊かれますが子グマのことを打ち明ける訳にはいきません。それで野良犬に嚙まれたと噓を吐いたんです。一番もっともらしい話ですからね。でも、大きさとか色とか襲われた場所を訊かれると急に慌てました。下手なことを言ったら子グマを匿《かくま》っていることが知られてしまうと思ったそうです。茶色の大型犬、襲撃されたのが人工岩というのは咄嗟に思いついた偽情報だったんです。後日、大河くんが襲われた際に、この偽情報はそのまま引き継がれることになります。つまり口裏合わせですね。二人の間が急接近したように見えたのは、同じ目に遭ったという仲間意識もあったでしょうが、一つには情報共有のために話し合う時間が必要だったからです。まあそれが縁で、今や二人は大親友になっちゃいましたけど」

これには由梨絵と恵利が顔を見合わせておずおずと会釈を交わす。気まずさ半分、社交辞令半分といったところか。

「後日、大河くんが手を嚙まれた際、彼は変なところでオリジナリティを発揮します。襲われたのは神社の裏手という新情報ですね。その直後に瑛太くんとのすり合わせがあり、犬の品種はドーベルマンにすることで意見が一致し、結果として保護者会の方々にご迷惑をおかけすることになってしまいました。これが今回の騒動の真相です」

凜が説明を終えると、保護者会の面々も気まずそうにしていた。本来なら真っ先に舌鋒《ぜっぽう》鋭く切り込む恵利も、上から目線で園側をコントロールする見城会長も、我が子が張本人となれば口も重くなる。腰も引けがちになる。子供に一方的な非があるのでは、保護者たちの頭が下がり気味になるのも当然だった。

　ここが正念場だと、凜は思った。

　勝算は全く測れない。

　これは賭けだ。だが、今の凜にはこうするより他に考えられない。

「大山鳴動子グマ一匹という訳だったのですが、彼らの担任として改めてお詫び申し上げます。本当に申し訳ありませんでした」

「どうして凜先生が謝るのですか」

　見城会長が遠慮がちに訊く。

「今回のこと、少なくとも先生には何の責任もないでしょう」

「いいえ。元はと言えば子供たちに生命の尊さを教えたのはわたしでした。牧場の牛を見せた時、わたしは生きとし生けるもの全ては尊くて儚《はかな》い存在だと教えました。今回、五人が協力し合い、必死に子グマを護ろうとした理由の一つには、それがあったように思えてなりません。母親と離ればなれになって飢えた子グマを助けようとした子供たちの気持ちはとても純粋でした。そこには誰かに誉められようといった打算や計算は一切ありません。心の底から小さな命を大事にしたいと思っていたんです。だからお願いします。決してあの子たちを責めないで欲しいのです」

　凜は深々と頭を下げた。

「保護者会の皆さんに大変な迷惑をおかけしたのは重々承知の上で申し上げます。嘘を吐いたのはもちろん叱るべきですが、やろうとしたことは叱らずに、逆に誉めてやってください。わたしはまだ幼稚園教諭になったばかりの世間知らずですが、それでも命を大切にする子が歪《ゆが》んだ育ち方をするのは少ないことを知っています。子供たちの中に芽生えている宝物を、どうか大切に育んでやってください」

凜はしばらく頭を上げなかった。保護者たちの反応が怖かったからだ。

飛んでくるのは罵倒か叱責か、それとも皮肉か。

覚悟を決めてそのままの姿勢でいると、しばらくしてぱらぱらとまばらな拍手が聞こえた。

えっ——？

次第に拍手の音は大きくなり、凜がゆるゆると頭を上げる頃には保護者のほとんどが大きく手を叩いていた。

不意に目頭が熱くなった。

4

絢音から〈ぷーちゃん〉と名付けられた子グマは、結局、県内の動物園に引き取られることになった。本来は山に帰すところだが、母グマがいないのであれば、ひと冬を越すのは困難だろうという県のみどり自然課の判断によるものだ。

瑛太と大河は園で飼いたいとだだをこねたが、当の本人たちに噛みつかれた前科がある。子供といってもクマには違いなく、園で飼うには危険が伴うので、これは却下せざるを得ない。その代わり、年二回の遠足では最低一度は動物園をコースに加え、ぷーちゃんとの面会を約束してやると二人とも折れた。

「それにしてもやるよねー、凜先生。園長先生よりもプレゼン能力があるかも」

職員室の中は治外法権だとでも思っているのか、まりかは遠慮会釈ない。当の京塚に聞かれでもしたらどうするつもりなのかと心配になる。

「まあ実際、話の持っていき方は抜群だったよね」

池波も尻馬に乗って称賛した。

「あれだけの大騒ぎに発展しちゃったんだから、当然五人の親の責任は免れない。見城会長なんて針の莚《むしろ》だったと思うよ。それを回避するにはいつものように、園側に責任を転嫁させるのが常套《じょうとう》なんだけど、凜先生が機先を制して先に頭を下げたものだから、向こうも出鼻を挫《くじ》かれちゃった。だから凜先生のご高説を延々と聞かなきゃいけないような雰囲気になった。見事な作戦だよ。しかも最後は子供を責めないでくれ、だもの。あれやられたら、そりゃあ拍手するしかない。あの場の空気に逆らったら自分が集中砲火を浴びるだろうしね」

「作戦って……別にそこまで計算してた訳じゃないんですよ。とにかくあの局面では、子供たちに矛先が向かわないようにしようと、それだけに集中して」

「それがよかった。何て言うか、計算せずにそっちの方向へ思考が働くのがすごい」

予想外の称賛に喜んだのも束《つか》の間、すぐにまりかがこれ以上はないタイミングで突っ込みを入れてくる。

「やっぱり、凜先生って天然なんだよね」

「……そっちに話を落としますか」

「だってあなた、見城会長たちがここぞとばかり総攻撃してくるデメリットはあんまり考えてなかったでしょ？　玉砕覚悟は立派だけれど、自分の骨を誰に拾わせるとか、ぷーちゃんの処置だとか、向こうに主導権握られたらどうするつもりだったの」

図星だったので何も言い返せなかった。

「結果オーライだから、あれでよかったんだけどね。今後は舞子先生辺りを見習って、もう少し熟慮した方がいいよ」

こんな場合でも舞子と比較されるのか――少し気落ちしたが、意外にもこれに舞子が反応した。

「わたしでは無理だったでしょうね」

舞子は淡々と言う。

「わたしだったら、子グマの歯型と子供の傷痕が同一であることを証明して、後は五人の親に丸投げします。元々、園の外で発生した事故だし、騒ぎの責任を一人で被《かぶ》る道義も根拠もないと思いますから」

舞子ならそうする。決して園や自分に不利な行動は起こさない。それこそが舞子が優秀である所以《ゆえん》だ。凜はそう認めざるを得ない。

だが舞子は再び意外な態度に出た。

「でもまりか先生の言われた結果オーライというのも事実です。出たとこ勝負だったかも知れませんが、勝ったのだから誰も凜先生に文句は言えません。五人の子供たちの処罰をうやむやにし、園の責任問題をスルーさせ、保護者責任も持ち出さず向こうの顔を立てたという貸しも作れました。わたしのやり方では、こんな全方位を丸く収めるのは到底無理です」

げっとまりかが呻《うめ》いた。

「舞子先生が凜先生を誉めてる……」

「別に誉めている訳じゃありません。状況分析をしているだけです。これだけ成功裏に終わったのに、下手に酷評して品位を疑われるのも嫌だし、それに……」

「それに？」

「……子グマの処分を最良の形に持っていけたのは評価していいかと」

その瞬間、凜は思い出した。

一度だけ目撃したことがあるが、舞子のスマートフォンには子グマのフィギュアのストラップがついている。舞子には不似合いなアイテムだとは思ったのだが――。

あんた、さては子グマ大好きだろ？

「凜先生のもたらした成果なら、もう一つあるよね」

池波は二人を見て、何やらにやにやと笑う。

「権勢を誇る見城会長とうるさ型の菅沼副会長。自分たちの子供が騒ぎを起こした張本人ということもあるけど、このツートップにとって凜先生は恩人になってしまったからね。恩義もあるし、恩義を無視すれば他のメンバーからも非難される。当分あの二人は凜先生や園に強権発動することはできなくなる。まあ、そんな穿《うが》った見方しなくても、園と保護者会の間にあった歪んだ主従関係もいくぶん改善されたしね」

また涙腺が緩みそうになった。

「ホントにねー。災い転じて福となすと言うか瓢簞《ひょうたん》から駒と言うか」

「……だから、どうしてまりか先生はいつもいいところで突っ込みを入れるんですか」

「だってえ、お笑いで締めなかったら、凜先生絶対泣いちゃうでしょ」

「な、泣いたりしませんっ」

「そうかあ?」

座が和み始めたその時、ノックもなしにいきなり職員室のドアが開けられた。

「お取り込み中のところ申し訳ないですな」

凜たちが一斉に振り向くと、そこには初めて見る男が立っていた。

齢の頃は五十代半ば、中肉中背で声がやけに渋い。聞きようによってはかなりの濁声《だみごえ》に感じるだろう。

だが何と言っても一番の特徴は顔だった。目、鼻、口、それぞれのパーツは普通なのに、それらが収まった顔は凶暴のひと言に尽きた。不用意に近づいたら問答無用で殴られそうな気がする。

いったいどこのヤクザかと怪しんでいると、男はこちらに向かってつかつかと歩いて来る。凜は咄嗟に身構えた。

「京塚園長にお会いしたいのだが、どちらにいらっしゃいますか」

丁寧な口調だが、目は今すぐその居場所に案内しろと命令している。助けを求めて周囲を見回すと、三人は光の速さで視線を逸らしてしまった。

裏切者め。

「えっとですね、園長室はここの廊下を真っすぐ行って、突き当たり一つ手前で右に曲がって、それから」

「案内してもらえませんかね」

男はずいと顔を近づける。それだけで有無を言わせぬ迫力があった。

凛は諦めるしかない。命令に従っていれば、少なくとも暴力を振るわれることはないだろう。

「どうぞ」

仕方なく職員室を出ると、男は当然だと言わんばかりに後をついて来る。こうしてただ後ろにいるだけなのに、殺気じみた空気が背後から漂ってくる。さてはヤクザはヤクザでも、武闘派と呼ばれる類のヤクザなのだろうか。

凛は急に不安になる。京塚との面会を求めているということは、彼に危害を加えようとしているのか。

「あの……失礼ですが園長先生に何のご用でしょうか」

すると男はそれには答えず、「あなた、この幼稚園は長いのかい」と訊いてきた。

「いいえ、わたしは今年赴任してきたばかりです」

「それでは役に立たんな。見るからにまだ若いし」

見ただけで役立たずと評されたのは業腹だった。

「ここの勤務が一番長いのは誰だね」

「長いというのなら園長先生です」

「他に同じくらい長く勤めている職員は？」

「いません」

「ふん。それならやっぱり園長から聞くしか仕方ないな」

男は不遜さを隠そうともしない。その態度に、凜はだんだん腹が立ってきた。

「わざわざ昔話を聞くためだけに園長に会うんですか」

「当時を知っている者しか証言はできんだろう」

「証言？」

「先生は知っているかね。十六年前、ここの園児たちが三人連続して殺された事件だ」

「どうして今頃そんなことを？」

「ああ、失敬。すっかり自己紹介を忘れていた」

男は胸元から二つ折りの黒手帳を取り出した。開くと上部に顔写真つきの身分証、下部には金色の記章が鈍く光っている。

「埼玉県警刑事部捜査一課の渡瀬《わたせ》と言います」

四　私の敵は私です

1

幼稚園に刑事という取り合わせが興味深くないはずがなく、渡瀬《わたせ》が園長室に消えてからというもの職員室は過去の事件で持ちきりとなった。

「どうして十六年前の事件で刑事さんがやって来るのよ」

まりかは怒ったように池波《いけなみ》に迫る。

「あれって犯人に死刑判決が出て終わってるんでしょ。それなのに何で」

「僕に訊《き》かれても困りますって」

池波は迷惑そうに目の高さで手を振る。

「僕がここに就職するよりも、ずっと以前の話なんですから。唯一、園長先生が当時のことを知ってるみたいですけど進んで話すようなことでもないし」

「まっ、この幼稚園のバス運転手が連続殺人犯だったなんて話を得々とできるはずもないからねー」

「世間でえらく騒がれた事件だったのは覚えてるんですよ。新聞やテレビでガンガン報道してましたからね」

「あー、あたしも覚えてる覚えてる。逮捕されたらされたで、今度は裁判の行方が注目されたんだっけ」

「そう言えば、宮崎某の幼女誘拐殺人がよく引き合いに出されましたね。二つとも似たような事件だったし」

まりかと池波が懐かしそうに話すのを聞いて、凜は居たたまれなくなる。昔といっても、この幼稚園で起きた悲惨な事件だ。それなのに二人の口調に昂揚《こうよう》の響きを感じるのは、事件の記憶が風化したせいだろう。

「あの犯人の死刑って、もう執行されたんだっけ。知ってる、池波先生?」

「さあ……」

「概要なら、わたし知っていますよ」

凜を含めた三人がその声に振り向くと、舞子《まいこ》が涼しい顔で立っていた。

「どうして舞子先生がそれを知ってるのよ」

「赴任する前、神室《かむろ》幼稚園についてはひと通り下調べしましたから。〈神室幼稚園　連続殺人〉でネット検索すると、その事件が沢山ヒットしますよ」

舞子は粛々と説明し始める。不確かだと思った箇所はその都度、携帯端末でサイトを検索する慎重さは相変わらずだ。彼女の説明によれば事件の経緯は次のようなものだった。

一九九九年五月十二日、神室幼稚園から帰宅したばかりの佐倉里奈《さくらりな》六歳が行方不明になった。迷子になったのではないか、それとも誘拐されたのではないか。所轄署と神室町青年団が手分けして捜索したところ、四日後、里奈は自宅から数キロ離れた河川敷で死体となって発見された。土中に埋められていたものの、前日の雨で増水した水が河原の土を削り、死体の一部が露出してしまった恰好《かっこう》だった。そしてその小さな首には索条《さくじょう》痕《こん》が残されていた。

直ちに捜査本部が設けられたが、里奈が家を出てからの足取りは杳《よう》として摑《つか》めず捜査は難航した。二人目の遺体が発見されたのは、そのわずか三日後だった。

五月十九日、捜査本部が警察犬を投入して遺留品を探していると、その中の一匹が河川敷から続く林の中に分け入った。すわ犯人の遺留品でも見つけたかと期待したのだが、警察犬が嗅ぎつけたのは二人目の犠牲者の白骨死体だった。

発見された二人目の犠牲者は松崎萌《まつざきもえ》失踪当時六歳で、彼女もまた神室幼稚園の園児だった。ただし発見された順番で二人目だが、司法解剖の結果、萌が殺害されたのは里奈よりも一年ほど遡った失踪直後のことと判明した。萌も同様に自宅から出たきり消息を絶っていたが、警察の必死の捜索にも拘《かかわ》らず行方が分からないまま捜査本部は縮小されていた。萌の死体が偶然発見されたのはその矢先のことだったのだ。

別々の犯人が近い場所に死体を埋めるような偶然があるはずもない。二つの殺人は俄《にわか》に全国の耳目を集めることとなる。

神室幼稚園の園児二人の死体が連続して発見された事件は日本中に衝撃を与えた。その十年前に発生した東京・埼玉連続幼女誘拐殺人事件の再来かと騒がれ、当然のことながらみすみす二つの犯行を許してしまった埼玉県警には非難と抗議が集中したのだ。

県警は捜査本部を増員し、昼夜を問わず不審者の洗い出し、性犯罪の前科者の追跡、果ては山狩りまで敢行して捜査を行った。それは県警の威信を懸けた犯人捜査でもあった。

それから二カ月ほど過ぎた七月半ば、事件は急展開を見せる。犯人が三人目の犠牲者である矢木杏奈《やぎあんな》五歳を森の中に埋めていたところを現行犯逮捕されたのだ。逮捕されたのは同幼稚園で送迎バスを運転していた上条卓也《かみじょうたくや》三十六歳。現行犯では何ら弁明の余地もなく、ここに連続幼女殺人事件は解決を見た。

ところが逮捕後の供述で上条は往生際の悪さを発揮する。矢木杏奈こそ自分が誤って轢《ひ》き殺してしまったが、後の二件については無関係だと主張したのだ。

上条の供述によれば、園児を全員降ろした帰り、誤って一人で遊んでいた杏奈を轢いてしまったのだと言う。このまま警察に届け出たら業務上過失致死を問われることは必至だ。自分には妻と娘がいる。捕まる訳にはいかない。その思いで、つい魔が差し杏奈の死体隠しに繋《つな》がった。そして森の中に分け入り、死体を埋めている最中に逮捕された。だが誓って他の二人の殺人には関与していない――。

「現行犯逮捕された杏奈ちゃんは仕方ないにしても、先の二つの事件について知らぬ存ぜぬを貫けば、少なくとも死刑は免れる……上条はそういう作戦に出たのだろう、というのが当時の世評でした」

しかし、この供述は本部の裏付け捜査によって完膚《かんぷ》なきまでに粉砕された。幼稚園内にある上条のロッカーから佐倉里奈および松崎萌の靴が発見されたからだ。上条は身に覚えがないと抗弁を繰り返したが、現行犯逮捕の上に物的証拠が揃《そろ》ってはどうすることもできない。やがて第一回公判が始まったが、弁護士は認否で争っても勝ち目がないと見たか、早くも情状酌量の戦術に出た。しかしどれほど情に訴えてみても幼女三人を次々と手に掛けた人間に対して、裁判官が向けるものはひたすら嫌悪感と市民感情への配慮だけだった。

地裁での判決は死刑。続く控訴審も一審判決を支持した。上条は最後の希望を込めて上告したが最高裁はこれを棄却、二〇〇二年八月に死刑判決が確定した。

「ただ、この話には続きがあるんです」

ひとしきり説明した舞子は、そう言ってひと息吐《つ》いた。

「続き？　ああ、そう言えば犯人がその後どうなったかなんて、気にも留めなかったよなあ」

「それはわたしも、というよりほとんどの人がそうじゃないかと思います。どんなに派手で注目を浴びた事件でも、判決が出た瞬間から興味は失《う》せていきますから。それに次から次へと新しい事件が起きると、上書きみたいになって前の事件のことなんて忘れてしまうんでしょうね」

舞子の言説はもっともだと思う。世の中には星の数ほど野次馬がおり、重大事件の公判ともなれば倍率数十倍の傍聴券を求めて列を作る。しかし、そういう野次馬たちの興味も確定判決で終結する。そして何年か後、新聞の片隅に死刑が執行された事実を知って、過去にそんな事件があったことを思い出す。

「死刑判決が確定した上条は東京拘置所に収監されました」

「えっと、彼は死刑執行されたんだっけ。それともまだ生きてるんだっけ」

「どちらでもありません」

「えっ」

「上条死刑囚は二〇〇四年の八月、拘置所内で病死したんです。死因は感染症による多臓器不全だったみたいですね」

「へえ。しかしいくら死刑囚でも病気になったら入院治療とかしてもらえるんでしょう？　それを考えると最後は一般人と同じ待遇で死ねたってことになるな。いや、入院治療費はタダだから、却《かえ》ってＶＩＰ待遇みたいなものかな。でも、それって結局僕ら国民から徴収した税金で賄ってるんだよね」

「えー、それはちょっとあたしも嫌だな」

池波の不服そうな弁にまりかが賛同する。

「他の事件の犯人なら人権とか考えるかも知れないけど。女の子を、しかもウチの園児を殺したとなると同情の余地はないなあ。いっそ死刑判決が確定したのなら、次の日には刑を執行して欲しいくらい。入院治療だとか食事だとか、そんなの要らないっしょ」

「まあ、この国の司法制度っていうか人権保護っていうのは、より加害者に手厚くなってるからねえ」

「どうしてまた、こんな加害者天国みたいな国になってしまったのかしら」

「うろ覚えなんだけど、戦前の憲法は国家が国民の行動を制限するという性格が顕著だったんです。それで治安維持法なんてひどい法律が無実の人を苦しめた。戦後はその反省を込めて、というかトラウマみたいな反応で加害者寄りになっちゃったきらいがありますよね。刑事裁判そのものが加害者に罰を与える、というより加害者を更生させる思想に寄ってるんですから」

「でも、戦後まもなくだから大昔の話でしょう」

「いやあ、結構それも古い話じゃないんですよ」

池波は眉間《みけん》に皺《しわ》を寄せながら言う。

「麻生《あそう》さんが首相の時だったかな。被害者側が簡単に損害賠償を請求できる損害賠償命令制度や、被害者側が裁判に参加できる制度が導入されたんだけど、これを阻止しようとする勢力は厳然として存在しましたからね。共産党と社民党、えぇっとそれから日弁連か。法廷が復讐《ふくしゅう》の場になるとか、法廷で被告人が萎縮してしまうとか、僕個人は被告人保護に偏向した思想にしか思えないんだけど、未《いま》だにそういうことを声高に叫ぶ政治家とか弁護士は少なくないらしい」

「あたし法律とか思想とか難しいことは分からないけど、とりあえず抵抗もできない園児を手に掛けた段階で情状酌量の余地なんてないわね。そんなの人間のすることじゃない。人間じゃないモノに同情や税金なんてかけちゃ駄目だよ」

そこにおずおずと舞子が割って入る。

「あの、盛り上がっているところをすみませんけど、上条死刑囚は入院治療した訳じゃなかったようです」

「え？　でも多臓器不全が死因だったのよね」

「当時の記事によると、ある朝、上条死刑囚は独房で死んでいるのを発見されました。それで司法解剖したところ病気であることが判明した。そういう経緯ですね」

「野垂れ死にみたいなものか。それなら少しは溜飲《りゅういん》が下がるかなあ」

まりかはまるで自分が被害者遺族の代表でもあるかのように言う。凜はそれを非難できない。幼女を殺した犯人に対しての心情は、皆似たようなものだろうし、幼稚園教諭という立場であるなら被害者側に肩入れするのはむしろ当然だ。

「でもあたしたちはともかく、殺された園児たちのご両親はどんな風に感じたんだろ。ねえ、池波先生。その三人の女の子たちの家族は、今もこの町に住んでいるのかしら」

「どうかなあ。そんな事件のあった後は被害者家族も居辛《いづら》くなるんじゃないのかな」

その時、廊下に面した窓に京塚《きょうづか》園長と渡瀬の姿が映ったので、池波もまりかも咄嗟《とっさ》に口を噤《つぐ》んだ。

京塚は何やら恐縮した様子で渡瀬を先導している。どうやら園内の案内をしているらしく、玄関とは逆方向へ向かっている。

「十六年前の事件について訊《き》きに来た、ということは当然職員のロッカーとか見に行くんだろうね」

「え。じゃあ、あたしのロッカーも見られる訳?」

「いや、そんなことはないでしょう。第一、上条死刑囚の持ち物なんて十六年前の捜査で押収されているはずだし」

「だったら、どうしてわざわざここに刑事が来るんだろう。ねえ、気にならない？」

まりかは他の三人を見回す。池波も舞子も否定しようとはしない。それは凛も同様だ。既に解決し、犯人とされる人物もとうに獄死しているというのに、何故今頃になって埼玉県警の刑事がしゃしゃり出てくるのか。

「でもさ、まりか先生。いくら気になるからって二人の後を尾行する訳にもいかないでしょ」

「うーん、だったら後で園長先生から根掘り葉掘り訊き出すよりしょうがないなあ」

仕事によらずプライベートによらず、まりかというのは有言実行の人間で、渡瀬が帰ると早速京塚を捕まえて職員室に連れてきた。

「いったいどういうことですか、まりか先生」

「どうもこうもありません。どうしてあの刑事さんが来たのか説明してください」

「説明って……それが先生方に何か関係あるのですか」

「十六年前の事件ならこの幼稚園の事件じゃないですか。あたしたち、ここの教員なんですよ。断然、知る権利があります。って言うか、教えてくれないと保育に身が入りません」

よく聞けば無茶苦茶な理屈なのだが、まりかが口にすると不思議に説得力がある。凛をはじめとした他の教員もそれを知っているので、京塚がどう反応するのかをじっと見守る。

果たして京塚は思案顔になった。

「……まあ、お教えしても差し支えないとは思うのですが。わたしも大したことは回答できませんでしたから」

そこから先は、もっぱらまりかが訊き役となった。

「あの刑事さん、十六年前当時に事件を担当していたんですか」

「いやあ、そうじゃないみたいですよ。ロッカーのある場所とか、当時の園児送迎の仕組みとか、担当していた刑事さんなら当然知っていることまで訊いてきましたからね」

「じゃあ全然関係のない刑事さんだったんですか。それがどうして」

「そんなこと、わたしには分かりませんよ」

「それ、園長先生は訊かなかったんですか」

「もちろん訊きましたよ。園にしても唐突な訪問で、事前に県警からの連絡もありませんでしたからね。でも、あの渡瀬という刑事さんは詳細を教えてくれないのですよ。それに……」

「それに？」

「何と言うか、あの人相に気圧《けお》されてしまって。ヤクザみたいに凶暴な顔してましたからね。こっちはいつ殴られるんじゃないかと肝を冷やしてましたよ」

園を預かる責任者としてはいささか情けない弁だが、渡瀬を正面から見た凜もその点は同意せざるを得ない。京塚は凶暴な顔と評したが、凜の第一印象ではそれすらも雅《みやび》な言葉に聞こえる。警察にはヤクザ専門の部署があるらしいが、きっと渡瀬はその部署の担当だったに違いない。あの人相ならひと睨《にら》みでヤクザ者もたじろぐこと請け合いだ。初対面の際、近くに園児がいなくて幸いだった。あれは秋田のナマハゲ以上だ。もし園児が彼を目撃していたら、間違いなく夜泣きしていただろう。

「それで、いったいどんなことを訊かれたんですか」

「思い出したくないことばかりですよ」

京塚は嘆息を交えた。

「上条さんの人となり、事件前後の立ち居振る舞い、家族関係、仲間内での評判。その他わたしが知っていることは全部教えてくれと言われました。ただわたしも彼の全てを知っている訳ではありません。送迎バスの運転手さんと話すことはそうそうありませんからね。わたしが彼と直接話すのは、運行コースの変更と災害時の対応くらいのものですよ。個別の園児についての注意事項は担任の先生が直接伝えますし」

「でも当時からずっと在任しているのは園長先生だけなんだから、それもしょうがないじゃないですか」

「それでも、やっぱりああいう事件でしたからね。犯人の上条さんを含め、辛《つら》いことを色々と思い出してしまって……殺された里奈ちゃんも萌ちゃんも、そして杏奈ちゃんもわたしはよく知っていました。三人とも可愛《かわい》い子たちでした。笑った時の眩《まぶ》しい顔も全部覚えている。そんな彼女たちを殺《あや》めたのが、これもよく知る上条さんだった。わたしの哀《かな》しさ、辛さはおそらく理解してもらえないでしょう」

さすがに身につまされたのか、まりかは一瞬考え込む素振りを見せた。幼児教育を五十年ちかくも続けてきた人間だから、子供が嫌いなはずはない。自分のよく知る園児が三人立て続けに殺され、しかも犯人が身近な人物であったとなれば、その心痛は想像するにあまりある。

「刑事さんは当時関係者から聴取した供述内容を覚えていました。いや、ひょっとしたらここを訪れる前に記録を読み直したのかも知れません。質問はそれだけ微に入り細を穿《うが》つものでした」

「え。ビにいりサイをうがつって何のことですか」

「ああ、まりか先生のご年代ではもうこういう言葉は使いませんよね。要は重箱の隅を突つくようなことを訊かれるのですよ。わたしも職場の責任者として説明させられたのですが、いくら自分の証言だといっても十六年も前に喋《しゃべ》ったことを逐一覚えていられる訳がない。それをあの刑事さんときたら……」

「犯人の人となりって、園長先生はどう答えたんですか」

「まりか先生はわたしの個人的見解に興味がおありなんですか」

「正直、それは僕もあります」

　間を割って池波が手を挙げた。

「僕たち教員と毎日のように顔を合わせながら園児たちの命を摘み取った男が、普段はどんな顔を見せていたのか。野次馬根性ではなく、同じ幼稚園の関係者として知っておきたいと思います」

「人となりといっても、人が他人に見せる顔なんて、そのごく一部でしかないのですけれどね……当時、上条さんはとても子供好きに見えました。園児がバスを乗り降りする際も決して笑顔を絶やさず、言葉遣いも優しかった。自分に同じくらいの娘がいるということもあったのでしょうが、少なくともわたしより子煩悩に見えました。まあ後から考えれば、それも仮面に過ぎなかったのですけれど。勤務態度はとにかく真面目で、特に注意するところもありませんでした。だからこそ、彼が逮捕されたと知った時、わたしを含め園の関係者の衝撃は大きかった。女性の中にはそれで人間不信に陥る人がいたくらいです」

　当時のことを思い出したのか、京塚の表情は次第に苦しげなものになる。

「そんな人が、いったいどうして三人もの園児を殺したんですか」

「動機ですか？　知りませんよ、そんなことは。知っているのはおそらく本人だけだったでしょう。警察の取り調べでも、彼は最後まで自分の罪を認めませんでしたからね。動機も分からずじまいです。ただ警察や犯罪心理学の先生方は、異常性癖という言葉でケリをつけました。その十年前に起きた宮崎某の事件に触発されたのだろうと」

「つまり事件としては全部終わってるんですよね」

「ええ」

「殺された女の子たちの遺族はどうしたんですか。その後もずっと神室町に住んでいるんですか」

「いいえ。何しろ狭い町で、口さがない住人もいますからね。被害者家族だというのに毎日のように冷やかしや嫌がらせが続いたようで、早いところは事件直後に、遅いところでも数年後には家を引き払っています。酷《ひど》い話ですよ。娘さんを殺されただけじゃなく、その後も見知らぬ人からの悪意に晒《さら》されるんですから」

匿名の第三者ほど卑怯《ひきょう》で残酷な者はいない。匿名だから自分は常に安全圏にいる。それを知って彼らは普段表に出すことのない言葉と感情を平気で相手に吐き出す。日常生活で抑圧された毒素がガス抜きよろしく排出されるのだろうが、吐き出される方は堪《たま》ったものではない。

加害者遺族はもちろん被害者遺族も地獄に落とされている。それを正義面した者たちが安全地帯から更に石を投げる。考えようによっては、直接手を下した犯人よりもそちらの方がずっと卑劣で禍々《まがまが》しい。己の行為を正当化している分、醜悪とさえ言える。

しばらく不快な表情を浮かべていたまりかが、思い出したように言葉を継ぐ。

「裁判も終わって、犯人も拘置所の中で病死して、被害者遺族もみんないなくなってしまったんですよね。でも、だったらどうしてあの刑事さんはそれを蒸し返そうとしているんですか」

「それもわたしには分かりません」

京塚は突っぱねるように答える。

「わたしだって、あんな事件は思い出したくもありません。詳細は勘弁させてもらいますが、園の管理責任を問う声も決して小さくなかった。毎日、途切れることのない罵倒と抗議電話。送迎バスに悪戯《いたずら》書きをされては消し、また書かれては消しということを何度繰り返したか。一時期は園児の中途退園が相次ぎ、閉鎖寸前にまで追い込まれました。ご存じでしょうが、園が保護者会の半ば管理下に置かれているのも、あの事件がきっかけでした。いや、それよりも応えたのはやはり人間関係でした。信頼していた仲間に裏切られた衝撃は大きく、辞めてしまう職員もいました。残った者も安穏としていた訳ではなく、保護者会ならびに世間の叱責や悪罵と向かい合わなくてはいけませんでした。辞めはしなかったが、それで体調を崩した先生もいました。心に傷を負ったのは全員がそうだったでしょう。わたしと神室幼稚園にとって、あの事件は悪夢以外の何物でもありませんでした。それから十六年経《た》ち、やっと人々から悪夢の記憶が遠のき、平穏を取り戻したと思っていたのに……分からない。本当に何で再捜査されるのか、わたしの方が訊きたいくらいなのです」

京塚の態度と渡瀬の人相を重ね合わせると、どれだけ執拗《しつよう》に問い質《ただ》されたのかを容易に想像することができた。あの強面《こわもて》の刑事が相手では、質問されること自体が拷問に近いものだっただろう。

四人は不意に黙り込む。

十六年前に解決し、直接の関係者もいなくなった事件。

それが今、亡霊となって甦《よみがえ》った感がある。

亡霊を連れて来た渡瀬の目論見はいったい何なのか――凜は得体の知れない寒気《かんき》に、ぞくりと肩を震わせた。

2

「凜先生、知ってるー？　今ね、幼稚園の近くにキョーアクハンが出るんだよ」

栞《しおり》は好奇心が爆発しそうな顔で話しかけて来た。

「きょ、凶悪犯？」

「うん。見た人がね、みんなそう言ってるの」

「あっ、それ、俺も見た見た！」

横から藍斗が割り込んできた。

「藍斗くんも見たの」

「うん。そいつ、マンションの公園を歩いてた。あのさ、スーパーレンジャーに出てくる悪の大幹部にそっくりなヤツなんだよ。こおんな尖《とが》った眉しててさあ、今にも口から毒液吐きそうな顔してんの」

間違いなく渡瀬のことだな、と察しがついた。それにしても特撮ヒーローものの悪の幹部というのは、なるほど言い得て妙だ。平穏な日常の中に突如として悪夢をばら蒔《ま》くのだから、子供でなくとも悪鬼の印象を持つ。

確認してみると、星組では他にも何人か渡瀬を見掛けた園児がいた。容貌について園児のほとんどが恐怖心を覚えたのに対し、その家族は一様に唐突さを覚えたという。

「ママがね、その怖い人に話しかけられてね。『どうして今になって、あんな昔の話を訊くのかしら』って言ってた。ねえ、凜先生。昔の話って何のこと？」

「あ、それ、ウチの母さんも言ってた。折角、忘れていたのにって怒ってた」

あんな風貌をしていても刑事としては綿密なのだろうか、渡瀬は神室幼稚園のみならず町内至るところに出没しているらしい。本人から直接聞いている訳ではないが、二人の園児が攫《さら》われた場所を丹念に探している様子だった。

渡瀬を見たという目撃談は栞たちに留《とど》まらない。園児の見送りをする際、マイカーで我が子を迎えに来た母親は、とにかく早く話したくてうずうずしていた。

「来たのよーウチにも。その渡瀬っていう刑事さん」

その母親は佐倉里奈の家があった近所に住んでいると言う。佐倉家はとうの昔に他県に引っ越していたが、それでも渡瀬は姿を現したらしい。

「十六年前だからわたし、まだ中学生だったんだけど、ちゃんと覚えてたからね。えっと、凜先生は土地の人じゃないから知らないだろうけど、当時はここら辺一帯が大騒ぎになったのよ。毎日テレビ局の中継車は来るわ、記者の人たちは押し寄せるわで、瞬間的に人口が倍になったくらい」

当時を思い出してか、母親は次第に興奮気味になる。凜の反応などまるで無視だ。

「今まですっかり忘れてたんだけど、刑事さんに訊かれると、後から後から記憶が甦ってきてさあ。ああいうのを呼び水っていうのかしらね」

「その刑事さんはどんなことを質問したんですか?」

「里奈ちゃんはどんな子だったかとか、上条を家の近くで見掛けたことはないかとか……フラッシュバックっていうの？　まるっきり同じことを前にも訊かれたから、それで思い出しちゃったのよね。里奈ちゃんと年は離れてたけど可愛い子で、よく覚えていてさー、いっつもわたしの後ろをついて来たなあ。そんなんだったから、あの日河川敷で死体が見つかった時には、怖くて怖くて、それから悲しくて悲しくてひと晩中泣いたわ。何だかね、自分の生きている世界がとんでもなく残酷だってことに気づいたんだと思う。実際、その一件で引き籠もりみたいになった子がいたくらいだもの」

するとその声を聞きつけて、他の母親たちも集まり出した。

「ああ、あの人相の悪い刑事でしょ。ウチの近所にも来た来た。ウチは松崎さん家《ち》が近所だったみたいで」

「松崎……萌ちゃん。本当は最初に殺された子だったんだよね」

「そうそう。あたしも中学生でさあ。ほら、多感な時期じゃない？　前にも連続幼女殺人があったから、もう怖くなって、やっぱり家の外に出るの躊躇《ちゅうちょ》したもの」

「マスコミ、ひどかった？」

「うん。ひどかった、ひどかった。あたし女のレポーターにマイク突きつけられたことがあってさ。この近くで女の子が三人も殺されてどう思いますかって。その時は条件反射みたいに、ええ怖いですって答えたけど、後から考えたら、当たり前のことを訊いて、当たり前のことを答えてるだけなのよね。それで埼玉県全体が性犯罪者の根城みたいな報道してさ。何か凄《すご》い歪《ゆが》んだ報道してるなーって思ったよ」

「確かに報道合戦は凄かったよねー。あれって三カ月近く続いたんじゃない？　ほら〈ノストラダムスの大予言〉に絡めてさ、一九九九年の七月に恐怖の大王が降りてくるっていうのは実は上条のことだったなんて、まことしやかに言われたじゃん」

「ううん、違う違う。ほら同じ七月に全日空のハイジャック事件が起きたでしょ。あの事件に関心がいっちゃって、町から一斉に報道陣が消えたじゃない。わたし、それははっきり覚えてるんだ。マスコミって要は事件の真相とか原因とかには全然興味なくって、ただ単に派手な事件が欲しいだけなんだなーって」

話の輪に次々と別の母親が交じる。いつの間にか凜は蚊帳《かや》の外に置かれ、井戸端会議が始まっていた。

「萌ちゃんの死体が見つかった時は町内、厳戒態勢だったよね。上条が逮捕されるまで、わたしら一人で外出するの、禁止されてたもの」

「うん。どこに行っても警官見掛けたし、青年団の人たちはあちこち駆け回ってたし。確か山狩りとかもあったよね」

「あったあった。ウチの父さんも駆り出されたんだよ。夜遅くまでさあ、きっと変質者が潜んでいるに違いないって」

「ところが蓋を開けたらねえ」

「ねえ」

「選《よ》りにも選って通っていた幼稚園の送迎バスの運転手……」

「しっ、聞こえるわよ」

「別にいいんじゃない？　もう昔のことなんだし今の運転手さん、上条と何の関係もないんだから」

「でもさー、確かに昔のことだし犯人は捕まったけど、その後も色々続いたでしょ？　殺された子の家族はみんな引っ越しちゃうし」

「あー、あれは可哀想《かわいそう》だったよね。聞いた話だと毎日イタ電とか変な手紙が届いたんだってさ。『同情を買うような真似《まね》するな』とか『親の監督がしっかりしてなかったから狙われたんだ』とかさ」

「ひっどい」

「そういうのって、神室町民以外の人間の仕業なんだよね」

「いやあ、それが一概にそうとは言えなかったらしいよ」

「マジ？」

「大マジ。だってそういう嫌がらせの手紙のうち何通かは、神室町郵便局の消印だったんだって」

「うわあ」

「エグう……」

「三人目の杏奈ちゃんだったかな。確か二つ違いのお姉さんがいたんだよね。その子も学校で苛《いじ》められて、結局転校したって聞いた」

「それにしても憎んでも憎み足りないよね、上条のヤツ」

「だよね。園児送迎の時はいっつも優しげに笑っていたんだって。本当はヘンタイだったのよね」

「狙ったのが全員女の子だったのがキショいよね。確か本人にも同じくらいの子供がいたって話よね。いったい毎日、自分の子供をどういう目で見てたんだろ。それ考えると、ぞうっとするよね」

「上条って死刑判決出たんだよね。いつ死刑になったか知ってる？」

「さあ」

「そこまで事件追っかけてないからね」

上条死刑囚は執行を待たずに獄死した――思わず口から洩《も》れそうになったが、凜は喉《のど》元《もと》で堪《こら》えた。

どれだけ過去の話だろうが、連続幼女殺人事件は神室町の人々にとってトラウマになっている。被害者遺族への同情、犯人への憎悪も含めて、町の傷痕になっているのだ。

不意に渡瀬が憎らしくなった。

あの刑事は神室町とその住人が隠していた瘡蓋《かさぶた》を剝がしにやって来たようなものだ。折角忘れかけていた痛みと傷口の醜悪さを、再び白日の下に晒そうとしている。

「でもさ、どうして終わった事件なのに刑事が嗅ぎ回っている訳?」

やはりそこに戻ってくるのか、と凜は思う。事件に対する思いは人それぞれだが、渡瀬の行動については誰もが同じ疑問を抱いているとみえる。

「どのみち、あまり気持ちのいい話じゃないわよね。ねえ、凜先生」

やっと、こちらに回ってきたか。

「当然あの刑事さん、幼稚園にも来たんでしょ」

「ええ」

「いったい何を訊かれたの」

「さあ。わたしはあまり話さなかったので」

「あー、そう言えばそうよねー。凜先生をはじめここにいる先生は全員、あの事件のずっと後に就職した人たちだから。あっ、でも園長先生だけはあの頃からいたっけ」

「そう聞いてます」

「ある意味生き証人だよね。まあ、一番の被害者でもあるだろうけど」

「どうしてですか」

凜が尋ねると、集まっていた母親たちは互いに意外そうな顔を見合わせる。

「あのさ、こんな言い方もどうかと思うけど、殺された子の家族は引っ越したからまだいいのよ」

「まだいいって？」

「新天地で新しい生活を始められるもの。苗字だけじゃ事件の関係者だってことも分からないし。でも園長先生の場合はさ、ずっとここで同じ仕事やっていかなきゃいけなかった訳でしょ。地域の人たちは間接的に事件の被害者だし、園長先生は犯人を監督する立場の人間だし、そりゃあ針の莚《むしろ》に座らされてるようなものよ」

「あの、わたしがこんなことを訊くのも変なんですけど」

凜は声を潜めた。どうやらここにいる母親たちの方が園の事情に詳しいらしい。

「神室幼稚園は法人経営ですよね。どうして園長を交替させるとかしなかったんですか」

「一種の懲罰だったのかもね」

別の母親が意味ありげに話し出す。

「ここの経営母体って宗教法人だからさ、経営資金に汲々《きゅうきゅう》としている訳じゃないのね。園児が多少減ったとしても、それほどダメージもないし」

「実際、事件の翌年と翌々年なんか入園児ひとケタだったからねー。こういうのって一度悪い話が拡《ひろ》がっちゃうと回復するのに時間がかかるし、それでなくても送迎バスの運転手が園児を殺していた幼稚園に、我が子を入れようなんて思う母親はいないもの。下手すれば廃園の危機だったけど、法人は京塚さんのままで交替させようとはしなかったのよ。そんなさ、廃園の危機迫る幼稚園の責任おっ被《かぶ》せられて、しかも事件のことを忘れていない地元住民からは相変わらず冷たい目で見られるのよ。言ってみれば最悪の罰ゲームよね。それとも拷問かしら。それでも経営母体が園長をクビにしなかったのは世間体があったからなのよ。経営側にも任命責任があるものだから一方的に園長を切っちゃえば自分たちの方にも批判が向きかねない」

「それには、園長から辞職を申し出るように仕向けるしかない」

「私生活もメチャクチャになっちゃったしね」

「……えっ」

「何だ、凜先生、知らなかったの」

「そっかー、あの園長はなかなかプライベートなことには触れない人って話だから」

「あのさー凜先生。わたしたちから聞いたってのは内緒よ？　別に町の人間ならみんな知ってることだけれど……」

周知の事実であったとしても、園児の母親から洩れたとなればさすがに気まずいということか。

「上条が逮捕されてから被害者宅に嫌がらせが続いたというのは、さっき話した通りだけど、それより園長さんに寄せられた嫌がらせの方が数段キツかったのよ。上条の上司というか監督責任のある立場だったから当然と言えば当然なんだけど、自宅への攻撃が熾烈《しれつ》を極めた訳よ、これが」

「そうそう。当時奥さんと中学に通う息子さんが同居してたんだけど、イタ電やら張り紙やら、挙句の果てにはマスコミの取材攻勢でしょ。とうとう奥さんが音を上げて、息子さん連れて家を出ちゃったのよ。それで間もなく離婚」

「プライベートでは家庭崩壊、仕事では四面楚歌《しめんそか》。事件の被害者というなら、殺された三人の子とその家族の次くらいには位置するんじゃないのかしら。幸い、駅前に新しいマンションが建って子供たちが増えだしたから廃園は免れたものの、あのまいってたら園児ゼロになって園長さんも路頭に迷うところだったと思う」

「そうよねえ。だから事件のこと蒸し返されて一番腹を立てているのは、やっぱり園長先生じゃないかしらねえ」

母親たちの言葉に、凜は少なからず打ちのめされる。事件の起きた場所にただ一人残された関係者。しかも殺人者の上司。

京塚に浴びせられた心ない誹謗《ひぼう》中傷は容易に想像できた。悪意の風評に晒された幼稚園経営が如何《いか》に困難かも察しがつく。それでも十五年間、神室幼稚園を護《まも》ってきた京塚《きょう》はそれだけで信念の人であることが窺《うかが》える。あの気弱そうな笑顔の下に、そんなにも強靭《じん》な意志が潜んでいようとは思いもよらなかった。

二月に入ると、神室幼稚園では新入園児の保護者に向けて説明会が行われる。募集自体は昨秋の段階で締め切られているので、二月の説明会は言わば確認作業のようなものだ。幼稚園は子供にとって最初の共同生活なので、最低限心得ておいてほしいこともある。たとえば以下に挙げる五項目は、できれば入園前に身につけてほしい項目だ。

1　着替え　スモックなどを一人で脱ぎ着できるか。
2　挨拶　返事はできるか。自分の名前をフルネームで言えるか。
3　就寝・起床　幼児に相応《ふさわ》しい時間に寝起きできるか。因《ちな》みに神室幼稚園では夜九時の就寝、朝七時の起床を推奨している。
4　トイレ　一人で大小の始末はできるか。ちゃんと尿意・便意を口に出すことができるか。
5　食事　スプーンやフォークを使えるか。食事の後に歯みがきをできるか。

4と5に関しては、どうしても無理なら園側で教えても差し支えないのだが、1から3についてはやはり家庭内で躾《しつ》けして欲しいというのが凜たちの本音だ。

「とは言うもののねえ、最近は過保護だから着替えがまともにできない子が結構多いのよねー」

　説明会場となる講堂に向かう最中、まりかはそう愚痴り始めた。もちろん声は抑えているが、喋る内容は容赦ない。

「それにねー、いくら若い夫婦だからって三歳児に夜更かしの癖つける馬鹿がどこにいるってのよ。そういう子供の生活サイクルの立て直しまで幼稚園に押しつけようってのかしら」

「でも、朝ちゃんと時間通りに登園すれば、決まった生活サイクルになってくるんだし……」

「そういうねー、何でも園任せの母親は最初からシメておかないと、あっという間にモンスターペアレントに成長しちゃうよー。凛先生だって最初のうちは岸谷《きしたに》さんとかにえらい目に遭ったじゃない」

「それもそうですけど。でも、そう考えると星組の子たちはしっかりしてたな」

「そう言えば凛先生、説明会は初めてよね。あー、ひょっとして今度の入園児担当するのは池波先生だから、高みの見物って決め込んでる訳？」

「そ、そんなことはないです」

「説明会に出席するとさー、自分が入園児担当でなくてよかったと思えるよ。他所《よそ》の園では学年担当で固定されてるところもあるけど、正直年少組専属なんてぞっとしないもの」

「そんなにうんざりするものなんですか」

「だってさ、園児より先にお母さんたちを教育しなきゃと思わせられるんだよ？」

まりかは、こんな理不尽なことはないと言わんばかりに唇を突き出す。

「本来なら自分の子供が共同生活に馴染《なじ》むように躾けてから入園させるべきでしょうが。それなのにお母さんたちときたら、制服やグッズを揃えるのと、自分がおめかしするのに頭一杯で、そういうことは二の次三の次なんだから脱力もいいところ」

「脱力という割に力入ってますけど」

「自分が年少組を受け持った時のこと、思い出す度につい力んじゃうのよっ。自分の子供だっていうのに、着替えやら返事やら最低限のことも教えず幼稚園に丸投げするなんてさ、いったい誰が産んだ子だと思ってるんだろ。そういう親に限って、ウチでは子供にたっぷり愛情を注いでいるんで躾にかける時間が足りないとか何とか訳の分からないこと言うのよ。愛情と躾が別だと思ってるのよね。本当に、子供たちより母親の方がずっとずっとタチが悪いっ」

確かに、家庭での教育度合いは普段の立ち居振る舞いを見ていれば自《おの》ずと予想がつく。

「どうせ凜先生も二年後は説明会の洗礼を受けなきゃいけないんだから、今のうちに免疫つけとくのも一手かも知れないわね」

凜とまりかが講堂に到着してしばらくすると、入園児の保護者たちが続々とやって来た。一瞥《いちべつ》するとやはり若い母親が多いようだ。まりかの言葉ではないが、これが何かのデビューでもあるかのように着飾っている母親も多い。たかが説明会でご苦労なことだと思う。入園してからもこの類の集会はいくたびもあるというのに、最初からこれほど気合を入れていたら後が続かないだろう。

これが初めての説明会という母親も多いらしく、どの顔も少し浮かれたように緊張している。その点だけは初々しく、まりかの憤懣《ふんまん》もいくぶん緩和される。

頃合いを見計らって京塚が立ち上がる。

「お集まりの保護者の皆さん。わざわざ足をお運びいただき恐縮です。園長の京塚と申します。さて四月には皆さんのお子様を預かるべく当園は準備万端整えており、入園式を今か今かと待ち望んでいる次第です」

京塚の言葉はさすがに澱《よど》みない。毎年の決まり文句といえばそれまでだが、自信に満ちた弁舌は聞いていて安心感がある。

「それでは、ただ今より入園に際しての説明会を行います。ご説明いたしますのは、四月より年少組の担任に決まっている池波智樹《ともき》先生です。年少組担当ですが教員歴六年のベテランであり、皆さんにも安心していただける先生です。それでは池波先生、よろしくお願いします」

指名されて今度は池波が立ち上がる。

「保護者の皆さん。はじめまして、池波です。今しがた園長先生から教員歴六年と紹介されましたが、新しい園児と向かい合う時には、わたし自身も清新な気持ちで接していきたいと思いますので、ご指導ご鞭撻《べんたつ》のほどよろしくお願いします」

無礼にならない程度の慇懃《いんぎん》さだ。こういう挨拶をさらりとやってのける池波が少し眩しく見える。自分も早くあんな風に喋ってみたいと、凜は思う。

次いで池波から園児の一日のスケジュールと年間催事の内容が説明された。

「これらは年間指導計画書に基づいた内容であり、園児の自主性と個性を育てるのが主目的であります。たとえばお遊戯会において、全くオリジナルの劇を上演するなどのアイデアを盛り込むことも考えています」

思わず凜は顔が綻ぶ。これは凜たち星組の演じた『白雪姫』が念頭にあるのだろう。最初から断りを入れておけば、いざその時が近づいても抵抗が少なくなるとの読みで言い添えたに違いない。

続いて入園式までに最低限、家庭で教えて欲しいこと。そして年少組の一年で園児に教える内容についての説明が為《な》される。

凜は春に行った柳田牧場での出来事を思い起こさずにはいられない。凜も園児たちも満ち足りた気分だったが、後日、学力向上を優先したい見城《けんじょう》会長と菅沼《すがぬま》副会長から苦言を呈された。それも今となってはいい思い出だ。現にこの説明会にはお目付役として見城会長と菅沼副会長が列席しているが、池波の言葉に異を唱える素振りなど露ほども見せない。

そうだ、どんなに頑迷な考えの持主であっても、どんなに依怙地《いこじ》な性格の人間であっても、こちらが誠実に根気よく接していけば変化の兆しを見せるようになる。人の心を変えるのは、やはり人の心なのだ。冷たい方程式ではなく、血の通った思いが人を突き動かす。

ここにいる母親たちも池波や凛たちとの交流で変わっていくのだろうか——そんなことを考えながら母親たちの顔を見渡しているうち、凛はその中に気になる顔を発見した。

列席している母親の一人に見覚えがあったのだ。

どこで会った顔だろうか。

まさか。

だが凛の思惑をよそに説明会は進行していく。

「それでは最後になりましたが、ここで園の職員を紹介したいと思います。三年間、担任は同じ先生が務めます。新年度には一学年ずつ上がりますが、まず手前から年中組担任の高梨《たかなし》まりか先生」

「高梨です。よろしくお願いします」

「その隣が年少月組担任の神尾《かみお》舞子先生」

「よろしくお願いします」

「最後に、年少星組担任の喜多嶋《きたじま》凜先生です」

そして凜が立ち上がりかけたその時だった。

「嘘《うそ》よっ」

訴えるような声が講堂内に響き渡った。

声の主は、最前凜が気に留めた母親だった。

ああ、そうだ。思い出した。

彼女は美穂《みほ》だ。苗字は忘れたが、きっと新しい名前になっているのだろう。

美穂は腰を浮かせて凜を睨んでいた。

「……どうしてあなたがそんなところに座っているのよ。どうしてあなたがこの幼稚園の先生なんかやっているのよ。第一、あなた喜多嶋なんて苗字じゃないはずよね」

慌てて京塚が立ち上がる。

「そこのお母さん。突然、何を言われるんですか。この人は確かに喜多嶋凜先生ですよ」

「いいえ、違います」

美穂は信じられないものを見るような目つきで、凜を指差す。

「わたし、小学校の時、彼女と同じクラスでした。だから知ってるんです」

「失礼ですが、あなたは……」

「横山《よこやま》美穂と言います。元は神室町に住んでたんですけど、就職の関係で町を出ました。今回、家の事情で戻って来たんです。けど、まさか彼女がここで先生をしているだなんて！　知っていたら、娘を入園させようとはしませんでした。ええ、絶対に」

「喜多嶋先生がどうかしたのですか」

「彼女は喜多嶋なんて名前じゃありません。彼女の本名は上条凜です」

ああ遂に。

胸の中に冷たい棒が挿し込まれたような気分だった。頭の中は沸騰しているのに、胸の中は急速に冷えていく。

「彼女は……ずっと昔、この町で幼女を続けて三人も殺したバス運転手の娘です。園長先生はそれを知っていながら、彼女を教員に採用したんですか」

不穏なざわめきが起こる。

京塚の顔からみるみる血の気が引いていく。京塚だけではない。まりかも池波も、そして冷静なはずの舞子までが顔色を変えて凜を凝視している。

万事休す。もう、これ以上隠しておくことはできないらしい。

覚悟を決めろ。

凛は背筋を伸ばすと、居並ぶ面々に向かって静かに告げた。

「彼女の言う通りです。わたしは十六年前、この幼稚園で送迎バスの運転手をしていた上条卓也の娘です」

3

凛が自分の素性を明かしたことで、説明会は一転、紛糾の場と化した。

見城会長と菅沼副会長は京塚に駆け寄り、胸倉を摑みかからんばかりの勢いだった。

「え、え、え、園長。これはいったいどういうことなんですか。あなたはそれを知った上で凛先生を絢音《あやね》の担任にしたというんですか。どうなんですか、答えなさい」

「即刻、担任を替えてください。犯罪者の娘が幼児教育なんて、とんでもないことです。ああ、大河《たいが》は日頃どんなことを吹き込まれているやら」

「い、いえ。わたしも彼女がそんな出自だとは今の今まで……」

「とにかく、一刻も早く臨時の保護者会を開かせてください」

見城会長たちは凛に一瞥をくれる。敵意と嫌悪感に彩られた剣呑《けんのん》な視線だった。

彼女たちだけではない。列席者の何人かは十六年前の事件を知っているらしく、怪物を見るように凛を遠巻きにしている。

周囲の空気が凝固し、尖っていくのが分かる。肌にちくちくと悪意が刺さる。

懐かしい痛みだった。かつて自分の素性を知った者は例外なく、この視線を浴びせた。

鋭い癖に粘液質で、熱く迸《ほとばし》っているのに胸に届くと冷たい。いったい、この痛みのせいでどれだけ眠れぬ夜を過ごしたことだろう。

気がつけば、今まで隣にいたはずのまりかが距離を取っていた。

まりかは、まるで信じられないものを見るような目をしていた。

「どうして秘密にしていたのよ」

声まで尖っていた。

「素直で真っすぐないい人だと思っていたのに……凜先生、ひど過ぎるよ」

では死刑囚の娘は素直ではないのだろうか。幼児三人を手に掛けた殺人犯の娘は、どんな行いをしても真っすぐではないのだろうか。

喉元まで出かかった言葉を、そのまま呑《の》み込む。自分に異議申し立ては許されない。世間の良識や、犯罪者への憎悪に逆らえば大きなしっぺ返しを食らう。更に酷《ひど》い仕打ちと罵詈讒謗《ばりざんぼう》を浴びることになる。それならいっそ沈黙していた方がいい――それが十五年間で身につけた処世術だった。

「僕も意外だった」

池波も眉間に皺を刻んでいた。

「何だか裏切られた気分だよ」

裏切る？

いつわたしがあなたたちに期待して欲しいと頼んだ？　いつわたしがあなたたちに聖女のように扱ってくれと願った？

頭の中を真っ白にして何も考えないようにした。それでも視覚が非難の目を、聴覚が罵りの声を拾う。

膝から下が小刻みに震え始める。必死に抑えようとするが止まらない。指先からどんどん体温が失われていく。

ああ、またあの感覚だ。『あれが殺人犯の子だ』、『上条の娘だ』——そう後ろ指を差される度に味わってきた屈辱の知覚だ。

まるで磔《はりつけ》にされたように身体《からだ》が動かない。立っていると、悪意の炎で足元から炙《あぶ》られるような気がする。

駄目だ。

このまま、ここにいたら自分は崩壊してしまう。

逃げなくては。

動け、と四肢に命じる。

そして身を翻そうと身体の向きを変えたその瞬間、左腕を別の手で掴まれた。

舞子の手だった。

「一緒に来なさい」

ひどく感情のない声だった。

「……舞子先生には関係のないことじゃないですか」

「いいから、早く」

華奢《きゃしゃ》な身体のどこにそんな力があったのか、舞子の腕は凛の抵抗などまるで無視して強引に引っ張っていく。

「舞子先生」

京塚が血相を変えて詰め寄って来た。ひょっとすると、会長と副会長から離れるための方便なのかも知れない。

「凛先生をどうするつもりなんですか。取りあえずは、ここにいらっしゃる保護者に凛先生自らが事情を説明してですね……」

「それで皆さんが落ち着くとは到底思えません」

舞子はにべもなく答える。

「凛先生にはわたしが話を訊こうと思います。今ここで本人の口から説明させれば、ますます場が混乱する可能性があります」

「しかしですね、わたしは園の責任者として」

「大変失礼ですが、この中で落ち着いた話ができるのは、わたしだけのような気がします。園長先生が何らかの裁定を下されるにしても、その後の方が正確な判断ができるのではないでしょうか」

そう言い放つと、舞子は凜の手を引いたまま講堂から抜け出した。

二人は職員室の隣に設《しつら》えられた更衣室に飛び込む。

「ここなら当分誰も来ないでしょ。まりか先生も当分は保護者たちを鎮めるのに時間かかりそうだし」

「あ、あの」

「何よ」

「ありがとう、ございます。わたしを助けてくれたんですよね」

「勘違いしないで」

舞子は凜を正面から見据える。いつもながらの冷徹な目だった。しかし少なくとも蔑《さげす》みや非難の目ではない。

「ここに連れてきたのはさっきも言った通り、あなたからちゃんと話を訊き出してまともに判断できるのはわたししかいないと思ったから」

「舞子先生はわたしのことが憎らしいとかおぞましいとか思わないんですか」

「素性を隠してたことには不信の念があるけれど、齢《とし》を五歳サバ読みするのとあまり変わらないわね」

「……そんな程度なんですか」

「わたしは過去に起きた事件の関係者でもないし、あなただって直接犯罪に加担した訳じゃないんでしょ」

「もちろんです」

「じゃあ、わたしが個人的にあなたを憎んだり軽蔑したりする理由なんて存在しない」

舞子らしい物言いだと思った。

彼女はいつも感情より論理が優先している。感情を表出する前に、その情動の正体を探り自らを律しようとしている。

凛は混乱した。正体が暴露された途端、今まで近くにいてくれたはずのまりかが離れ、逆に遠い場所にいた舞子がすぐ目の前にいる。

苦境に落ちた時の友が真の友、などと馬鹿げたことは思っていない。これは単純に偏見や妄信への処し方の違いなのだろう。

しかしそうだとしても、舞子の公明正大な態度はすっと胸に落ちた。彼女が聞き役に徹してくれるのは天の配剤とさえ思えた。

「何から説明すればいいんでしょうか」

「どうして素性を隠し、それでいて選りにも選って何故《なぜ》この幼稚園にやってきたのか。

園長や他の先生が知りたいのは、おそらくそのことでしょうね」

「舞子先生も興味あるんですか」

凛を見据える舞子の顔には一切変化が見られない。

「正直、興味がないとは言わない。同じ職場で働いている同僚が何を信じて、何を信じていないか。そういうことを知っておくのは決して無益ではないもの」

まだ同僚と言ってくれるだけで、涙が出るほど有難かった。

そして凛は訥々《とつとつ》と話し始めた。

あの日、凛が寝惚《ねぼ》け眼《まなこ》を擦《こす》りながらベッドから這《は》い出てくると、台所の床に母親の美《み》佐子《さこ》が力なく蹲《うずくま》っていた。

「お母さん？」

肩が震えているので怪我《けが》でもしたのかと思い、近寄ってみるといきなり抱き寄せられた。

「お母さん……痛いよお」

それでも美佐子の腕はしっかりと凛の身体を摑んで離そうとしなかった。

しばらくそのままでいると、やがて美佐子は卓也が警察に逮捕されたことを告げた。

凛は口を半開きにして驚いたが、美佐子の次の言葉はさらにその上をいくものだった。

「神室幼稚園の園児をお父さんが殺したって……」

そう聞いた瞬間、身体の支えがなくなったように錯覚した。美佐子に抱いていてもらってよかった。そうでなければ床の上に転倒するところだった。

まるで信じられない話だが、凛も小学一年生だから内容を理解することはできる。美佐子の話によれば、今朝になって埼玉県警から卓也を死体遺棄の現行犯で逮捕したとの連絡があったのだという。

「園児の矢木杏奈という子を森の中で埋めようとしているところを、現行犯で逮捕されたって」

搾り出すように言ってから、美佐子は口を噤んだ。それ以上喋れば、悪夢が現実になるかのように怯《おび》えていた。

恐怖が凛の全身を貫いた。

あの優しかった父親が園児を殺した？

あの、笑うと細い目が更に細くなって見えなくなる父親が死体を森に埋めていた？

それはいったいどこの世界の話なのだろう。少なくとも凛が呼吸をしているこの世界の話だとは到底思えない。

次の瞬間、ぐらり、と世界が大きく揺らいだような気がした。自分の立っている地平がいとも容易《たやす》く崩れ去ろうとしている。

凛はテレビをつけようとしたが、美佐子はそれを許さなかった。きっと凛が起き出す前に、嫌というほど卓也が逮捕されるニュースを見たからだろう。だが好むと好まざるとに拘らず、父親の顔はその後何度もブラウン管に映し出されることになる。

それにしても〈上条卓也容疑者〉のテロップとともに大写しになる顔は、どうしてあんなにも不気味なのだろうか。卓也と生活していた凛は一度もそんな顔を見たことがないというのに。本物とはまるで別人のように思える。

いや、逮捕された上条卓也というのも、本当は父親によく似た別人なのではないか？いっとき凛は糸のように細い希望に縋《すが》ってもみた。しかし何日経《た》っても父親は家に戻らず、その日数が累《かさ》なるにつれて希望の糸も断ち切られていった。

父親が警察署に拘束されていても学校を休む理由にはならない。子供心に母親が心配で後ろ髪を引かれるような思いだったが、それでも凛は登校した。

待っていたのは容赦ない罵声の嵐だった。

「ニュース見たぞお、凛」

「お前のパパ、殺人鬼だったんだな」

「死体埋めるところで逮捕されたんだって？　殺人犯の癖にどんだけ間抜けなんだよ」

「よくお前はパパに殺されなかったよな」

「って言うかさ。どーしてのこのこ学校に来る訳？　お前、今日から全人類の敵なんだけど」

　すぐ男子からのちょっかいが始まった。

　昨日まで親しげに話しかけてきた女友達も、今日は薄気味悪そうな目でこちらを遠巻きにしているだけだ。

　授業中、何度も紙つぶてをぶつけられた。紙を広げてみると下手な字で短い言葉が書かれてある。

『ひとごろしのこどもはひとごろし』

『お前もてつだったのか』

『おお、こわい。りんがころしに来るよー』

『このクラスからでていけ』

　五通目からは開くこともしなくなった。

　給食の時間になって、いつも一緒に給食を食べる清香《さやか》を見つけて駆け寄ると、こう言われた。

「近寄らないでよ。ひとごろし」

　昨日までとはまるで別の顔だった。

　教室でひとりぽつんと離れた席で給食を突ついていると、不意に目頭が熱くなった。

　突然、世界中で独りぼっちになったような気がした。

「何だよ、凛のヤツ泣き出しやがった」

「泣くんなら、殺された子の家に行って泣けよな」

何の前触れもなく訪れた孤独。

自分はこれからそれを一生背負って生きていかなければいけないのだろうか。不安が後から後から押し寄せる。自分でも酷いと思うが、とても父親のことを気遣う余裕はなく、凛は得体の知れない恐怖に押し潰されそうになる。

給食は半分しか食べられなかった。味など分からない。まるで砂を噛《か》んでいるようだった。顎《あご》を機械的に動かし、無理やり喉の奥に流し込む。

ところが胃が拒否反応を示した。

突然中身が逆流し、凛は盛大に吐いた。

「わっ、きったねえ！」

「自分が汚れてるからって教室まで汚す気かよ」

「最低ー」

「お前よー、今度から便所で食え、便所で」

結局、体調を崩した凛は学校を早退するしかなかった。それ以上学校にいたら身体か心のどちらかが壊れてしまう予感がしたのだ。

ところが家に戻ると、学校で遭遇したよりも苛酷な現実が待ち受けていた。

築二十年木造平屋建ての小さな自宅は、マイクやらカメラやらを携えた取材陣で十重《とえ》二十重《はたえ》に取り囲まれていた。

自宅に近づいた凜を目敏《めざと》いレポーターの一団が見つけ、獲物を捉えた猛禽類《もうきんるい》のように襲いかかる。

「ねえっ、お嬢ちゃん、ここの家の子だよね？　名前は何ていうのかな」

「お父さんのこと、聞いてるの？」

「ねっねっ、お父さんて普段はどんな人だったの？　優しかった？　それとも厳しかった？」

「お父さんに叩《たた》かれたこととか、ある？」

「今さ、家族で撮った写真とか持ってない？　もしあるんなら少しの間、貸してくれないかなあ」

言葉遣いは優しいものの、全員の目がおよそ人らしい目をしていなかったので、凜は怖くなって泣き出した。

「あーっ、泣くな泣くな」

「変だよねえ、お姉さんたち何も酷いこと言ってないよねえ？」

凜の声を聞きつけて、すぐに美佐子が家から飛び出して来た。

「ウ、ウチの子に構わないでくださいっ」

「それなら奥さん、わたしたちの取材を受けてくださいよ」

「そうですよ、仮にも奥さんなんですから」

「ご主人は現行犯逮捕された訳ですが、奥さんは潔白だと思われますか」

「日頃の行動で何か不審に思われる点はありませんでしたか」

「逃げないで。せめてひと言」

「殺された子の親族に何か仰《おつしや》りたいことはありませんか」

「被害者遺族に謝罪する気持ちはありますか」

美佐子は凍りついた表情で凛を抱きかかえると、取材陣を掻《か》き分けてドアに急ぐ。

「退《ど》いてください、警察を呼びますっ」

「あのねえ、警察に呼ばれてるのはあなたの旦那さんでしょ」

「警察呼んで都合が悪いのは、そっちじゃないんですか」

無遠慮に突き出されるマイクを払い除《の》けて、ようやく家の中に入ることができた。それでもドアの向こう側からは、ひっきりなしにレポーターたちの声が聞こえてくる。

安心したせいでまた感情が押し寄せてきた。

凛は大きな声で泣き出す。しゃくりあげながら泣くなんて何年ぶりのことだろう。その事実が更に涙腺を刺激した。

気がつくと美佐子の胸の中にいた。

嗅ぎ慣れた優しい匂いと味わい慣れた体温。

「お父さんを信じて」

母親の声はひどく掠《かす》れていた。今日半日泣き暮らして、すっかり嗄《か》れたようだった。

「わたしたち家族が信じてあげなかったら、お父さん頑張れないからね」

凛が学校で受けた仕打ちを聞くと、美佐子は学校と対応策を検討した。弾《はじ》き出された答えは凛一人が保健室で授業を受けることだった。

体育や音楽の時間は自習扱いとし、昼食も保健室で摂《と》った。登下校は美佐子が送り迎えをした。凛には有難いことだったが、マスコミを避けての登下校は美佐子の心身を徐々に擦り減らすことに繋がった。

逮捕されてから数日後、卓也の身柄は検察に移された。この意味を凛はまだ理解できなかったので、美佐子に訊いてみた。

母親の顔を覗《のぞ》き込んだ凛は思わず息を呑んだ。美佐子は死んだような目をしていた。

「……お父さんは裁判にかけられることになったのよ」

「裁判？」

「だからね、優秀な弁護士さんを雇わないと、お父さんとんでもない目に遭わされるかも知れないの」

「じゃあ弁護士さん雇って！　お父さんを助けてあげて！」

「でもね、優秀な弁護士さんを雇うと、とてもとてもおカネがかかるのよ」

「おカネなんていくらかかってもいい！　凜の貯金、全部使ってよ！　凜、新しい服も我慢する。学校も行かない。働いておカネ作るから……」

「凜はそんなこと気にする必要ないわ」

美佐子は何かを堪えながら答えた。

「おカネはお母さんに任せて、凜はちゃんと学校に行きなさい。きっとお父さんもそう考えてるから」

窘《たしな》められて凜は頷いた。よく考えれば小学生の自分にできることと言えば学校に通うことくらいしかない。それを父親が望んでいるのなら、そうすべきなのだろう。

やがて凜の家は売りに出された。美佐子のパート代では弁護士費用を捻出できるはずもなく、唯一の資産である土地家屋をカネに換えるより他なかったのだ。

一戸建てからアパート暮らしへ。凜の個室はなくなり、キッチンも浴室も全てが狭くなったが、これで父親が帰って来るのなら何も文句はない。凜と美佐子はその狭い部屋に住みながら、卓也の帰還を待ち続けた。

だが転居先を誰に告げた訳でもないのに、世間は母子を放っておいてくれなかった。無言電話は言うに及ばず、ドアには毎日のように悪意に満ちた張り紙が並んだ。下校してからドアの張り紙を剝がすのが凜の日課となった。

一方、卓也の裁判が始まったが、高い報酬で雇った弁護士は最初から苦戦を強いられているようだった。現行犯で逮捕された矢木杏奈の殺害については事故だと言い張り、いくら本人が連続殺人を否定しようにも、残り二つの事件の被害者の靴がロッカーにあったのでは何の抗弁もできない。弁護士は二つの事件についてアリバイを主張したが、そのアリバイを証明する者は美佐子しか存在せず、近親者の証言は証拠として認められなかった。

やがて一審判決が出た。

検察の求刑通り、死刑。弁護側の主張は一つとして考慮されなかった。

弁護士は即日控訴したが、新しい証拠も主張もなく、傍《はた》からは悪足掻《わるあが》きにしか映らなかった。

一審判決が下された直後、上条母子に対する誹謗中傷は激烈さを増した。美佐子は碌《ろく》に外出もできず、凜もまた児童からのイジメが悪化して保健室での授業さえままならなくなっていた。

学校側から転校を打診されたのは、ちょうどそんな時だ。

家を売却して得たカネは長引く裁判費用で早くも底を尽きかけていた。そして貯蓄の減り方と美佐子の憔悴《しょうすい》が比例していた。転校云々《うんぬん》は凜次第だったが、これ以上今の学校に留まるのは母親の健康を害することを意味している。

凛は終業式を待たずに転校を余儀なくされた。それと同時に、美佐子は獄中の卓也と連絡を取り、離婚手続きに着手していた。

こうして凛は母親の旧姓である喜多嶋を名乗ることとなった。

「どうして前の名前だといけないの」

何気なしに訊くと、美佐子は目を伏せて言った。

「こうしておくと凛もお母さんも安全だから……その方がいいってお父さんと相談して決めたのよ」

美佐子はさらりと言ったが、それが誰よりも凛を気遣っての手続きなのは雰囲気で分かった。

自分は両親にとって足手纏《あしでまと》いなのだ。自分のために両親は離婚しなければならないのだ。

上条という名前は忘れなさい――美佐子にそう命令された時、凛はまた号泣した。上条姓と別れることが、そのまま父親と別れることと同じに思えたからだ。

凛が小学三年生の終業式を迎える頃、卓也の二審判決が下りた。

高裁は当然のように一審判決を支持した。

弁護士は判決後、直ちに上告手続きに着手したが、事実上これが彼らの最後の仕事となった。この時点で裁判費用は底を尽き、後は国選弁護人が手続きを継承することとなる。上告、つまり最高裁での審理は下級審でのそれが適法であったかそうでないかを審議するだけだ。弁護人に新たな仕事が増える訳でもなく、また国選弁護人がリスクを背負ってまで悪名高い連続幼女殺人犯の権利を死守する謂《いわ》れもない。

こうして二〇〇二年八月、最高裁は上告を棄却、上条卓也の死刑判決が確定した。

ところで凛と美佐子が別の場所、別の名前で暮らし始めて既に数年が経過していたが、世間は決して二人を見逃してはくれなかった。美佐子が新しい職を探そうとする時、また凛が進学しようとする時、捨てたはずの上条姓が甦って二人の行く手を阻んだのだ。どこにでも必要以上にお節介な人間がおり、またどこにでも他人の不幸を至上の歓《よろこ》びとする者が存在する。ひた隠しにしていた昔の名前は早晩掘り返され、母子を執拗に苛《さいな》み続ける。それまで笑顔を向けていた者たちも、母子の素性を知るや否や手のひらを返したように冷たく当たる。面と向かって指弾しないものの、何かと理由をつけて母子から離れようとする。

人殺しの娘。

人殺しの娘。

凛は小学生にして、はや世間の風の冷たさを知った。非情さを知った。名前を変えようが何をしようが、世間は加害者の家族を許そうとはしない。被害者と同等か、それ以上の辛苦を味わうのが正当なのだと信じて疑わない。

凛自身、素性を知ったクラスメートからはっきり言われたことがある。

「あなたたちが死なない限り、誰も心が安らかにならないのよ」

犯罪者の家族は犯罪者。だから等しく罰を受けよという訳か。

次第に凛は学校を休みがちになる。どれだけ勇気を振り絞って学業に集中しようとしても、殺人犯の娘と呼ばれ続ければ心も折れる。またこの頃になると美佐子はすっかり体調を崩してしまい、パートを休むことが多くなった。明らかに長時間労働と心労が彼女の肉体を蝕《むしば》んでいた。

母子二人住まいの狭い部屋に荒涼とした風が吹き荒《すさ》ぶ。希望もゆとりもなく、人生がゆっくりと荒廃していく様をただ眺めているような生活が続いた。

そして二〇〇四年八月、卓也は東京拘置所の中で病死した。まだ四十一歳という若さだった。

拘置所に赴いた美佐子は白い木箱を抱えて帰って来た。中には小さな骨となった卓也が入っていた。二人は箱を前に長い間合掌した。

凛は美佐子から戸籍の写しを見せられた。離婚しても卓也の名前が残され、その上には×印がつけられている。死んでも尚、上条姓は二人について回るのだ。

卓也の病死を機に、美佐子は自分たちの戸籍を転籍した。本来の生誕地から現住所に移したのだ。こうして転籍してしまえば、制度上、美佐子の戸籍簿に前夫の名前は記載されない。本人家族や法的代理人が除籍簿を辿《たど》らない限り、上条姓に行き着くことはない。

こうして二人はようやく新しい身分を手に入れた。それと同時に卓也との書類上の縁も断ち切られた。

解放感とともに喪失感がある。

安堵《あんど》とともに失意がある。

いったいどこの世界に父親との縁が切れて幸せな家族がいるだろうか。

あんなにも優しい父親だったのに。

あんなにも愛してくれた父親だったのに。

失意の後には罪悪感が口を開いて待っていた。

更には被害者遺族をも蔑ろにした。卓也の死刑判決が確定した後、殺害された三人の遺族からは損害賠償訴訟が提起されていた。結果として裁判所は損害賠償を美佐子たちに命令したが、裁判所にできることは命令どまりであり、すっかり資産を失《な》くした喜多嶋母子からは碌な金額も徴収できなかったのだ。

賠償金すらまともに支払えなかった——その一点は凜の罪悪感に拍車をかけた。今更会いに行く勇気もなく、人伝《ひとづて》に聞いた話によればどの家庭も子供を喪《うしな》った哀しみから脱却することができず、失意の日々を繰り返しているという。

いつしか贖罪《しょくざい》の念が凜の中に芽生えていた。罪を犯した父親の代わりに償わなければならない。三人の幼子は何をしても生き返ることはない。それなら代償行為であったとしても、何かしら贖《あがな》いを行わなければ自分は生きる資格も得られないままだ。ではいったい自分には何ができるというのだろう。

考えているうちに幼稚園教諭という選択肢が見えてきた。父親が殺《あや》めた三つの命――その魂を成仏させるには、自分が幼児教育に身を投じるしかないのではないか。

いったんこうと決めた凜の行動は早い。進路を幼稚園教員養成課程のある短大に絞り、猛烈に勉強を始めた。進学費用は奨学金でまかなった。幼稚園の先生になり、園児たちにありったけの愛情を注ぐ。それこそが自分に課せられた使命であり贖罪だと信じた。

高校短大と進むにつれ、他の進路や遊びの誘惑も増えたが凜の意志は微動だにしない。優秀な幼稚園教諭になることだけが生活の全てだった。そしてその目標に邁進《まいしん》している間は心安らかでいられた。贖罪している自分が実感できたからだ。時には挫《くじ》けそうになることもあった。だがいつでも乗り越えてきた。途中で止《や》めてしまうことは父親と被害者たちに対する裏切り、自分に対しての背反だという思いがあった。

そして就職の時機を迎えたある日、凜は秩父の幼稚園で若干名の募集があることを知る。しかも募集している幼稚園の中に、何とあの神室幼稚園の名前があったのだ。

「……それでわざわざ神室幼稚園に就職をしたって訳ね」

事情を聞き終えた舞子は納得顔で頷いた。

「はい。わたしが採用試験を受けるその時期にちょうど神室幼稚園に欠員があったのも、何かの思《おぼ》し召しのように思えたんです」

まるで神様から、罪を犯した父親の代わりに苦難を味わってこいと命じられたような気がしたのだ。

だが舞子はどこまでも冷徹だった。

「それは思し召しなんかじゃないわ。ただの偶然と言うのよ」

「そうかも知れません。でもわたしにとっては運命でした」

「神室町に舞い戻って、顔見知りに会うことは考えなかったの」

「考えましたけど、断念する理由にはなりませんでした。それに運よくクラスメートのほとんどは町外に出ていたので」

凜と同い年でこの町に住み、かつ園児を持つような同級生は皆無に等しかったのだ。あの横山美穂を除いては。

「上条の名前が消えているから履歴書や添付書類を見ても、誰もあなたの素性を疑わなかった。つまりそういうことなのね」

「隠す気がなかったと言えば嘘になります。だけど無用な波風を立ててもしょうがないとも思えたんです」

「あなたが良かれと思ったことでも、園の関係者の目には隠蔽にしか映らないでしょうね。あの人たちはそれほどお人よしじゃなくってよ」

それも分かっている。彼らにしてみれば、自分は偽りの履歴書を手に窓口へ現れた前科者と同じだ。告白しなかったこと自体が罪であり、そして裏切りなのだ。

ふう、と舞子は短く嘆息した。

「園長先生にはわたしから説明する。保護者会が開かれたら、あなたは横に立って沈黙を守ってちょうだい」

「どうしてですか」

「あなたが口を開けば開くほど、事態はますます悪化する。相手の機嫌が悪い時は特にね」

4

「即刻、凜先生を辞めさせてください」

保護者会臨時総会が始まると見城会長は開口一番にそう告げた。

「凜先生自身に非がないことは重々承知していますけれど、それにしても出自に問題があり過ぎです。事もあろうに、あの上条死刑囚の娘だなんて。その事実だけで保護者の皆さんはとても怯えています。事情を知れば、子供たちもそれ以上に怯えるでしょう。そんな恐怖が蔓延《まんえん》する場所でまともな幼児教育などできるはずがありません」

見城会長の口説に副会長および役員たちは無言で頷く。

「言い方は多少汚くなりますけれど、死刑囚の娘になど子供を預けられないという声もあります。もちろん凜先生が責められる謂れはないのですが、同じ親の立場からすれば全否定できない部分もあります。喩《たと》えて言うなら、過去に災害の起きた場所に園児を連れていくようなものでしょうか」

何が責められる謂れはないだ、と凜は憤る。全てはその喩えが物語っているではないか。要は凜を危険人物と見做《みな》し、父親と同じ事件を起こすのではないかと邪推しているに過ぎない。

これもまた謂れなき誹謗中傷で、紛《まが》うかたなき偏見だ。だが凜に抗弁の機会は与えられていない。舞子から沈黙を守るよう約束させられた事情もあるが、それ以上に素性を隠していた後ろめたさがある。口を開けば開くほど事態が悪化するというのも、舞子の指摘した通りだ。

「わたしも見城会長と全く同じ意見です」

今度は菅沼恵利が手を挙げた。

「確かに凜先生は子供の目線に立ってユニークな指導法を発揮する、優秀な先生だとは思います。でも、それにしたって事件が事件です。十六年前の幼女連続殺人は未だ人々の記憶に新しいものです。神室町や埼玉県のみならず、全国を恐怖に陥れた大凶悪事件です。社会に与えた影響からすると、あのカルト教団の起こした地下鉄サリン事件にも匹敵するものです。それを考えれば、今までの凜先生の功績を比較してもマイナス面が大き過ぎます」

その弁に乗る形で、栞の母親西川京子《にしかわきようこ》が発言する。

「あの、凜先生は本当によくやってくださっていると思うんです。子供たちの個性を尊重して、他では考えつきもしない指導をしてくれます。ウチの娘も幼稚園での毎日がとても楽しいと申しております。でもそんな娘でも、凜先生のお父さんがそういう犯罪者だったことを知れば、心を閉ざしてしまうのではないかと心配しております。わたしたちはもういい齢をした大人なので、お父さんの所業と凜先生を分けて考えることができますけど、年少の子供ではなかなかそうもいきません。ちょっとしたことで傷つきやすい年頃でもあります。親の身勝手かも知れませんが、これ以上園児の前に立っていただかない方がお互いのためによいのではないでしょうか」

西川京子は保護者会の中でも比較的穏健な立ち位置にいる人間だった。その京子でさえもが、凜が教員を続けることに懸念を抱いている。控えめな物言いだから、却って大勢に与える心証も強い。

凛の前には保護者会の面々が顔を揃えている。そして逆方向からは教職員が凛の背中を注視している。何のことはない。凛は今、双方から集中砲火を浴びる恰好になっているのだ。まだ教員側から凛を非難する声はないが、仲間内から擁護する声が出なければ見殺しにしているのも同然だ。保護者会臨時総会の名目は協議となっているが、これはそんな代物ではない。

協議ではなく、むしろ集団リンチに近いものだ。

凛はちらと後方に視線を向ける。

池波は腕組みをして困惑している様子だ。

まりかは真横に顔を向けて凛の方を見ようともしていない。

園長はおろおろと保護者会の様子を窺うばかりで、あてになりそうもない。

唯一、頼れそうな舞子はいつもの無表情を決め込んで凛を見つめている。観察しているような目と言ってもいい。いずれにしても、凛を強く擁護するような具中は期待できそうにない。

こんな状態を何と言い表すのか――ああ、そうだ。四面楚歌《しめんそか》というのだ。

「凛先生には申し訳ないんですけど……」

次の発言者は瑛太《えいた》の母親、富沢由梨絵《とみざわゆりえ》だった。

「皆さんも仰る通り、本当に凜先生は一生懸命やってくださって……」

聞いているうちに凜は白けてきた。

自分を糾弾する者は、決まって冒頭で凜の指導態度を誉《ほ》めそやす。だがそれは後に続く非難への免罪符のようなもので、それさえ口にしておけば何を言っても許されると決めつけている。

二段構えの責任追及は、追及している本人が善人面をしている分、二重に醜悪だ。

ふと既視感に襲われる。こんなことは以前にもあった。

『凜ちゃん自身はいい子かも知れないんだけどさー、父親がアレじゃあ全部ぶち壊しなんだよな』

『そうだよね。所詮、血筋っていうかさあ。カエルの子はカエルなんだよね』

『遺伝ってのも無視できないじゃん。頭おかしいヤツの子も、やっぱりおかしいと考えた方が無難なんだよなー』

心ない、そして非科学的な言葉を浴びせてきたのは小学校のクラスメートたちだった。つまりここに雁首《がんくび》を揃えている保護者会の面々は、その小学生たちと同じレベルということになる。

思わず苦笑しそうになる。人間というのは結局大して成長しない生き物なのかも知れない。凜や他の教師たちが懸命に道理を説き、善悪や正邪を教えてみても行き着く先は倫理より感情、実績よりは世間体を優先させるような処世術だ。

薄ぼんやりとした絶望に駆られる。あの聡明《そうめい》な絢音、多少腕白だが弱い者を助けることを覚え始めた大河、素直さが魅力の瑛太、他人の痛みを自分の痛みに感じることのできる栞。輝くような個性を持った子供たちも、長じるに従って、こんな風につまらない大人に成長してしまうのだろうか。

それからも凜を積極的、または消極的に非難する意見が続き、出尽くしたと見るや見城会長が纏《まと》めに入った。

「園長先生。議論は百出しましたが、保護者会の意見概《おおむ》ね一致しているように思えます。わたしたちの意見を汲《く》んで、凜先生の処遇をお決めいただきたいと思います」

「処遇を決めろと言われましても……」

振られた京塚園長は額の汗を拭きながら答える。

「凜先生自身に処罰される正当な理由がない限り、その処遇を決定することは法律に抵触する惧《おそ》れがあります。それを本人とは関係のない係累の事情で人事権を行使したとなれば、仮に係争沙汰になった場合、間違いなく園側が敗《ま》けてしまいます」

言い訳がましい口調ではあったが、京塚の説明は至極常識に沿ったもので且《か》つ経験則に基づいていた。

近年、就業規定に関わる訴訟が多発しているが、判決の多くは就労者側の主張を認めている。よほど客観的に納得できる理由がなければおいそれと解雇などできない。その意味で京塚の示した判断は実状に即したものと言えた。

だが、それで矛を収めるような面子《メンツ》ではなかった。

「それでは保護者会としては、園児の登園を当分の間見送るしかありませんね」

「何ですって」

京塚園長は腰を浮かせた。

「そ、それは授業をボイコットされるというご趣旨ですか」

「ボイコット。そうですね、そう受け取っていただいても構いません。先生方の身分が法律で保証されているというのであれば、わたしたち保護者は自らの手で我が子を護るより他にありませんもの」

「い、いや、それはちょっと。いくら何でもいささか過激な対応のように思えるのですが……」

「過激かどうかはそちらの物差しで測るものではないでしょう。わたしたち保護者会は何にも護られることのない脆弱《ぜいじゃく》な組織なのですから、比較することもできません」

その言葉を捨て台詞《ぜりふ》に見城会長は保護者たちを引き連れて講堂から出て行く。その姿を京塚が狼狽《ろうばい》しながら見送っている。

改めて老獪《ろうかい》な相手だと思った。凜の処罰を無理強いできないと判断するや否や、見城会長は奇襲攻撃をかけてきた。子供を登園させない、というのも保護者に認められた権利だ。そしてその権利を行使されたが最後、幼稚園側としては凜を処罰せざるを得なくなる。

やがて保護者たちが一人残らず退席すると、凜を見ているのは教職員だけとなった。

まるで針のような視線だった。

五　冷たい水の中をふるえながらのぼってゆけ

1

臨時総会が終わると、凜《りん》は園長室に呼び出された。いちいち顔色を見なくてもいい話でないことはすぐに分かる。

椅子に座った京塚《きょうづか》はいきなり切り出した。

「先ほど申しました通り、職員の出自云々《うんぬん》で処遇を決めるのは法律違反です。しかし実際問題として、あれだけ保護者会から非難を受けた状態で教員を続ければ、早晩凜先生の方が辛《つら》くなるのではと思うのですが……如何《いかが》でしょうか」

いかにも凜を気遣っているように装っているが、本音が別にあるのは明白だった。間違いなく凜の方から辞職を言い出すのを待っているのだ。

思考の中で瞬時に道が現れる。

今すぐ辞表を提出し、さっさと園から立ち去る。まりかたちとも挨拶程度に顔を合わせるだけで済む。保護者たちにも会わないので、凜の傷つき方も最小限で済む。

そうだ、それが一番だ。素性が知れた以上、留《とど》まっていてもいいことは何一つない。留まれば留まるほど古傷を弄《いじ》られ、罵倒され、排斥される。昨日までの親愛が悪意に取って代わる。園児たちの中からも親の忌避感情を受け継ぐ者がきっと出てくる。

今までに何度も経験したことだった。自分の居場所を見つけ、やっと安住したと思ったら誰かが素性を突き止める。他人のことだから放っておいてくれればいいものを、我こそは正義の代弁者とばかり凜を自分たちから遠ざけようとする。自分は父親とは別の人間だと主張しても、血の繋《つな》がりは否定できないだろうと訳の分からないことを言い出す。結局は必要のない新しい傷を増やし、身も心もぼろぼろになって追い出されるだけだった。

住まいを追われる度に母親は凜に謝っていた。

ごめんね、ごめんね。

凜はちっとも悪くないのに。

でも逆らっちゃ駄目。

わたしたちは二人きりだけど、向こうは大勢いるもの。勝てっこないもの。

だから逃げ続けるしかないの。わたしたちのことを誰も知らないどこかへ逃げるしかないの——。

辞めます、のひと言が喉《のど》まで出かかった。

全てをリセットする魔法の言葉。

だが、凛の口をついて出た言葉は本人にも予想外のものだった。

「わたし、辞めません」

「……えっ」

京塚は意外そうに凛を見上げる。

「園長先生のご厚意は有難いのですが、わたしは教職を全うしたいと思います」

不思議な感覚だった。自分の中に相反する二つの人格があり、一人が考えているのと真逆のことを、もう一人の自分は喋《しゃべ》っている。

京塚は居心地悪そうにもじもじと尻を動かす。

「うーん。この場合、凛先生の意向は尊重するべきですが……しかし保護者会の意見を無視すれば見城《けんじょう》会長たちは授業ボイコットも辞さない様子でしたし……」

しばらく京塚は呻吟《しんぎん》していたが、やがて苦し紛れの折衷案を提示してきた。

「ではこういうことでどうでしょうか。新年度が始まるまで星組の担任はわたしが担当し、凛先生には副担任をしていただく。これなら減給にはなりません。園児たちとの接触は今まで通りで結構ですし、対外的な責任者としてわたしの名前を出せばいい訳ですから」

そうくるか、と凜は半ば感心する。

辞めさせろという保護者会の要求は法律的に認められないとして、凜に対しては筋を通す。一方、保護者会に対しては凜を担任から外すことで名目が立つ。

新年度からの体制に言及しないのは、それまでに保護者会が矛《ほこ》を収めるか、あるいは凜の辞意が固まるか見定めるつもりなのだろう。臨時総会で奇襲を仕掛けてきた見城会長に負けず劣らず、京塚もまた老獪《ろうかい》だった。ああいう面々が牛耳《ぎゅうじ》っている保護者会と絶えず対峙《たいじ》していれば、自《おの》ずとそうした知恵がつくのだろうか。

何やら誤魔化された気がしないでもないが、取りあえず自分が在職し続けるにはこの選択が妥当であることくらいは理解できる。

「それで構いません。よろしくお願いします」

頭を下げた際に一瞥《いちべつ》すると、京塚は苦り切っていた。思わず感情が面《おもて》に出たのだろうが、本人を目の前にした不用意な仕草は善人ゆえと受け取ることにしよう。

「勝手を言って申し訳ありません」

「いや……それにしても齢《とし》のせいかな。わたしの目もずいぶんと曇ったらしい」

そう言って、まじまじと凜を見た。

「まさかあなたがあの上条《かみじょう》さんの娘さんだったとは。わたしが最初に気づいていれば、凜先生に気まずい思いをさせなくて済んだかも知れないのに」

もし面接の段階で上条の娘であることが分かっていれば決して採用しなかった——そんな後悔の響きが聞き取れた。

「母親似でしたから」

「それはよかった」

顔もさることながら父親の性質も受け継いでいないことを期待する、といったニュアンスに聞き取れる。

ああ、嫌だ嫌だ。

本当は何気ないひと言なのかもしれないのに、つい邪推してしまう。その邪推が罪悪感の所産であることなど、とうの昔に承知しているというのに。

凜は逃げるようにして園長室を出た。

逃げたのは園長の視線からではない。

自分からだ。

園長室でかなり時間を過ごしたらしく、もう夕闇が迫りつつあった。今日は臨時総会の終了とともに教職員も早めに帰宅し、職員室には誰も残っていない。まりかや池波《いけなみ》たち同僚と顔を合わせずに済むのが有難かった。

でも明日からどんな顔をして彼女たちと会えばいいのだろう——一向に纏《まと》まらない思いを抱えながら園を出ると、門から飛び出した人影に思わずたじろいだ。

「誰ですかっ」

「驚かせてしまったかな。だったら謝らんといかんな」

渡瀬《わたせ》だった。夕暮れにこんなに凶暴なご面相と鉢合わせすれば驚いても仕方がない。

「あの……ひょっとしてわたしを待っていたんですか」

「否定はせんよ」

「わたしが十六年前の事件の犯人の娘だからですか」

「それも否定せん」

「これって事情聴取ですか」

「それは違う」

渡瀬はゆるゆると首を振る。

「でも、犯人の一番身近にいた人間ですよ。それこそ園長先生よりも濃い話が聞けるかもですよ」

自虐と皮肉の入り混じった口調で言ってやった。こうすれば大抵の人間は引く。口に出してから自分で後悔するのはいつものことだ。

だが渡瀬は表情一つ変えなかった。凶暴な顔のまま、頭を掻《か》いているだけだ。

「悪いがあんたの証言は何の役にも立たん」

「どうしてですか」

「世間の風評がどうあれ、家の中でも凶悪犯の顔をした父親なんぞ聞いたことがない。あんたや奥さんの前ではひたすら善良な父親、善良な夫だったに決まっている。訊《き》くまでもない」

「どうしてそんなことが言えるんですか」

「あんたを見ていれば分かる。少なくとも鬼畜のような父親に育てられていないことくらいはな」

「なっ」

　この人はいったい何を言っているのだろう。

　まだ二回しか会っていないのに、碌《ろく》にわたしのことなんて知りもしないのに。

　どうしてわたしが言って欲しかったことをすんなり口にするのだろう。

　不意に襲ってきた嬉《うれ》しさと恥ずかしさで、凜は思わず顔を背けた。

「ここで待っていたのはあんたに詫《わ》びるためだ」

「詫びる？」

「あんた……いや、凜先生と呼んでもいいかね」

「どうぞ。その方が落ち着きます」

「立ち話も何だ。バスで通勤しているらしいが、バス停まで歩きながら話そうか」

凛の相槌《あいづち》も待たずに渡瀬は歩き出す。まあ、いいか。横にこんな顔をした男がついていれば、声を掛けてくる愚か者もいまい。

「今日は保護者会の臨時総会だと聞いた。教員の中ではあんたが最後に出て来た。議題は凛先生の扱いについてじゃなかったのかね」

「……否定はしません」

「それは俺がのこのこ現れて十六年前の事件が蒸し返されたせいかね？　それならえらい迷惑をかけたと思ってな」

「別に渡瀬さんのせいじゃありません。新入園児の説明会にたまたま小学校時代のクラスメートが交じっていて……」

その時の状況を説明すると、渡瀬は何故《なぜ》か不機嫌そうになった。

「災難だったな」

「えっ」

「俺が原因でバレた方がまだマシだ」

言葉が胸の奥まで届いた。

自分で気づかないふりをしていたが、その通りだった。昔、席を並べていた美穂《みほ》はあの日を境に態度を豹変《ひょうへん》させた。小学生だった凛にはそれだけでも結構な痛手だった。

そして十六年経過した今、事もあろうにその美穂から指弾された。幼い時の痛手を追体験する条件が揃《そろ》っていたのだ。

ハリネズミのように凝り固まっていた胸が不意に緩む。黙っているとますます緩んで、隠していた思いがこぼれ出てしまうような気がした。

「それにしても何故わざわざ事件の起きた幼稚園に赴任してきた？　凜先生にとっては一番訪れたくなかった場所だろうに」

「それはあの……亡くなった三人の園児にしてやれることといったら、自分が幼稚園教諭になることだと思って。神室《かむろ》幼稚園に就職が決まったのは半分がた偶然だったんです」

「それが贖罪《しょくざい》になると考えたのかね」

ふう、と渡瀬は短く嘆息する。

「老婆心から物申すが、あんまりそっちの方向で気張らん方がいい。若いんだからもっと別の方向に気張れ」

「そんなのわたしの勝手でしょう。どうして水を差すようなこと言うんですか」

「今のあんたみたいに、過去に仕出かした過ちを償うために仕事しているヤツを知ってる」

「そういうの、嫌いなんですか」

「好かんな。傍《はた》で見ていて時々居たたまれなくなる」

そう言うものの、渡瀬の声は尖《とが》っていない。

「第一、あんたが自分で罪を犯した訳でもあるまい。いくら父親のしたことだからといって、あんたが背負い込むこたあない」

「でも」

「いい気はしないだろうが、言わせてもらおう。あんたのしていることは贖罪に見せかけた、ただの自己満足だ。だから見ていて余計に居たたまれない」

「自己満足なんかじゃありませんっ」

声が跳ね上がった。

「わ、わたしの家のことを知りもしないで勝手なことを言わないでください」

「知ってるさ。肉親を信じ、愛していた人間なら大なり小なりそういう風に考える。だから、凜先生が本当に父親を好きだったってことだけは知っている」

胸がちくりと痛んだ。武骨で、ぶっきらぼうな言葉なのに、どうしてこんなにも優しく響くのだろうか。

「こんなことを言えば、更に気を悪くするだろうが、父親はあんたがそんな風に気張って生きていくのを喜ばんと思うよ。もっと自由にしてやりたい、手枷《てかせ》も足枷も全部外してやりたいと思うはずだ」

「それこそ、父を知りもしないで」

「父親が娘を思う気持ちなんざ、どこも一緒だし、娘にそれだけ愛される父親なら尚更《なおさら》そうだ。違うかね？」

反論は思いつかなかった。

しかし悔しくはなかった。

「渡瀬さんは、あの事件を担当していなかったんですよね」

「ああ」

「だったら、どうして今頃やって来たんですか。担当でもないし、それにとっくの昔に解決した事件なのに」

「解決していないと思う人間がいるんだよ。いや、いたと言うべきかな」

「誰ですか、その人は」

「十六年前、凜先生も何度か顔を合わせたはずだが、五味《ごみ》って刑事を覚えていないか。天然パーマの髪を矢鱈《やたら》に掻き毟《むし》る癖の男だ」

言われて思い出した。応対していたのは母親の美佐子《みさこ》の方で、凜はその後ろに隠れるようにしていたが、およそ警察官とは思えない朴訥《ぼくとつ》な印象だった。そう言えば美佐子が感情的になると、おろおろとした様子でしきりに頭を掻いていた。

「当時は秩父警察署に所属していたが、その前は浦和《うらわ》署勤務でね。早い話が俺の先輩だった」

「その五味という刑事さんが未解決だって言ってるんですか。それなら自分で調べに来ればいいのに」

「五味さんは去年退官した。今は高速の料金所に勤めている」

「じゃあ渡瀬さんはその人に頼まれて？」

渡瀬は答えなかったが、この場合の沈黙は肯定と受け取っていいだろう。

「凜先生、あんたは自分の教育方針を疑ったことはないかね。教えたこと伝えたことが全て正しく、園児の情操にいい影響を与えていると断言できるかね」

「まだ一年目ですし……わたしに限らず、絶対の自信を持って幼児教育に当たっている人は少ないと思います。一年経《た》てば園児も親も変わると聞いていますから」

「一緒にするのはどうかと思わんでもないが、その辺の事情は刑事も似たようなもんだ。他人様《ひとさま》の子供を教えるのと同じくらいに間違いが許されん。思い込みも厳禁だし、私情を挟むのもご法度《はっと》だ。だが、どんなに綱紀を粛正しようが民主警察を標榜《ひょうぼう》しようが、何百何千と事件を扱ううちに間違う可能性もゼロじゃない。それは、しばしば冤罪《えんざい》事件のニュースが報道されるから察しはつくよな」

「はい」

「五味さんは、自分がその間違いを犯したんじゃないかと思ったらしいんだ。神室幼稚園の連続幼児殺人事件に関してな」

「間違い？　あの捜査のどこかで捏造《ねつぞう》でもあったんですか」

「そんな確たるもんじゃない。ただ事件を担当した五味さんには、どうしても拭い切れないものがあった。他ならぬ君の父親の供述だ。二人の園児の靴がロッカーから見つかっている。三件目の事件に至っては現行犯で逮捕されている。物的証拠も状況証拠も完璧。本人も三件目についてはあっさり犯行を自供している。それなのに何度供述を取っても、先の二件については否認している」

　聞いていると次第に胃の辺りが重くなってきた。父親の卓也《たくや》が頑《かたく》なに否認した二件の殺人事件。その頑なな態度が、更にマスコミと世間の怒りを買った。もちろん美佐子と凜は卓也の言葉を信じてあげたかったが、日を経るに従って一件認めるのも三件認めてしまうのも同じではないかと思い始めたのも事実だ。

「一人殺すのと三人殺すのでは量刑に大きな差が出てくる。だから上条被告が否認を貫いたのも分からない話じゃない。というよりは単なる悪足掻《わるあが》きだろうというのが、捜査本部と検察、そして裁判所の見解だった。だが本人と常に向き合っていた五味さんは、彼の否認が単なる悪足掻きだとはどうしても思えなかった。確証はない。刑事の勘というヤツだ。だから五味さんは十六年もの間、ずっとその違和感に悩まされ続けた」

「それで、渡瀬さんに捜査を依頼したんですか」

「退官した身分では情報収集もままならん」

「在任中にすればよかったじゃないですか」

「起訴され、判決が確定した事件だ。一人の担当者が納得いかないといって過去の事件を暴くなんてのは、組織の中じゃ自殺行為だ。おまけに当の被告人は獄死している。今更再捜査しても喜ぶ人間は誰もいない。だから五味さんは動かなかった。いや、組織の柵《しがらみ》で動けなかった」

「それで渡瀬さんにお願いしたというなら、その五味さんは卑怯者《ひきようもの》です」

卑怯者、という言葉で渡瀬は足を止めた。

「卑怯者か。確かにその通りかも知れん。自分の犯した過ちを正視しようとしない者、己の信念より組織の論理を優先させる者を卑怯者と定義するのなら、確かに五味さんは卑怯者だろう。しかしね、凜先生、卑怯者にも卑怯者なりの矜持《きようじ》ってものがある」

「矜持」

「自分が人生の大半を費やした仕事だから、納得できねえモノは残しておきたくない。まあ、それだって当人の手前勝手な理屈なんだがな」

「五味さんはいったい何を疑っていたんですか。父が二件の殺人を否認した理由ですか」

「それも漠然としている。だが一番五味さんが納得いかねえのは先の二人、つまり佐倉《さくら》里奈《りな》ちゃんと松崎萌《まつざきもえ》ちゃんの殺害現場が捜査当初から全く不明である点だ。死体は発見されている。犯人も逮捕されている。それなのに殺された場所が分からない。こんな馬鹿げた話はない」

「十六年前に捜査して分からなかったことが、今になって分かるっていうんですか」

「先に被疑者が現行犯で逮捕され、そのロッカーから被害者の遺留品が出てきた。立件するにはそれで充分だから、他のことは検察の作文で補完することができた。言い換えれば、大量の捜査員を投入して殺害現場を虱潰《しらみつぶ》しに探した訳じゃない。粗い仕事なら、後から拾えるものもある」

「これって正式な捜査……じゃないですよね」

「ああ、そうだ」

「渡瀬さんもずいぶん暇なんですね」

つい憎まれ口になった。

渡瀬はじろりとこちらを睨《にら》んだものの、それ以上は言ってこなかった。

アパートに戻ると、凜はバッグを放り投げてベッドの上に倒れ込んだ。

針の莚《むしろ》というのは座らされている最中も苦痛だが、解放された後でも疲労が残るものらしい。いったんベッドの弾力に身を任せると立ち上がる気力さえ失せてしまった。

臨時総会とは名ばかりの、四面楚歌《しめんそか》での集団リンチ。最後に同じ目に遭ってから何年ぶりのことだったのだろう。もうすっかり塞がったと思い込んでいた瘡蓋《かさぶた》が、あんなに容易《たやす》く剝がれたのは意外だった。

剝がれた後に現れた傷口は、まるで今しがた開いたばかりのように赤く爛《ただ》れて血を噴いていた。

錯覚だった。少しも癒えてなどいなかったのだ。その証拠にまりかたち同僚の非難も、見城会長たちの抗議も容赦なく突き刺さってきた。それも心の一番脆《もろ》い部分にだ。

衆人環視の中で取り乱したくなかった。涙なんか絶対見せるものかと気を張っていた。だが言い換えれば、それだけ心身に応える仕打ちだったのだ。

この一年、自分が懸命にやったことは全て水泡に帰してしまったのだろうか。園児たちと通じ合った思いも、ようやく築き上げた信頼も苦い思い出に堕してしまうのだろうか。

不意に孤独が襲ってきた。

世界中が敵になったような気分に陥る。

いや、味方が一人だけいた。

凜はバッグから携帯電話を取り出し、母親の番号を呼び出した。今時分ならパートを終えて在宅しているはずだ。

はたして一回目のコールが終わる前に美佐子が出た。

『あら、凜。久しぶりじゃない。いったいどうしたの』

声を聞いた瞬間、泣きそうになったがすんでのところで堪《こら》えた。

「どうしたって何が。何かなきゃ娘が電話しちゃいけないの？」

『そういう訳じゃないけど。あんたって何かに夢中になってる時は、絶対掛けてこないからね。何かあったと思うわよ』

だから母親は苦手だ。すっかり見抜かれている。

『幼稚園の方はどう？　園児やお母さん方と上手《うま》くやってる？』

「うん、やってる。この間も保護者会からユニークな指導だって誉《ほ》められた」

このくらいは許容範囲だろう。それに嘘《うそ》を吐《つ》いている訳でもない。

「牧場で生きてる牛を見せたり、お遊戯会でオリジナルの白雪姫演《や》ったりさ、プチ破天荒なことしてるけど評判は上々。んー、持って生まれた才能ってヤツ？　もう園児たちのハート鷲摑《わしづか》みよー」

『それならいいんだけどねえ』

「お母さんの方こそどうよ。一人暮らしで寂しくない？　何ならちょっとの間、そっちへ帰ってもいいよ」

自分で喋りながら、ああ逃げに入っていると思った。母親に会いたいのは凜の方だ。

外敵に襲われてぼろぼろになった身体《からだ》を、母親の胎内で慰撫《いぶ》して欲しいと願っているのだ。

『結構よ。そっちだって年度末でてんてこまいなんでしょ。こっちに帰って来る暇があるんだったら、ちゃんと責任果たしなさい』

この物言いはいつもの母親だ。ほっと安堵《あんど》するが、同時に寂しくもなる。

『それよりちゃんと自炊してるんでしょうね。帰りたがってるのは、コンビニ弁当に飽きたからじゃないでしょうね』

「ちゃんと自炊してるよー。そうそう外食できるほど給料よくないもの」

『毎日、自炊？』

「……えーっと……半々……くらい、かな」

凜はゴミ箱から溢《あふ》れそうになっているプラスチック容器を横目で見る。うん、これだって許容範囲の嘘だ。

しばらく電話の向こう側で沈黙が流れた。

「もしもし。お母さん？」

『でも、本当にお母さんの手料理が恋しくなったら帰って来なさいね』

途端に涙腺が決壊しそうになる。

チクショウ、反則じゃないか。時間差でそういうこと言うな。

『……今だから言うんだけどね、あんたが赴任先に神室幼稚園を選んだと聞いた時には気が気じゃなかったのよ。いくら十五年も経ってるといっても、お父さんが勤めていた幼稚園だし……』

「もう関係ないよ、そんな昔の話」

おそらく母親には見透かされている虚勢を張りながら思う。やはり娘は母親に勝てない。今の言葉はいつでも自分が逃げ帰ることができるよう、露払いをしてくれたのだ。

こぼれるなと命令したが無理だった。

熱い塊が後から後から止《と》め処《ど》もなく流れ落ちてくる。

「そもそも、わたしたちが忘れていなきゃダメじゃん。もちろんお父さんのことは覚えているけど、それ以外のことは綺麗《きれい》に忘れるようにする。何回も何回も上書きする。もう昔みたいに泣いてばかり逃げてばかりじゃないもの」

涙声にならないようにそれだけ話すと、しばらく経ってから返答があった。

『頼もしいけどね、時には逃げなきゃダメよ。一時的に逃げるのは決して卑怯でも何でもないんだから。ね、聞いてる?』

「……聞いてる」

『それじゃあ、おやすみ』

「おやすみなさい」

そして優しく電話が切れた。

いつの間にかずいぶん胸の閊《つか》えが取れていた。きっと熱い塊となって排出されたからだろう。

それでも解決していない問題は残っている。

明日から星組の園児たちとどんな顔で会えばいいのか。

あれこれと思い惑ううちにも夜は過ぎていく。

2

臨時総会に出席した親たちから吹き込まれたのだろう。案の定、園児たちは困惑している様子だった。

大河《たいが》と藍斗《あいと》は怒った顔で凜を見ようともしていない。栞《しおり》と絢音《あやね》はひどく傷ついた様子でずっと机の上を睨《にら》んでいる。

「えーっ、しばらくこの星組の先生になる園長の京塚です」

京塚が普段は見せないような崩れた笑顔を見せても、園児の誰一人として笑わない。却《かえ》って警戒心を露《あら》わにしているだけだ。

「でも凜先生が替わっちゃうんじゃないんですよ。星組をわたしと凜先生二人が受け持つようになるんです。だからみなさん、これからもよろしくね」

挨拶が済むと、早速質問の手が挙がった。

絢音だった。彼女は凜の方は一瞥することもなく、京塚に拗《す》ねたような視線を浴びせる。

「行事のこととか、送り迎えのこととかはどっちの先生に訊いたらいいんですか」

「それはわたしに訊いてください」

「じゃあ、凜先生には何を訊くんですか」

「それは授業中に分からないことがあれば……でも、できるだけわたしが答えるようにしますよ」

「昨日、ママは『もう凜先生と話しちゃいけません』と言いました」

京塚の表情が凍りつく。

いや、鏡がないので確かめようもないが、凜も同様に凍りついているかも知れない。

だが絢音は二人の反応にはお構いなく言葉を続ける。

「園長先生とママと、どっちの言うことを訊いたらいいんですか」

すると居並ぶ園児たちの間から「俺も」、「僕も同じ」と次々に声が上がった。

ハンドルで逃げようとした京塚に対し、絢音の母親見城会長はきっちりブレーキを踏んできた。絢音たちが戸惑うのは当然だが、凜から見れば明らかに見城に軍配が上がる。

園児たちが見守る中、京塚は助けを求めるように、凛の方をちらちらと盗み見る。当事者である凛がどんな助け舟を出せる訳でもなく、こんな園児相手に適宜切り返せない京塚の情けなさだけが浮き彫りになる。第一、今日の挨拶では京塚が全てを仕切り、凛の方からは何も話さないというのが取り決めだったではないか。

それよりも応えたのは園児たちの自分を見る目だった。おそらくは全員が親から凛の出自を聞かされているはずだ。だから今日、凛は全員から化け物を見るような目で迎えられるのを覚悟していた。

だが誰一人そんな目をした子供はいなかった。

悔しそうだが怯《おび》えてはいない。

哀《かな》しそうだが拒絶はしていない。

そして恨みがましい目をしていても、咎人《とがにん》を責めているようではない。

今度は挙手もしないまま栞が口を開いた。目は真直《まっす》ぐ凛を見つめている。

「凛先生はどうするの」

「……えっ」

「星組の担任でなくってもいいの？　あたしたちが先生の言うことを聞かなくてもいいの？」

凛は不意に理解した。

この子たちは自分に裏切られたと思っているのだ。出自を隠し続けたことよりも、保護者会や園の意向で自分たちの担任を外れたことを口惜しく思っているのだ。自分たちのクラスを大人たちだけの都合で改変されるのが気に食わないのだ。

「わ、わたしは……」

凜は言葉に詰まる。まさか園児たちがこんな反応を示すとは予想もしていなかったからだ。

今まで周囲に集った者たちは自分の素性を知るや否や潮が引くように離れていった。金輪際関わり合いになるものかと、嫌悪と侮蔑を撒《ま》き散らしながら去っていった。

でも、この子たちは違った。

子供だから世知もない。子供だから世間体もない。理性的な判断よりも感情が優先する。おそらくは死刑囚という存在がどんなものであるか、認識もしていないのだろう。

それでも有難かった。自分を死刑囚上条卓也の娘ではなく、喜多嶋凜として見てくれるのが嬉しかった。

だがそんな園児たちを、凜は裏切ってしまった。この場に留まる意思は示しても、結局は自分の去就を京塚に一任し、見城会長たち保護者会の意向に従おうとしている。いったいどこを向いていたのだろう。

職場の同僚、そして世間。

それがくだらない価値観であることが、今やっと分かった。わたしは、この子たちに顔を向けてさえいればよかったのだ。

少なくとも、この子たちには自分の正直な気持ちを伝えなければ。

言わなければ。

「わたしは……」

だが、凛の言葉を掻き消すように京塚が割って入る。

「ええーっ、こういうことはまだ皆さんには難しいかも知れませんが、担任は今日からわたしになります。ですから何でも、まずわたしに訊いてください」

声の大きさで誤魔化そうとしているのが一目瞭然だった。

駄目だ。

この子たちを口先だけで誤魔化そうとしてはいけない。

すると突然、一人の園児が立ち上がった。

大河だった。

大河はひとしきり園長を睨むと、ゆっくりと凛に視線を移す。

「……凛先生のバカ」

そう言い捨てると、今にも泣き出しそうな顔をして部屋を飛び出して行った。

「大河くん！」

慌てて追い掛けようとしたが、京塚に腕を摑《つか》まれた。

「あなたが追わなくてもよろしい」

「でも」

「園内にいれば、ちゃんと他の職員が連れ戻してくれます。凜先生もなるべく個別では園児と接触しない方がいいでしょう」

穏やかだが有無を言わせぬ口調だった。

弾《はじ》けそうになっていた心が、また澱《おり》に沈んでいく。

残り十九人の園児が訴えるようにしてこちらを見ている。

凜は彼らの視線から逃げるしかなかった。

保護者会に通達があり、星組の二人担任制は暫定措置として承諾されたようだった。従って凜が副担任として星組に留任することも黙認された形だが、実際は凜にとってみれば離任するよりも辛い仕打ちとなった。

何しろ園児の出迎えから凜は透明人間のような扱いをされる。まりかや舞子《まいこ》たちの隣に立っているだけで、点呼を取るのは京塚の役目だった。通常の活動も指導するのは京塚で、凜は遊びの時間に頭数として加わるのを許されているだけだ。

個別に園児と関わるな――凜の横には常に京塚の目があり、指示を遵守《じゅんしゅ》しているか監視している。園児の方から凜に話し掛けようとしても、横から京塚が機会を奪っていく。

相手の立場になって考えれば京塚の振る舞いはいちいち納得がいく。子供の口を通して「今日、凜先生とこんな話をした」などと知られたら、またぞろ保護者会から追及されることになる。そうならないためには、自分がずっと園児の相手をしているのが一番だ。


こうして見えない壁に遮られていると、懐かしい感覚に襲われる。子供時分、死刑囚の娘としてクラスから孤立していた頃に味わった、あのお馴染《なじ》みの感覚だ。

遅まきながら凜は、これが嫌がらせ以外の何物でもないことに気づく。個別に園児と接触しなければ、自ずと凜のすることも居場所もなくなってくる。いくら給料が支給されたとしても、自分が必要とされない場所に人間は安住できない。この辺りはリストラ要員を〈追い出し部屋〉とかに押し込む企業のやり方と瓜二《うりふた》つだ。

凜と触れ合ってはいけないことを、次第に園児たちも理解してきた。恨めしそうな視線はそのままに、全員が凜と距離を取り始めていた。

これが凜には一番応えた。同僚や保護者会から何を言われても信念さえあれば耐えられる自信があるが、園児から隔離されたのではどうしようもない。

仕事のない職場ほど居辛いものはない。叱責されるよりも無視される方が数段、精神が疲弊する。一日二日と登園するに従って、凜は明らかに衰弱していった。

辞職の二文字が頭に再びちらつき始める。

必要とされていない職場で置物のように突っ立っていると、だんだん心が病んでいくのが分かる。そして精神のバランスが崩れると、すぐ体調に変化が生じる。実際、副担任に降格されて以降、寝不足になった。日常的に嘔吐感《おうとかん》を催すようになり、食も細くなった。

そんな時、また京塚から呼び出された。

「体調が優れないようですね、凜先生」

「いいえ。極めて健康です」

分かり易《やす》い虚勢だったのだろう。京塚は呆《あき》れ返ったように頭を振ってみせた。

「あまり無理はされない方がいい」

「慣れない仕事なら、多少無理をするのは当たり前だと教えられました」

「パワハラだと騒がれたくないので敢《あ》えて勧めるようなことはしませんが、疲れた時には休暇が必要ですよ」

パワハラと口にした時点で、それを認めているようなものだった。

凜が黙っていると、京塚は苦い顔をして言葉を続ける。

「十六年前」

「えっ」

「あなたのお父さんが現行犯で逮捕された直後、園とわたしに向けられた抗議、それから誹謗《ひぼう》中傷がどんなものであったかはもうお話ししましたよね」

「……はい」

「あの時、わたしは人の悪意、とりわけ善意の第三者なるものが如何《いか》に凶悪で卑劣な存在であるかを思い知らされました。偽善と思われるのならそれでも結構ですが、あなたをあの悪意の暴風雨に晒《さら》すような真似《まね》はしたくないのですよ。それだけは分かって欲しい」

「お気遣い、感謝します」

自宅に戻って京塚の言葉を反芻《はんすう》してみる。

辞表を提出すれば、自分が許されない存在であるのを認めたことになる。だがこのまま根競《こんくら》べを続けていても凜に勝ち目はない。いずれは心身を患い、ぼろ雑巾のようになって医者通いを強いられるようになるかも知れない。

いったい、いつになれば自分は死刑囚の娘という軛《くびき》から逃れられるのだろうか。

パソコンを開き、無意識のうちに〈辞表の書き方〉と検索ワードを入れる。文章のひな形は幾通りもあり、それをぼんやり眺めているうち、不意に視界が滲《にじ》んだ。

三月第一週は不順な天候が続いた。初旬に張り出していた前線が列島に居座り、本来は五月に到来するはずの寒冷渦《うず》が早々とやってきた。そのため上空には強い寒気《かんき》が流れ込み、大気の状態はひどく不安定になっていたのだ。昨日などさいたま市の一部では雹《ひょう》が降ったほどだ。

事件が起きたのは土曜日のことだった。最近では土曜日を休園にするところも増えたが、神室幼稚園では第一と第三土曜日は昼まで園児を預かることにしていた。

その日の空は朝からぐずついていたが、午前九時頃から雨脚が強まり、十時を過ぎる頃には本降りとなった。

送迎バスの路線には途中、崖崩れが危惧される場所がある。京塚の判断は早かった。バス運転手の片岡《かたおか》と協議した上で早々に早めの退園を決定したのだ。お蔭《かげ》で正午を待たずして、園内から園児は一人もいなくなった。

そのまま降り続くかと思われた雨は正午過ぎにいったん止《や》み、一時は青空まで顔を覗《のぞ》かせる。しかし合間の晴天はほんの一瞬であり、一時間後にはまた黒雲が空を覆い尽くした。

「うわ。こりゃやっぱりダメだわ」

職員室の窓から空を見ていた池波は、うんざりしたように声を上げた。つられて凜が見てみると、窓ガラスは衝突する雨粒ですっかり視界を失《な》くしていた。

ほどなくして屋根を叩《たた》く音が落ちてきた。

雨の絨毯《じゆうたん》爆撃だった。

まるで滝の中に投げ込まれたような轟音《ごうおん》に、まりかが不安げな表情を見せる。いかにも体育会系のまりかが、実は台風や雷といった天変が苦手なのは全員が知っている。

そんな中でも舞子一人だけは動じた風もなく、事務仕事をてきぱきと片付けている。以前本人から聞いた話によれば、不協和音でない限りはどんな大音響を聞いても平気なのだそうだ。

「園児たちは先に帰宅させたから安心なんだけど、今度は僕たちが帰宅難民にならないかを心配する番だな」

「だよねえ、確かここにいる四人とも自宅は駅前近くだし。去年も長雨続きで土砂崩れ起きた場所があるし……」

「心配は要らないんじゃないでしょうか」

舞子はあくまで冷静さを崩さない。

「ここには宿泊できる場所も寝具もたっぷりあります。小さいながら園児用のシャワー室もあります。ひと晩くらい過ごすのに何の不都合もないと思います」

「園長先生も駅前に自宅があるから帰宅難民組でつごう五人。でも男女が講堂でザコ寝っていうのも何だかねえ」

どこか不満げな池波の語尾に、つい凜は反応する。

池波は自分と同じ屋根の下で寝るのを渋っているのだ。

「あの、いいですよ。わたしは何とか帰りますから」

「えっ」

「わたしが近くにいたんじゃ色々と不安でしょうし……」

全部言い終わらぬうちに舞子が向き直った。

「黙りなさい、凜先生」

そしてつかつかと歩み寄った。

「何を子供みたいに拗ねてるのよ」

「す、拗ねてるだなんて」

「園長の指示だから猫被《かぶ》っているのは仕方ないにしても、そんな風にうじうじしているのを見せられたらこっちが苛々《いらいら》する」

「ちょっ、舞子先生」

慌てて池波が間に入るが、舞子の勢いは止まらない。

「不幸に酔うのは自由だけど、それで周囲の人間を不快にさせていい理由にはならないでしょう」

居丈高な言い方で、凜の反発心にも火が点《つ》いた。

「分かったようなこと言わないでください！　他人に後ろ指も差されたことのない人が

偉そうに上から目線で」

　ひと言吐き出すと後は一気呵成《かせい》だった。

「本人以外の理由で罪人呼ばわりされたり黴菌《ばいきん》扱いされたりしたことがありますか。何度も何度も謝っているのに、その都度蒸し返されて悪人扱いされる時の無気力が分かりますか。わたし何も悪くないのに、誰にも何もしていないのに、ある日を境に手の平を返される気持ちって分かりますか。舞子先生にそういう経験がないのなら口出ししないでください」

「生憎《あいにく》とそんな経験はないわね。でも分かることもある。あなたは本人以外の理由で排除されるのを理不尽だと思っているようだけど、裏を返せばその理不尽を受け容《い》れてるってことじゃない。そんなの、自分には関係ないって突っ張り続ければいいだけのことでしょ」

「わたし、そんなに剛《つよ》い人間じゃありません」

「星組の教育方針で何度も保護者会に盾突いた同一人物とは思えない言い草ね」

「だって、あれは子供たちのためだったから」

「子供たちのためなら闘えるけど、自分のためには闘えないっていう言い訳？　ふざけないでよね」

　舞子は挑発するように顎《あご》を突き出す。

「子供たちのために闘うのなら、その前に子供を護《まも》る居場所を確保しなきゃいけないって至極《しごく》当然のことを忘れてない？」

「それは」

「結局、あなたは一番面倒で、一番苦手なものから逃げてるだけなのよ」

思わず立ち上がろうとしたその時だった。

机上の固定電話が着信を告げた。全員の電話が鳴っているので外線に違いなかった。

池波が咳払《せきばら》いを一つして受話器を上げる。

「はい、神室幼稚園です……ああ、菅沼《すがぬま》さんでしたか。はい……いえ、こちらにはいませんよ。こういう天気なのでいつもより早く降園させましたけど……え」

落ち着いていた声に変化が生じる。気勢を殺《そ》がれた形の凜は耳をそばだてる。

「いや、それはないと思います。運転手の片岡さんからもそういう話は聞いていませんし……あの、少々お待ちいただけますか」

いったん電話を保留して内線ボタンを押す。呼び出している相手はおそらく京塚だろう。

だがコール音が続くだけで、京塚が内線に出る気配はなかった。

傍聞《かたえぎ》きの内容から菅沼恵利《えり》が大河のことで問い合わせてきたに違いない。

咄嗟《とっさ》に凜は受話器に手を伸ばしていた。まりかと池波が同時にあっと短く叫んだが、もう遅かった。

「もしもし、菅沼さんですね」

『あなた、凜先生？　やだ、園長先生はどうしたんですか』

「内線に回したんですけどなかなか出ません。きっと中座しているのだと思います。それより大河くんに何かあったんですか」

『凜先生にお話しすることでは……』

「わたしは星組の副担任です。園長先生が不在の際にはわたしが用件を承ります」

『でも』

「大河くんのことなんですよね。わたしを避けたい気持ちと大河くんのどちらが大切ですか」

電話口で逡巡《しゅんじゅん》しているのか、しばらく恵利は黙り込んでいた。凜は次第に苛々《いらいら》してくる。園に問い合わせをしておきながら、まだ面目やら面子《メンツ》に拘《こだわ》って何になるというのか。

思いついた。

彼女に外聞を捨てさせる魔法の呪文がある。

「大河くんのお母さん！」

呪文の霊験あらたかで、先方はようやく話し始めた。

『……大河が帰ってこないんです』

「でも、送迎バスでいったんは家に帰ったんですよね」

『はい。帰って来てカバンを置いて……でも、すぐに外へ出たらしくって』

「外へって、この大雨の中をですか」

『お昼過ぎに一時、雨が上がりまして、きっとその時に……』

「お母さんに行き先を告げなかったんですか」

『その、ちょうどわたしが電話を受けている最中だったので』

どうにも歯切れが悪い。だがこの際、恵利の事情などどうでもいい。

「捜索願は」

『それは……園に確認してからでも遅くないだろうと思って』

駄目だ。

電話で話していても埒《らち》が明かない。

「ご自宅へ園長と向かいます。それまで待っていてください。いいですね」

恵利の消極的な返事を確認してから電話を切る。

「大河くんが家から出て、まだ戻ってないそうです」

他の二人の顔に狼狽《ろうばい》が走る。もう三時を過ぎていた。大河の住む駅前はそれなりに賑《にぎ》やかだが、園児が一人でゲームセンターへ行くとも思えない。そうでなくてもこの雨だ。どこかで雨宿りをしていたとしても、この降り方ではなかなか外へ出られないだろう。

そしてぐずぐず待っている間に夜がやってくる。

園長室に飛び込むと、京塚がちゃんとそこにいた。

「ああ、凜先生。わたしがトイレに行っている間に内線が入ったようですね。何かありましたか」

「星組の菅沼大河くんがまだ戻っていないそうです」

「えっ、さっき園児は全員送り出したはずでしょう」

恵利から聞いた内容をそのまま伝えると、京塚は眉間《みけん》に皺《しわ》を刻んだ。

その口から出てきた言葉はおよそ信じ難いものだった。

「いったん帰宅した後の行動ですから、取りあえず園の管理責任ではありませんね」

「そんなことを言ってる場合ですか！」

「この雨ですからね。どこにいるにせよ、帰るに帰れないのでしょう」

「大事になってからでは遅過ぎます」

「心配していないとは言っていません。しかし、まずこういうことは最寄りの交番に捜索願を出してから」

「何かあれば、たとえ管理責任がなくとも園に非難が集中します。十六年前の事件をお忘れですか」

「あなたがそれを言いますか」

「菅沼さんには我々を自宅でお待ちいただくようにお伝えしました」

「待つって、この雨の中をどうやって」

「園長先生はマイカー通勤でしたよね」

京塚は不安と不満の入り混じった顔で窓の外を見る。雨の勢いは一向に衰えず、銀色の槍《やり》で視界はすっかり遮られている。だがついさっき、送迎バスは何事もなく戻ってきた。園から駅前までの道程にはまだ道路障害は発生していない。

「天候不順の中、園児たちを早めに降園させたのは英断だったと思います。ええ、こういう時の判断は早いに越したことはありません」

京塚は束《つか》の間、逡巡している様子だった。凛は京塚を凝視しながら、この男の責任感に望みをかける。

「……そんな目で見ないでいただけませんか。まるでわたしが悪者みたいだ」

京塚は諦めたように短く嘆息すると、立ち上がってロッカーからジャケットを取り出す。

「わたしも同行します」

「しかし、凛先生がいては菅沼さんも……」

「非常時です。そんなことをとやかく言っている場合ではないでしょう」

気の進まなそうな京塚を急《せ》かして、凛は園長室を出る。自分のロッカーからレインコートを引っ張り出すのも忘れない。

建物の外に出るといきなり異世界に放り込まれたようだった。バケツを引っ繰り返したくらいでは済まない、まるでドラム缶の中身をぶちまけたような降りだった。雨粒が建物や地面を叩く音で、他の音が全て遮断されている。

京塚のクルマの中に飛び込むと、ようやく会話ができる状態になる。それでもたった十何秒歩いただけでずぶ濡《ぬ》れになってしまった。

「あなたの熱意は分かりますし、わたしも園児の安否を確認することは吝《やぶさ》かではありません。しかし途中で道路が冠水していたり土砂崩れが発生していたりすれば、直ちに園へ引き返します」

「結構です」

そしてクルマが走り出したが、車内にいても路上のコンディションの悪さが分かるくらいだった。ワイパーを最速で動かしても、視界は二十メートルも確保できない。

「駅前まで無事に辿《たど》り着けるかな」

京塚は独り言のように呟《つぶや》いたが、凜は全く別のことを考えていたので気にもならなかった。

この中で大河が雨に打たれていると想像するだけで、京塚の足の上からアクセルを踏みたくなった。

京塚の慎重な運転と道路状況の悪さが相俟《あいま》って、二人が菅沼宅に到着したのは一時間後。つまり通常の倍以上、時間を費やしたことになる。夕闇は降りていないのに空は別の暗さに覆われている。

まだ父親は帰宅しておらず、部屋には恵利一人がいた。

普段の居丈高な態度は影を潜め、狼狽《ろうばい》と焦燥が顔に貼りついていた。解《ほつ》れた髪の先からは水が滴り落ちている。どうやら凜たちが到着するまで、単独で捜し回っていたらしい。

「お母さんが電話を受けている最中に家を出たということでしたけれど」

凜がその話題に触れると、恵利は露骨に嫌な顔をした。

「それと大河が外出したことには何の関係もありません」

何の関係もないなら、わざわざ強調する必要もない。

それには京塚も気づいたようだった。

「副会長、いや、菅沼さん。大河くんがその電話の最中に家を出たということなら、大体の内容を教えてくれませんか。ひょっとしたら、その内容が大河くんの行き先に関連している可能性も全くゼロとは言い切れないでしょう」

珍しく食い下がる京塚に、恵利は語気を荒らげた。

「塾の先生と話していました」

「塾?」

「新年度から入学させようと思っていまして」

「園だけでは不充分だと?　これでも保護者会からの要望を一〇〇パーセント受け入れて、それなりのカリキュラムを構成していると自負しているのですが……」

「足りません。全っ然、絶望的に足りません。足りないから、大河も子グマなんかに現《うつつ》を抜かすんです。幼稚園から帰って来ても寝るまでは勉強。それくらいでちょうどいいんです」

子グマというのは、以前絢音や瑛太《えいた》たちと共同で面倒をみていたツキノワグマのぷーちゃんのことだろう。

「相当、あの子グマのことで気を悪くされているようですな」

「あ、当たり前です。野生の獣に手を噛《か》まれて。軽傷だったからよかったものの、深い傷を負っていたらどうなったと思っているんですか」

「しかし説明会の席上では、菅沼さんも納得しておられたではないですか」

「あれは……隣に見城さんもいらしていたから仕方なく矛を収めただけです。もし、もっと早くから塾に通わせていたら大河もあんな子グマに関わり合いになることもありませんでした。噛まれて怪《け》我《が》をして、吐かなくてもいい嘘を吐く羽目にはなりませんでした」

論理が完全に破綻していると思った。

大河が子グマに興味を抱いたのは、あの年齢の子供なら至極当然のことだ。暇があったからではなく、原初的な好奇心があったからだ。

そしてまた恵利には全く見えていない。いや見ようとしていない。大河はあの一件を経て、自分よりもか弱い存在を護《まも》ることを覚えた。それだけではない。今まではたましか言葉も交わさなかった瑛太と大親友になれた。その二つが大河にとってどれだけ大きな宝物なのか、恵利には分からないのだろうか。

だから口出しせずにはいられなかった。

「塾の話は大河くんも承知しているんですか」

「何ですか藪《やぶ》から棒に。当たり前じゃないですか。大河には塾に行く必要をこんこんと説きました。二年後には小学校に入学ですけど、それまでに学力をつけておかないと、あっという間に出遅れてしまうからって」

テーブルを挟んで、恵利から強圧的に言い含められている大河の姿が浮かんだ。元より付和雷同の傾向があり、威圧的な人間の前に出ると自分の意思を引っ込める。クラスではそれが藍斗であり、家庭では母親だったという訳か。最近、クラスでは瑛太という親友を得たことも手伝って以前よりも伸び伸びと振る舞うようになったが、家では相変わらずの状況が続いているらしい。

「クラスでは瑛太くんとよく話すようになりました。ひょっとして彼の家に行っているんじゃありませんか」

「富沢《とみざわ》さんのお宅にですか。ちょ、ちょっと待ってください」

恵利は慌ててスマートフォンを取り出す。何かと鬱陶《うっとう》しい保護者会だが多くの利点もあり、一つは同じクラスの保護者たちが横で繋がっていることだ。

「あっ瑛太くんのお母さま。わたし菅沼でございます。はい、いつもお世話になっております。あの、ひょっとしてウチの大河がそちらにお邪魔しているようなことはございませんでしょうか？　はい……ああ、そうでしたか……それは失礼しました。ごめんください」

通話を終えた恵利は力なく首を振る。

瑛太のところも空振りか──そう思った時、凜に閃《ひらめ》きが落ちてきた。

理路整然とした推理でも必然性を持った推論でもない、ただの思いつきだったが、凜の身体を動かすには充分だった。

「大河くんの部屋はどちらですか」

「廊下を隔てた向こう側ですけど……」

「ちょっと失礼します」

それだけ言って、示された方向に向かう。

その部屋を開けた瞬間、大河の匂いで噎《む》せ返りそうになった。子供本来の乳臭《ちちくさ》さに、ほんの少し饐《す》えた臭《にお》いが混じっている。

雑然とした部屋だった。床に戦隊ヒーローのソフビ人形とアニメのトレーディングカードが散乱しており、幼稚園用のカバンはベッドの隅に放置されたままだった。

凛はカバンの中を検《あらた》める。今日の授業はお絵描きだったが、大河は所定の時間で描き上げることができず、持ち帰りになっていた。

果たして描きかけの絵が中から出てきた。お世辞にも上手いとは言えない筆で描かれたのは、黒い毛をした小動物らしかった。

ぷーちゃんだ。

まさか――。

「り、凛先生。あなたという人はよくも勝手に他人の家を」

「すみません、抗議は後で伺います」

恵利をあしらいながら、凛は玄関に急ぐ。

「凛先生、どこに行くんですか」

「心当たりがあります。園長先生は警察に通報して、この辺をもう一度捜してください。何かあったらわたしのスマホにお願いします」

そして京塚の返事も待たずに、マンションの外へと飛び出して行った。

3

菅沼宅のあるマンション一階のエントランスは天井が高く、雨音もそれほど響いてこなかった。これなら通話もしやすい。

電話を掛けた先は凜の天敵とも言える相手だった。

『はい、見城ですが』

「申し訳ありません、神室幼稚園の喜多嶋です」

『突然、どういうことですか？　いったいどんな用件でわたしに電話なんて』

「大河くん、菅沼大河くんが昼過ぎに自宅を出てから、まだ帰宅していません」

『何ですって』

「今、園長とわたしで思いつく場所を片っ端から当たっています。それで絢音ちゃんに訊きたいことがあって」

『お断りします』

見城会長の返事はにべもなかった。

『もうお忘れですか。保護者会ではあなたが個別に園児と接触するのを許可していないんですよ』

「今はそんなことを言っている時じゃありません。子供の、大河くんの安否がかかっているんです」

『幼稚園児だってそんなに愚かじゃありません。こんな大雨なら大河くんもどこかで雨宿りしているに決まってます。少し大袈裟《おおげさ》じゃありませんか』

「こんな大雨だから慌てているんです。もし雨宿りしている場所が山の中だったら、土砂崩れに巻き込まれる危険があります。河川敷の橋の下にでもいたら、鉄砲水が襲ってきた時ひとたまりもありません。見城さん、このゲリラ豪雨がどれほどの規模かご存じですか。わたしもさっき車載のテレビで見ました。一時間で一二〇ミリ。秩父郡内では観測史上最大の降水量だそうです。土砂崩れや鉄砲水は決して大袈裟な話じゃありません」

『でも……』

「あなたは絢音ちゃんが同じ目に遭っても、今と同じ対応をされるんですか」

見城の母親の部分に訴えかけるのは少し卑怯かとも思ったが、この際手段を選んでいる余裕はない。

ややあって見城が重そうに話を再開した。

『絢音と代わりますが、手短に願います』

「勝手言って、すみません」

近くにいたのだろう。すぐに絢音が代わった。

『凜先生、大河くんがどうしたの？』

「うん、今、一生懸命捜している最中。それでね、絢音ちゃんに教えて欲しいことがあるんだ」

『何』

「ぷーちゃんを最初に見つけたのは絢音ちゃんだったよね。そのあと、絢音ちゃんたち、ぷーちゃんに食べ物を持って行ってたけど、あそこは最初にぷーちゃんと会った場所と同じなの？　違うなら、そこがどこだったか、先生に行き方を説明できる？」

『……C棟の裏にゴミを集める場所があって、そっから真っすぐ裏山に向かって、森の奥に入っていったところ』

絢音が記憶力のある子で助かった。

「ありがとう、絢音ちゃん。じゃあ先生、捜してくる」

『凜先生』

「何」

『お願い……』

語尾は震えて、今にも消え入りそうだった。

それでも百万の援軍を得た気分だった。

「絢音ちゃん、祈っていて」

凛は通話を切ってから、持参してきたレインコートを上から着込む。レモンイエローでファッション性など欠片《かけら》もないが、水を通さず軽量という機能性があれば他には何も要らない。

エントランスを出ると、また滝壺《たきつぼ》の中にいるような轟音が襲い掛かってきた。いや、実際に滝に打たれるのと変わりないような降水だった。

片手に懐中電灯を携えて銀色の槍の中に身を躍らせる。

だだだだだだ。

痛い、痛い、痛い。

比喩でも何でもなく、肌に刺さるような雨だった。用意したレインコートは比較的厚手のものだったが、それでもナイロン地を通して水圧の凄《すさ》まじさが伝わる。

一瞬、足が竦《すく》みそうになるのを、すんでのところで堪える。

まず考えろ。

大河の気持ちになって考えろ。

母親の口ぶりでは、子グマを人知れず飼っていたことをかなり叱責されていたようだ。そしてその元凶を時間的余裕と決めつけられ、半ば強制的に塾通いを命じられる——そんな時、大河は何を思ったのか。

お絵描きは自由課題だった。何でも好きなものを描くように言われ、大河は子グマを描こうとした。動物園に連れていかれても、未《いま》だにぷーちゃんは大河の中にいる。それなのに強圧的な母親はそれを許そうとせず、動物と遊ぶ暇があるのなら塾へ行けと言う。

もし自分が大河の立場なら、ぷーちゃんに会おうとするだろう。しかし、そのぷーちゃんは見知らぬ場所に囲われて会うことは叶《かな》わない。

さあ、自分ならどうする。

そうだ、別のぷーちゃんを探そうとするのではないか。

あの騒ぎが解決した後、凜はツキノワグマの習性と、何故彼らが里山から人間の生活領域にまで下りてきたのかを嚙み砕いて説明した。幼い園児たちはきっとこう思ったに違いない。

あの裏山を分け入って行けば、クマの生息地に辿り着けるのではないかと。

もちろん大河もその例外ではない。どんなに利発に見えても、幼児の思考だ。絢音がぷーちゃんを発見した場所から辿って行けば、別の子グマにも出会える――そんな風に考えるのも当然だろう。

絢音が教えてくれた地点はすぐに分かったが、大河の姿はそこになかった。さらに山に分け入ったのだろうか。

マンションの裏に控えるのは、標高は低いものの奥深い山だ。昭和の時代の無計画な植林が祟《たた》って、山中には針葉樹ばかりが生い茂っている。定期的な伐採もしていないので荒れ放題になっており、道と呼べるものは獣道くらいしかない。

凛は覚悟を決めて森の奥に足を踏み入れた。大人には侵入困難。だが身体の小さな子供にとっては冒険に格好の場所だろう。大河が家を出た頃には一時的に雨も上がり、太陽も顔を覗かせていたのだ。

周囲を木々に覆われているので、豪雨の脅威も薄れるのではないかと予想していたのだが、実際に分け入ってみると別の脅威が待ち構えていた。

鬱蒼《うっそう》とした木々の中に自分が呑《の》み込まれてしまうような圧迫感がある。これは凛が山に不慣れなせいもあるが、自然の造り出すものの前では自分の存在など矮小《わいしょう》でしかないことを思い知らされるからでもある。

獣道だから人間に歩きやすい道ではない。凛はブーツに履き替えていたが、ゴム底のブーツは濡れた下草に滑りやすく、とても山中踏破に向いている代物ではなかった。

「大河くーん」

声を限りに叫んでみる。しかし森の中では風の唸《うな》りが増幅されるので、凛の声など容易《たやす》く掻き消されてしまう。

「大河くーん！」

もっと大きな声を出してみたが、この暴風雨の中では虫の囁《ささや》きでしかない。

風で針葉樹が撓《しな》り、葉擦れの音を立てる。それが何百本も同時に鳴り出すと、まるで肉食獣の咆哮《ほうこう》にも聞こえる。

こんな場所に取り残されたら、大の大人でも恐怖と不安に駆られる。大河のような幼児には尚更だろう。

「大河くーん！」

声を限りに何度も名前を呼ぶ。そうしないと、凜自身も恐怖に呑み込まれそうだった。

想像以上に足場が悪く、思うように前へ進めない。ちょっとでも気を緩めると、ずるりと足が滑る。普段の天候なら何ということもないのだろうが、水をたっぷりと吸った土が歩行を困難にしている。

次第に風に混じり、水の流れる音が聞こえてきた。近くに小川でもあるのだろうか。

懐中電灯で周辺を照らした凜は、あっと短く叫んだ。

凜の歩く真横一メートルほどの場所を川が流れていた。だが川床を備えたような元からある川ではない。下草を水流で押しつけるようにして流れている。

降り注いだ豪雨を土壌や下草が吸収しきれず、溢れた分が急ごしらえの川になっているのだ。言い換えれば、この山の吸水能力は既に限界を超えていることになる。

土砂崩れ。

見城に囁いた脅し文句が現実となって迫りくる。

凜の背筋が不意に寒くなる。与えられた時間はそれほど多くないらしい。

「大河くーんっ」

尚も声は虚《むな》しく掻き消される。こんなことを繰り返していれば体力の無駄遣いにも思えるが、そうかといって止《や》める訳にはいかない。

進めば進むほど足元はますます悪くなっていく。

踏み出した右足の先が、ふっと感触を失う。

体勢を崩して凜は前のめりに倒れる。咄嗟に片手で受け身の姿勢を取るが、それでも全身が泥に塗《まみ》れた。レインコートの隙間から水が流れ、下に着ていた服に沁《し》み込む。立ち上がると、水を吸った分、身体が重く感じられた。

大河くん。

いったいどこにいるの。

四方を照らしてみても動いているのは草木だけで、人の姿はどこにも見当たらない。

大河が山に分け入ったというのは、自分の早とちりだったのだろうか。

そんなはずはない。凜の知っている大河なら、ここを訪れるはずだ。

相反する二つの思いが迷いを生じさせる。

このまま引き返そうか。

いや、捜せ。お前の捜し方が足りないのだ。

不安定な足場、容赦なく降りしきる雨。

ずっと山道を登り続けていると、次第にこの難行が自分に課せられた罰のように思えてくる。何の？　決まっている。父親が犯した幼児殺し。手を下した父親は獄中で死んだ。だから自分がその身代わりとなって、天罰を受けているのだ。

以前もそうだったが、幼稚園教諭になってみると改めて子供が好きになった。自分と同様に心を持った生き物だから天真爛漫《らんまん》なだけではない。子供らしい純粋な残酷さや打算、嫉妬もあれば傲慢《ごうまん》さもある。

それでも愛《いと》しい。彼らの中に眠っている可能性、まだ表出されない感性を想像するだけで胸がときめいてくる。この子たちが未来を切り拓《ひら》いていくのだと考えると興奮してくる。

だからこそ幼児殺しが途轍《とてつ》もなく残虐な犯罪であることが身に沁みてくる。父親が殺害したとされる三人の幼女。その絶たれた未来を思うと、申し訳なさと絶望にいっそ消えてしまいたくなる。そんな大罪を父親が犯したのなら、娘の自分が苛酷《かこく》な仕打ちを受けるのはむしろ当然のような気さえしてくる。

そうだ。今度の一件も、自分の出自が露見しないようにと願っていたが、本当のところはどこかで自分が罰せられるのを望んでいたのではないか。そうでなければわざわざ就職先に因縁のある神室幼稚園を選んだ理由を説明できない。

凛は不意に理解した。

自分は父親の代わりに罰を受けたがっている。被虐趣味ではなく、父親の罪を赦《ゆる》してもらいたいがために、自分の身を捧《ささ》げようとしている。

世間からいかに蔑《さげす》まれようと、凛にとって卓也はかけがえのない父親だった。怒った顔など一度も見せなかった。後で母親から聞いた話では、凛に怒った顔を見せたくないので家では仕事の愚痴一つこぼさず、美佐子とも言い争いをしないように気を配っていたという。優しく頼り甲斐《がい》のある唯一無二の存在だった。一時は周囲から排斥されて、父親を憎んだこともある。上条の名前を心底恨んだこともある。

だけど最後には父親を思って泣いた。

本当に本当に大好きだったのだ。

お父さん。

顔にかかる雨で泣いているのかどうか、自分でも分からない。しかし祈っているのは分かる。

お父さん、お願い。

大河くんを捜すの、手伝って。

お父さんが償いきれなかった罰の残りを全部わたしが背負うことになっても構わない。だから見つけさせて。

風雨の勢いは一向に衰える気配がなかった。

真横を流れる水はますます激しくなり、身体は前屈姿勢にしないと風に持っていかれそうになる。

「大河くーん」

電灯の光の中に浮かぶのは、相変わらず針葉樹と下草だけだ。

どこかに身を隠すような場所はないか。

大河のような子供が雨露をしのげそうな場所。洞穴《ほらあな》でも小屋でもいい。こんなに奥深い森なら、どこかにそんな場所が一つくらいはあるはずだ。

何としても探し出さなければ――。

気負った分が空回りした。

次に踏み出した一歩を泥濘《ぬかるみ》に取られた。

急な上り坂だったので、一度バランスを失うと後は一気だった。凜の身体は前に倒れ、そのまま下草の坂を滑落していく。

咄嗟に腕を伸ばしたが、摑むものは何もない。足搔く間もなく、凜は下へ下へと落ちていく。

駄目だ。

流される。

恐怖と焦燥で頭の中が真っ白になる。思考は彼方《かなた》に吹っ飛び、手足は本能だけで動いていた。

誰か助けて。

一秒が十秒にも感じられる。滑り落ちる一メートルが十メートルにも思えてくる。

このまま、自分はどこまで落ちてしまうのか――朧《おぼろ》げにそう思った瞬間、凜は足を強打し、次に尻をしたたかに打った。衝撃で息が止まった。

だが滑落も止まった。手を後ろに回すと地面から突き出た岩が、凜の身体を受け止めているのが分かる。そして何気なく岩の向こう側を覗いて驚いた。

突出した岩の真下はちょっとした崖になっていた。高さはさほどでもないが、落ちれば間違いなく腕の一本くらいは折れてしまうだろう。

運に助けられたのだ。

ほっと胸を撫《な》で下ろしたが、やがて戦慄した。慣れぬ杣道《そまみち》、闇の中、そして暴風雨。悪条件のオンパレードだ。山の素人が踏み入っていい場所ではない。

急速に身体中から体温が奪われていく。

この寒さは怖《おそ》れからくるものだ。凜が未だかつて味わったことのない原初的な恐怖が、全身を凍りつかせている。

逃げろ、と誰かが囁いた。

ここまで身体を張ったのだ。大河を見つけられずにのこのこ帰ったとしても、誰もお前を責めやしない。第一、この山中にいるかどうかも分からないではないか。

今すぐ回れ右をして帰れ。自分が大層な怪我をしないうちに。

凜はふらふらと従いそうになる。

森の悪魔の声だろうか。

違う。自分の怯懦《きょうだ》の声だ。

弱くて狡《ずる》い人間が必死になって逃げる口実を探している。

甘やかで蠱惑《こわく》的な声だ。

その囁きに耳が傾きかけた時、大河の顔が浮かんだ。

凜先生、と自分を呼ぶ声が聞こえた。

凜は顔を上げる。

こんな雨風が何ほどのものか。子供の頃はもっともっと苛烈《かれつ》な風を真正面から受けていたではないか。

上半身を起こし、膝を伸ばす。

もう、大河の声以外に貸す耳はない。

急峻《きゅうしゅん》な杣道を這《は》うようにして進む。こうすれば風雨からの抵抗が最小限で済む。

そのまま十分ほど経過した頃、急に雨の降り方が緩慢になった。風もいくぶん和らいだ。

凜は空を見上げる。単なる空の気紛《きまぐ》れかどうかは、雲の切れ間で判断できるからだ。だが、元より月光の乏しい日なのか、凜の目では雲の切れ間を確認することができなかった。

どちらにしても風雨が和らいだのは有難い。凜は立ち上がり、大河の名前を連呼しながら前方に進んだ。

やがて勾配が緩やかになったかと思うと、不意に視界が開けた。

呆然《ぼうぜん》とした。

わずかながら平地となり、ここだけは針葉樹も間伐され奥の方まで見通せる。

その中央に朽ちた掘っ立て小屋があった。外見からすると物置のようにも見える。屋根の造りはしっかりしており、雨露は充分にしのげそうだ。

まさか、ここなのか。

凜は夢中で駆け出した。

「大河くん、そこにいるの？」

戸に手を掛ける。押しても引いても戸は開かない。こんな倒壊寸前の小屋に施錠する必要があるのかと訝《いぶか》しんだその時、勝手に戸が開いた。

入り口に立っていたのは夜目にも凶暴な顔をした鬼だった。

「ひい」

思わず二歩ほど後じさると、鬼の方から声を掛けてきた。

「何だ、凜先生じゃないか」

「あなた……渡瀬さん？」

「今呼んでいた大河というのは、菅沼大河くんのことかね」

「そ、そうです。その子、園からいったん帰宅したんですけど、また家を出て行って戻らないんです」

するとと渡瀬の腰の後ろから、ひょいと小さな顔が覗いた。

「……凜先生？」

「大河くん！」

名前を呼ぶと、大河は凜の胸目がけて突進してきた。凜は夢中で小さな身体を抱き締める。

「先生、先生」

「あー、もう怖くない、怖くないよ」

腕の中に飛び込んできた小動物は、汗の臭いを発散させながら小刻みに震えている。

凜は大河の背中に手を回し、頭を撫ぜ、頰に触れてその感触を確かめた。

「感激のご対面もいいが、そこではまた降られるかも知れん。中に入ったらどうかね」

「あら、まるで渡瀬さんの家みたいな言い方」

「……本来の所有者を知った後でも、そういう軽口が叩けるかな」

「本来の所有者って？」

「それも説明しよう」

何が何だか分からなかったが、とりあえず大河を見つけ出すという目的は達成した。渡瀬からじっくり話を聞くのも悪くない。

おっと、その前に忘れてはいけないことがある。凜はレインコートの前をはだけ、ポケットからスマートフォンを取り出した。

「もしもし、園長先生」

『おお、凜先生。どうでしたか、そちらは。こっちは他の保護者の手もお借りして駅前一帯を隈なく捜索したのですが……』

「見つけました、大河くん」

『ええっ』

「裏山をかなり登ったところで無事に保護しました。怪我とかは特にないようですので、すぐそちらへ戻ります」

『お手柄です、凜先生』

会話が洩《も》れ聞こえるのか、電話の向こう側から恵利の狂喜が聞こえてきた。

『それにしても、大河くんはいったいどこで豪雨をやり過ごしていたんですか』

それは、と説明しかけた時、すうと伸びた手が端末を取り上げた。

「あ」

凜の目の前で、渡瀬の指が通話を切断する。

「それについては、後で俺から話すことにしよう」

凜は誘われるままに、小屋の中へ足を踏み入れる。電灯で照らし出されたのは、小屋の外見と同様に朽ちかけた農機具の数々だった。鍬《くわ》に鋤《すき》、大小のノコギリに廃材。隅に置いてある袋は農薬の容れ物らしい。どれもが使われなくなって相当の年月を経ているようだった。

渡瀬は壁際にあった長持形の木箱の上に腰を据える。

「ここは……」

「見ての通り農機具小屋さ。今は繁茂した下草で見る影もないが、大昔にはここいらに自家栽培用の畑でも造ろうとしていたようだな」

「畑って、こんな人里離れた場所にですか」

渡瀬は訝しげな顔をする。

「人里離れた？　ああ、そうか。あんたはこんな天候の時にやって来たからさぞ難儀だったんだろうが、ここは下のマンションからそんなに離れとらんよ。大人の足で二十分といったところだ。それにこの山の中で平地と呼べるのはここらだけみたいだな」

「そんなに近かったんですか」

「俺はこの子と同様、晴れ間の覗いた時刻に登って来たんだが、所要時間はそんなものだったな」

「じゃあ大河くんとはこの小屋で鉢合わせをしたんですね」

「怖かったんだよ、凜先生ー」

「それは大河くん、止んだと思ったらまたあんな嵐みたいな降り方したからねえ」

「ううん、おじさんが怖くて……」

　噴き出しそうになるのを必死で堪えたが、当の渡瀬は気まずそうに頭を掻いている。

「俺の方が先に着いていて、雨脚が激しくなったと思ったらこの子が飛び込んで来た。まさかこんなに長くゲリラ豪雨が続くとは思わなかったからな。それからしばらくは二人で仲良く雨宿りって訳だ」

「そういう事情だったら、園かこの子の自宅に電話一本でも入れてくれれば大騒ぎにならずに済んだのに」

「そりゃあ悪かった。だが、最初はなかなか住所氏名を言おうとしなかったからな」

「大河くん、どうして言わなかったの」

「だって……怪しい人には住所も名前も言っちゃいけないってママに……」

ふん、と渡瀬が抗議するように鼻を鳴らす。

「この顔は供述取る時以外は、あまり役に立たたん」

少しこの男が気の毒になってきた。ナマハゲ並みに子供が怖がる顔だが、話を聞いてみれば至極真っ当で懐の深そうな男なのだ。

凜に抱かれて安心したのか、大河はやがて目を閉じて寝息を立て始めた。無理に起こすのも忍びないので、そのままにしておく。

「でも、わたしが来るまで大河くんを保護してくれてたんですよね。本当に有難うございます」

「礼には及ばんよ。警察官なら当たり前のことだ」

「でも、さっきはどうして連絡を中断させちゃったんですか。こんな天気で、しかも道らしい道はないから迎えに来てもらおうと思っていたのに」

「連絡はもう、してある」

「えっ」

「一時間も前かな。秩父署に連絡しておいたから、もうそろそろ鑑識を含めた警察隊がぞろぞろとやって来る。あんたとこの子は護衛つきで帰してやる」

「け、警察隊？」

「雨宿りするためにこの小屋を探していた訳じゃない。神室町を訪れてからというもの、ずっと探していた。れっきとした捜査の一部だ」

「十六年前の事件の、ですか」

「そうだ、見た方が早いだろう。ああ、その子を起こすな。下手すると夜中にうなされる」

渡瀬は腰を上げると座っていた木箱をずるずると移動させる。するとその真下から五十センチ四方の扉が現れた。

「地下収納庫だ。中は地面をくりぬいただけの簡便な造りだ」

言いながら渡瀬は扉を開く。

「中を見ろ。ただし指一本触れちゃならん」

懐中電灯の光に浮かんだのは一本の鎌と麻縄だった。これも使用されなくなって相当経っているらしく、鎌も麻縄もひどく黒ずんでいる。

「言っておくが、その黒いのは泥でもなければ錆《さび》でもない」

「何ですか」

「血だ。ただし見掛け通り相当に古い」

その言葉が胸を鷲掴みする。

「それじゃあ……」

「十六年前に付着した血痕だろう。前にも言ったが、あの事件で当時の捜査本部が特定できなかった、二人の女の子の殺害現場。それがこの小屋なのさ」

反射的にたじろいだ。

「警官と鑑識を呼んだのは現場を保存して、この血痕を採取するためだ。まず間違いないとは思うがね」

さっきまで、ただ古びた物置小屋にしか見えなかった内部が、俄《にわか》に禍々《まがまが》しい魔窟に思えてきた。渡瀬の言葉が正しければ、今自分の立っている場所で、二つの幼い命が蹂《じゅう》躙《りん》されたのだ。

「死体の発見された河川敷や、その近くの林からはえらく離れた場所だから、捜査範囲から外れていたんだろう。おそらくはここで殺し、夜陰に乗じて河川敷に運んだ」

「……父は、ここで二人を……でも、どうしてこんな場所で」

渡瀬はまた頭を掻いた。どうやら言い難いことを口にする時の癖のようだ。

「あんたは、佐倉里奈ちゃんと松崎萌ちゃんの解剖結果を知らされたのか」

「いえ、わたしには父が矢木《やぎ》杏奈《あんな》ちゃんを轢いてしまったことだけしか」

「二人は凌辱《りょうじょく》された上で殺害された。里奈ちゃんは首を絞められて。萌ちゃんは白骨死体で発見されたが頸椎《けいつい》に創口が認められ、鋭利な刃物で頸動脈付近を切られたものと断定された。この森はスギとかの針葉樹しか植えていないから伐採する業者もおらず、滅多に足を踏み入れる者はいない。少々騒がれても聞いているのは森の鳥獣くらいのものだ。だからゆっくり、存分に作業を愉《たの》しめる」

聞くだにおぞましい話だが、尚も渡瀬は続ける。

「発見された順番は逆だが、最初の犠牲者は萌ちゃんだ。犯人は女の子を攫《さら》って凌辱すると口封じのために殺した。第一の殺害では刃物を使用したが、返り血の始末が大変なのを学習して二回目は首を絞めることにしたのだと。当時、捜査本部はこう考えた。俺もそう思う」

「でもそんな小さな子に乱暴するなんて……父は、父は決してそんな人じゃありません！」

「俺もそう思う」

4

やがて到着した秩父署の警官に伴われて凜と大河は下山した。念のために二人は病院に搬送されたが、凜が滑った際に掠《かす》り傷を拵《こしら》えた程度で、大河の方は無傷だった。

凜は恵利からうんざりするほど感謝の言葉を浴び、終《しま》いにはへとへとになって帰宅した。今回も凜の無茶や独断専行が目立ったものの、終わってみれば結果オーライであり、保護者会からのクレームも一切なかった。無論その功績だけで凜の出自を忘れろというのは無理な話だったが、少なくともいくぶん風当たりが和らいだのは確かだった。

そして大河が無事に帰還した翌々日、またもや渡瀬が神室幼稚園を訪れた。園児を保護してくれた警察官だ。京塚はおそらく最上級と思われる愛想笑いを浮かべて渡瀬を迎えた。

園長室には何故か凜も呼ばれていた。渡瀬の要請ということなので、園児の監視体制についての助言と思われた。

「渡瀬さんに凜先生。改めてお礼を申し上げます。今回の件は本当にご苦労様でした」

「いえいえ。感謝されるようなことではありませんよ。わたしはあくまで捜査の一環として、あの小屋を調べていましたので」

「小屋？」

「これは凜先生には口止めをさせてもらいましたが、大河くんが再度の豪雨に逃げ込んだのは、マンション裏の山中で朽ちかけていた農機具小屋だったんです」

「ははあ、そうでしたか」

「大河くんの母親は園長に礼を言うべきでしょうな」

「わたしに？　何故」

「あなたが気紛れで畑作りをしようとしなければ、あんな小屋が建てられることもなかったのですからな」

渡瀬の隣で凜は息を呑んだ。

「あの辺の土地所有者は京塚園長、あなただ。そして登記簿謄本に附属建物として登記されたあの小屋も、当然あなたの所有物だ」

「そう言われれば、大昔に自家栽培を試みたことがありました。もっとも開墾段階で挫折してしまい、後は野晒し状態でしたけど」

「だが凌辱と殺害の場所としては大いに役立った」

「渡瀬さん、いったい何を仰《おつしや》るので……」

「十六年前、佐倉里奈ちゃんと松崎萌ちゃんの二人を殺したのはあなただ」

「馬鹿な」

京塚は片手を振ってみせた。

「あれは上条さんの犯行ということで一件落着しているでしょう」

「確かに一件は落着しているが、他の二件は違う。これもあなたには伏せておいたが、小屋の収納庫から血痕の付着した鎌と麻縄が見つかった。鑑識によれば血痕は二人の幼女のものと完全に一致した。更に小屋の土壌には二人の排泄物《はいせつぶつ》も沁み込んでおり、以上のことから小屋が殺人現場だったことは明白だ」

「小屋の所有者がわたしであっても、そこで殺害したのは上条さんだったのでしょう」

「今ではすっかり朽ちてしまったが、事件発生当時はまだ隙間風も通らない程度には立派な小屋だったんでしょうな。事件発生はいずれも初夏に向かう五月。密閉された狭小空間で色々とお楽しみをすれば、さぞかし盛大に汗を掻かれたに違いない」

「いったい何を……」

「凶器とされる鎌の柄の部分に、そして麻縄からも被害者以外の体液が検出されました。汗ですよ。そしてわたしが前に、この部屋を訪れた際、偶然に拾ったあなたの毛髪をDNA鑑定にかけたところ、凶器に残っていた体液のDNAとこれも一致した」

その途端、京塚の表情が固まった。

「上条さんのロッカーに二人の靴を忍ばせるのも、あなたが犯人なら簡単なことだ。何せロッカーの合鍵を持っているのはあなただけだったし、上条さんと同様に全ての園児たちの帰路と帰宅時間を把握しているのは、あなたしか存在しない。前もって先回りしておき、標的にした園児を連れ去るのは、あなたには造作もないことだった。声を掛けてきたのが園長先生なら、警戒する園児はまずいない」

「ちょ、ちょっと待ってください」

凜は動揺しながらも口を挟まずにはいられなかった。

「園長が真犯人？　それならどうして十六年もの間、凶器をそのままにしておいたんですか。重要な証拠になるものだから、さっさと始末してしまえばよかったのに」

「それが今回の事件で一番胸糞《むなくそ》の悪くなる点でね。要は反芻《はんすう》みたいなもんだ」

「反芻って……牛の？」

「捜査本部は上条さんを現行犯逮捕した後、彼のロッカーから二人の靴を発見して三件とも犯人は彼だと断定してしまった。そうして真犯人である園長は安全地帯に置かれた。もう身辺を探られる可能性はないから、ゆっくりと犯行の余韻に浸っていられる。このテの犯罪者には何かしら記念品を取っておく習癖を持つ者が少なくない。死体を処分した後も、その記念品を眺め、頬ずりして犯行の一部始終を反芻して愉しむという訳だ。無論、この時の愉しみというのは性的興奮とワンセットになっている」

幼児性愛者——口に出すのもおぞましい単語が、なかなか眼前に座る顔に重ならない。

「上条さんの逮捕後は犠牲者を増やすことはしなかった。そんな真似をすれば彼が冤罪だったことを教えてしまうことになるからな。だからこそ余計に記念品は必要だったのさ。血と排泄物の残り香だけで殺人衝動を抑えるためにも」

するとと京塚の顔が邪悪なものに変わった。

「あなたも無粋なお人ですね」

「凜先生の素性が知れて一番驚愕《きょうがく》したのは保護者でもなければ同僚でもなく、他ならぬあなただったろう」

「そうですね。わたしはてっきり凜先生が亡き父上の復讐《ふくしゅう》に舞い戻って来たのかと思いました。まあ、その時はその時で反撃の方法を考えていましたけどね」

京塚は薄く笑う。今までに見せたことのない酷薄な笑みだった。

「しかし事件は終結し、上条さんの裁判は判決が確定している。今更あなたが何を言い、何を立証しようとも何も変わりませんよ」

「一事不再理のことを言っているのですかな」

「渡瀬さん、一事不再理って？」

「日本国憲法第三十九条、無罪判決が確定した事件につき、あるいは有罪判決が確定している事件においても再び起訴することはできないという法律だよ」

「そうなんですよ、凜先生」

京塚は薄く笑いながら言う。

「謂《いわ》れのない余罪を蒙《こうむ》ったお父さんには気の毒な話だが、この国は法治国家なのでね」

「気の毒なのはあなたの方だ。法律の素人が手前《てめえ》に都合いいように解釈するな」

渡瀬も笑い顔を京塚の鼻先に突き出す。普段凶暴な顔が笑うと、一段と凄味《すごみ》を帯びた。

「あなたは再審請求の可能性を失念している。小屋で発見された物的証拠の数々は、真っ当な裁判官の心証を突き動かすには充分だ。再審が認められれば、裁判の中で必ずあなたの所業に言及される。殺人については時効も撤廃されている。ロリコン趣味の挙句に自分とこの園児二人を殺《あや》めたとなれば社会的生命は完全に潰《つい》える。収入乏しい余生に待っているのは悪罵と制裁と忌避だ。あなたにそれが耐えられるかね？　わたしが観察したところ、あなたは凜先生ほど強靭な精神を持っていない。その卑劣で脆弱《ぜいじゃく》なクソ魂がどれだけ持ち堪《こた》えられるか、じっくりと見定めてやるよ」

腰を浮かしかけた京塚に、渡瀬は最後の言葉を放つ。

「ああ、もう一つ。建物の外では、あなたにまんまと一杯食わされた秩父署の刑事たちが手ぐすね引いて待ち構えている。冤罪の事実が明るみになれば秩父署も相当叩かれるだろう。そして世間やマスコミから糾弾された彼らの怒りは、当然真犯人に集中する。恥を掻かされ、怒りに我を忘れた警察組織がどれほど凶悪で容赦ないものか、身をもって知るがいい」

園長室を出た後も渡瀬はひどく不機嫌そうだった。

「どうした、凜先生。えらく落ち着かんみたいだな」

「だって、まさか園長が犯人だなんて予想もしていなかったから……でも渡瀬さんこそ、どうしてそんな顔してるんですか」

「満足してないからだ」

「事件をちゃんと解決してくれたじゃないですか。感謝しています。父の汚名を雪《そそ》いでくれて、とても嬉しいです」

渡瀬はじろりと凜を見る。

「冤罪の部分は晴れたが、あんたのお父さんが女の子を撥《は》ねて死体を遺棄しようとしたことは変わらない。嫌な言い方だが、再審請求しても無罪になる訳じゃない。口さがない連中は昨日までと同じことを言うだろうし、あんたの置かれている立場が大きく変わることもない」

「いえ、変わりはあります」

凜は回り込んで渡瀬の正面に立つ。これはそういう風にしなければ言えないことだ。

「少なくともわたしと母は、父の優しさを心の底から信じて生きていくことができます。本当に、有難うございました」

渡瀬は一瞬きょとんとしたが、やがて不満そうに鼻を鳴らした。

「あんたはそれで満足なのか」

「はい」

「欲がないんだな」

「もう、両手で持ち切れないほど持ってますから。これ以上、欲を出したら」

「うん?」

どうやら渡瀬には意味が通じなかったらしい。

「ところで再審請求するのかい。さっきは園長の手前大見得切ってみせたが、実際は弁護士やら何やらでそれほど簡単な話でもない。あんたが再審を望むんなら、協力することに吝かじゃないんだが」

「母と相談して決めます。わたし自身はやる気満々なんですけどね」

「そうかい」

　しばらく廊下を歩き、渡瀬は思い出したように口を開く。

「凜先生はこれからどうする。まだここに留まるつもりなのか」

「ええ、できることなら」

「繰り返しになるが、上条卓也の罪状が変わっても、犯した罪自体が消滅する訳じゃない。あんたはここにいる限り、彼の娘だという理由だけで不名誉と理不尽に塗れ続けることになる。別に幼稚園教諭は辞めなくとも転職という手段だってあるだろう」

「もう逃げることはしたくないんです」

　何の衒《てら》いもなく口から出た言葉だった。

「さっき、わたしのことを強靭だと言ってくれましたけど、全然そんなことないです。わたしって自分で殴りたくなるくらい臆病で、狡《ずる》くて、弱い人間なんです。今にして思えばここに赴任した時に素性を隠したのも、やっぱりどこかで逃げていたからなんだと思います」

「そんな風に自分を評価するヤツに弱い人間なんていねえと思うがな。まあ、あんたのしたいようにするがいいさ」

話しているうちに教室の前まで来ると、渡瀬が立ち止まった。

「授業があるんだろう。見送りはここまでで結構だ」

「お世話になりました」

「それじゃあな」

凜は一礼してから教室のドアを開ける。

二十人の子供たちが一斉にこちらを見る。不思議そうな顔、嬉《うれ》しそうな顔、恥ずかしそうな顔、そしてまだ少し戸惑っているような顔。

みんなみんな、大好きだ。

これからまだひと波乱もふた波乱もあるだろう。それでも自分はこの顔を見ている限り、頑張れる。

ちらと教室を覗いた渡瀬が、合点がいったという風に頷《うなず》いた。

「両手で持ち切れないものってのは、あれか」

凜は教室の中に足を踏み入れた。

解説

大矢博子

今やすっかり〈どんでん返しの帝王〉として有名になった作家・中山七里。

こうなると読者もどんでん返しがあることは最初から想定内、「どうせ最後にひっくり返すんですよね?」と思いながらページをめくるわけで、その上で毎回読者を驚愕せしめる手腕は並大抵ではない。

だが中山七里の魅力は決してどんでん返しだけではない。もうひとつ、他の追随を許さない大きな特徴がある。〈引き出しの多さ〉だ。実はこれこそが中山七里最大の武器だと私は考えている。

トリッキーな騙しが仕掛けられた青春音楽ミステリ『さよならドビュッシー』(宝島社文庫)とサイコスリラーにして社会派ミステリの『連続殺人鬼カエル男』(同)が二作同時に第8回『このミステリーがすごい!』大賞の最終選考に残って出版されたのを皮切りに、警察ものや法廷ものはもちろん、安楽椅子探偵あり冒険ものありイヤミスあり恋愛サスペンスあり、モチーフも映画ありパラスポーツあり政治ありと、その引き出しの数は増え続け、とどまるところを知らない。さらに、そのいずれにも謎解きとどんでん返しのあるミステリの構造を入れてくるのだから、もう何をか言わんや、である。

　そしてそこに、また新たな引き出しが加わった。こんな引き出しもあるのか！　と思わずのけぞったのが本書『闘う君の唄を』だ。その引き出しとは――

　新任の教諭として、埼玉県秩父郡の神室幼稚園に赴任した喜多嶋凜。三歳児クラスを担任することになり理想に燃えていたが、彼女の前に立ちはだかったのは〈保護者会〉という名のモンスターペアレンツたちだった。保護者たちの理不尽な要求に呆れる凜。けれど園長は、凜が驚くほどあっさりと保護者の言いなりになる。そこにはこの幼稚園の〈保護者会には逆らえない理由〉があったのだ……。

　というのが本書の導入部である。この保護者会というのがすごくて、すでに決定して各種手配も終わっていた遠足の行き先を変更させる、お遊戯会の演目も保護者会が決める、教諭に時間外の仕事を平気で投げる、授業の内容に口を出す、責任を押し付ける、などなど。こんな保護者会を相手に、凜は理想を諦めることを潔しとせず、自分の信じる道を体当たりで切り開き、少しずつ園児と保護者の信頼を得ていく……って、え？

　お仕事小説？　青春ほんわかお仕事小説？　中山七里が？

　まさにお仕事小説なのである。幼稚園だけあって、可愛らしいエピソード満載のお仕事小説なのである。読者は保護者会に呆れ、保護者会言いなりの園長にイライラし、自分の理想に向かって邁進する凛を応援するだろう。そして凛が受け入れられる過程には、良かったね、とニコニコしてしまうに違いない。おそらく、読者の何割かは、この前半で本書の書き手が中山七里だということを忘れるのではないだろうか。

だが、中山七里なのである。

帝王たる中山七里の〈どんでん返し〉は、まったく突然に、ほんとうに突然に、中盤で炸裂するのだ。ほんわかお仕事小説だと？　とんでもない！

それがどんなものかはここでは書かない。ただ、凛の過去、とだけ言っておこう。その凛の過去が明らかになった時点で物語は反転する。そこまでのほんわかもニコニコもすべてが吹き飛ぶ。ダークで社会派なミステリの開幕だ。

つまり本書は一作の中に、ほんわかお仕事小説とシリアスな社会派ミステリの二つが同居しているのである。これまで多彩な作品を著すことで〈引き出しの多さ〉を証明してきた著者だが、今回はたった一冊で複数の引き出しを提示してみせたのだ。こんなことが可能なのか、とのけぞった。

それもただ、途中で毛色を変えてみました、というだけではないことに注目。

後半、物語の様相が変わってから、前半のほんわか部分に大きな意味があったことがわかる。なぜ凛は、牧場見学に園児を連れていって命の大切さを教えたのか。なぜ凛は、勉強ができることよりも小さな生き物をいとおしむことが大事だと教えたのか。そもそもなぜ、彼女は幼稚園の教諭を目指したのか。彼女の過去がわかったあとで、ぜひ、もう一度前半を読み直していただきたい。彼女の幼稚園教諭という仕事にかける思いやその言葉、ひとつひとつの意味が大きく変わって響くはずだ。何より冒頭、電車内でスマホを弄る母親を注意した凜の「自己嫌悪が襲ってくる。良識を振り翳《かざ》すことがどれだけ無神経で醜悪なことかも分かっている」という一言に、どれほどの意味が込められていたか！　単独でも充分読み応えがあるほんわかお仕事小説部分が、実は壮大な伏線なのである。

凜が幼稚園教諭を目指した理由については〈どんでん返し〉に直結するので具体的には書けないが、彼女のその動機が正しいのか、どうかじっくり考えながらお読みいただきたい。

本書最大の〈どんでん返し〉は中盤のそれだが、終盤にももちろん〈どんでん返し〉は控えている。だがおそらく読者の多くは、途中で展開の予想がつくのではないだろうか。登場人物がかなり限定されていることから考えても、著者はそこにサプライズの重きは置いていないように思われる。

なぜか。ラストの〈どんでん返し〉は書かれなかった部分にこそあるからだ、と私は考えている。それは、凛の志望動機と並ぶ本書のもうひとつのテーマが〈どんでん返し〉ならぬ〈手のひら返し〉であることと無関係ではない。

本書に書かれているだけでも、凛は大小さまざまな〈手のひら返し〉に出会う。お遊戯会を成功させたときの保護者会の〈手のひら返し〉もそうなら、過去が知られたときの〈手のひら返し〉もそうだ。それ以前の、過去の〈手のひら返し〉もしかり。そしてそのどれも、凛は何一つ変わっていないのに、凛には何一つ責任はないのに、周囲が勝手な自分の解釈でくるくると手のひらを返すのである。しかもそこに何の疑問も抱かない。なんて醜悪な！

それだけではない。過去に起きた事件に対する当時の保護者たちの嗜虐的な行動や、凛を巡るあれこれのひとつひとつをとってみても、そこに現れるのは正義を隠れ蓑にして無責任・無思考で他人を断罪する側の身勝手な論理だ。物語の前半で保護者会が幼稚園に向けて自分中心の要求を出す描写もまた、この後半への伏線なのである。

ラストシーンのあと、おそらく保護者たちはまた鮮やかに手のひらを返すことだろう。自分たちの非には眼を向けず、何の反省もなく、身勝手な〈良識〉を振りかざすだろう。その場面は描かれない。描かれないが容易に想像がつく。

だから著者はわざと、ハッピーエンドのはずなのにカタルシスは薄く、真相がわかってもサプライズを薄くしたのである。それが著者の手だ。凛を苦しめた最も大きな問題は、このあともターゲットを変え内容を変えて続くのだから。

中島みゆきの名曲「ファイト!」にインスパイアされたという本書は、事件や謎解きやトリックの物語ではない。まさに闘う君の唄を笑う闘わない者たちの醜悪さを描いた物語なのだ。

断罪されるべきは〈犯人〉だけではない。それが本書の最大の〈どんでん返し〉である。


最後になったが、中山七里ファンにとってはお馴染みの作品間リンクについて。既に複数作品に登場している刑事の渡瀬は言わずもがなだが、神尾舞子の登場に快哉を叫んだ読者も多いだろう。凛の同僚で、クール且つ現実的な幼稚園教諭・神尾舞子は、『おやすみラフマニノフ』(宝島社文庫)に音楽大学でオーボエを専攻する学生として登場する。主人公でもないし探偵役でもなく、学生オーケストラの一員に過ぎない。だが、探偵気取りの人物を論理的な反駁でやりこめたり、周囲がヒートアップしているときに冷静に事態を分析したりという個性で目立っていた。

そうか、あの舞子は幼稚園の先生になったのか……。ということは本書は『おやすみラフマニノフ』から四年後の物語ということになる。未読の方はぜひ手を伸ばしていただきたい。

また、終盤で渡瀬が凜に弁護士云々の話をするくだりがある。「協力するに吝《やぶさ》かじゃない」という渡瀬の言葉に、御子柴礼司を思い出す読者も少なくないはずだ。『贖罪のソナタ』（講談社文庫）に始まる御子柴礼司シリーズには本書と共通するテーマがあるので、こちらもぜひ併せてお読みいただければと思う。

（おおや　ひろこ／書評家）

本書は、中島みゆきさんの楽曲「ファイト!」から、作品の構想を得ています。

闘《たたか》う君《きみ》の唄《うた》を　朝日文庫

2018年8月30日　第1刷発行
2024年6月30日　第4刷発行

著　者　中山七里《なかやましちり》

発行者　宇都宮健太朗
発行所　朝日新聞出版
〒104-8011　東京都中央区築地5-3-2
電話　03-5541-8832（編集）
　　　03-5540-7793（販売）

印刷製本　大日本印刷株式会社

Published in Japan by Asahi Shimbun Publications Inc.
定価はカバーに表示してあります

ISBN978-4-02-264894-5